光文社文庫

長編推理小説

しまなみ幻想

内田康夫

光　文　社

目次

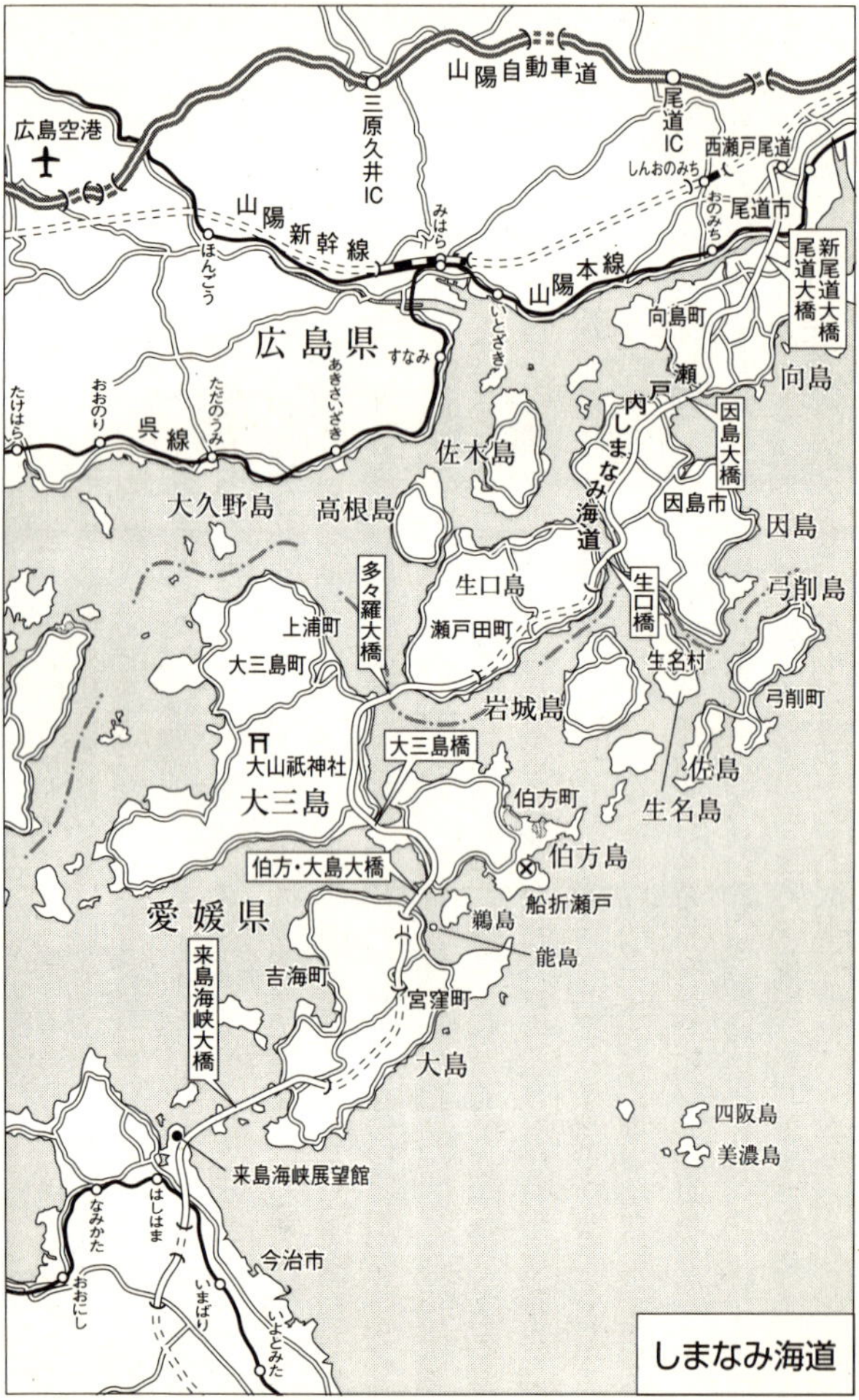

山陽自動車道
三原久井IC
尾道IC
西瀬戸尾道
しんおのみち
おのみち
尾道市
広島空港
山陽新幹線
山陽本線
みはら
ほんごう
いとざき
新尾道大橋
尾道大橋
向島町
向島
広島県
すなみ
あきさいざき
ただのうみ
おおのり
たけはら
呉線
瀬戸内しまなみ海道
因島大橋
佐木島
因島市
因島
大久野島
高根島
弓削島
生口島
多々羅大橋
生口橋
上浦町
瀬戸田町
大三島町
生名村
弓削町
岩城島
大三島橋
大山祇神社
佐島
伯方町
大三島
生名島
伯方島
伯方・大島大橋
船折瀬戸
愛媛県
鵜島
能島
来島海峡大橋
吉海町
宮窪町
大島
四阪島
美濃島
来島海峡展望館
なみかた
はしはま
今治市
おおにし
いまばり
いよとみた
しまなみ海道

プロローグ

　テレビの人気番組「全国お宝捜査隊」が、「瀬戸内しまなみ海道開通記念」と銘打って、大三島《おおみしま》町《ちょう》公民館ホールで収録されたのは、一九九九年五月のことである。その日は東京から三人のお馴染《なじ》み「鑑定人」が来島して、地元の島々から持ち寄られた「お宝」の品定めをした。

　大三島は大山祇《おおやまづみ》神社の鎮座する「神の島」だ。古来、武人の守護神として知られ、源《みなもとの》義経《よしつね》に代表される、平安・鎌倉時代の武将たちが、戦勝を祈念したり報告したりするごとに鎧《よろい》兜《かぶと》や刀剣類を奉納した。それらは神社の宝物館に納められ、国宝・重文クラスのものも数多い。

　それだけに「大三島大会」には、思わぬ掘り出し物が登場するのでは――と期待されたのだが、案に相違して、価値の高い品はほとんど集まらなかった。その中にあって、傑出していたのは、大山祇神社の裏山から発見された土器類だった。

　土器の出品者はあまり風采の上がらない中年女性で、家に沢山ある中から五点を選んで持参したということだ。文字通り玉石混淆《ぎょくせきこんこう》といったところだが、状態のいいものは七十万円以上の値がついた。「鑑定人」の中でとくに土器類に造詣《ぞうけい》が深い木川佳樹《きかわよしき》が惚《ほ》れ込んで、本番中から出品者との売買交渉をしたいと言っていた。

土器以外にも絵画や書などの程度のいいものには、他の鑑定人——小松牧俊《こまつまきとし》、鈴木翔一《すずきしょういち》が、それぞれの得意分野で売買交渉に臨むのだが、今回はあまり食指が動くような逸品は登場しなかった。

その一週間後に放送された番組は、視聴率も上がり、概《おおむ》ね好評だった。大山祇神社やしまなみ海道の紹介映像も、番組を盛り上げる効果があったようだ。

本体の「瀬戸内しまなみ海道」そのものも、五月一日の開通以来、順調に利用車両数が増えて、愛媛県に新時代の到来を告げるかに思えた。

第一章　旅立ちの港

1

　今治《いまばり》港を二十二時三十五分に出港するダイヤモンドフェリーは、翌朝の五時三十分に神戸港に着く。およそ七時間、ひと眠りするにはちょうど頃合いだ。時間を無駄にしないという意味では、こんなに都合のいい乗り物はほかにない。

　村上咲枝《むらかみさきえ》は制服のスカートが風に舞い、細い脚が人目に晒《さら》されるのを気にしながら、乗船口のタラップを上っていった。

「嬢ちゃん、パンテエが見えとりまっせ」

　後ろにつづく初老の大男が遠慮のない大声で注意した。上にも横にも威風堂々と大柄で、ずんぐりした頭はツルツルに磨いている。どう見てもヤクザの親分だ。

「ええんよマサ、じいちゃんがそれでええ言うんやけん」

咲枝は振り返りもせずに言った。祖父は制服至上主義だから、どこへ行くのも制服着用のことと命令する。

「会長はそないなことは言うてはおらんと、わしは思いますんじゃけんどなあ……」

伴正之助《ばんまさのすけ》は気弱そうに俯《うつむ》いて、声のトーンを落とした。図体《ずうたい》は威風堂々でも、正之助は村上家の人間にだけは逆らえない。何しろ天正《てんしょう》二年以来、伴家は村上家の家来として付き従ってきた家柄である。

村上一族の祖先は、今治の北の大島《おおしま》とその向こうの伯方島《はかたじま》のあいだに浮かぶ「能島《のしま》」を本拠地とする海賊のようなもので、瀬戸内海を航行する船を襲っては「通行税」と称する略奪をやっていた。その後、毛利元就《もうりもとなり》と組んで厳島《いつくしま》合戦で陶晴賢《すえはるかた》を滅ぼしたことから、一躍「伊予《いよ》水軍」として大名なみの待遇を受けることになる。

関ヶ原の合戦にも西軍の総大将だった毛利軍について戦った。徳川方に敗れた結果、毛利家の領地が中国八カ国から周防《すおう》・長門《ながと》二カ国に減らされたため、村上一族も本拠を追われ、散り散りになったが、その悲運の際にも唯一、最後まで主家に従ったのが、海賊時代からの忠臣である伴家の先祖だった。

それから四百年の時を経て、平成の時代になったが、伴家は先祖代々定められた村上家の忠実な「家臣」としての地位と伝統を受け継いでいるというわけだ。

フェリーは「ボーッ」と間の抜けた汽笛を鳴らして港を出た。防波堤を出はずれると、船首をゆっくり東へ向けて加速する。低い建物の多い今治の市街は、暗い海岸線を光の帯のように彩る。その上に、四国随一という高さを誇るランドマークの今治ワールドホテルが、全館に明りを灯《とも》して佇《たたず》んでいるのが、頼もしく、妙に懐かしい。

梅雨《つゆ》の晴れ間とかで空はよく晴れている。満月に照らされた瀬戸内の穏やかな海に、黒々とした島影が浮かんでいる。「海」という古い学校唱歌の歌詞に「島山闇に著《しる》きあたり漁火《いさりび》ひかり淡し」というのがあるが、そういう情景だ。瀬戸内海はいつ見ても美しいけれど、この時間帯の何ともいえない侘《わび》しさだけは、咲枝はどうしても好きになれない。

振り向くと、しまなみ海道の橋梁《きょうりょう》の位置を示す航空標識のライトが、存在感を誇示するようにチカチカと点滅を繰り返している。この時刻が嫌いなのは、あの灯《あかり》があるせいかもしれない。だのに、島崎《しまざき》先生にその風景の話をすると「まあすてきじゃない」と娘のように目を輝かせた。

「でも、私は嫌いです」

「あ、そうだったわね……」

気がついて、島崎先生も言葉をなくす。あの橋が咲枝の母親を殺した。

咲枝の母の実家は、今治で三百年もつづいた和菓子の老舗《しにせ》「城下堂《じょうかどう》」である。江戸時代に今治城の殿様御用達《ごようたし》だった「鳥の子饅頭《まんじゅう》」という小さなお饅頭が名物で、四国土産《みやげ》として全国に知られ、平成のいまに至るまでつづいている。今治市内のメインストリートに大きな店を張り、九代目の先代の時には松山や東京のデパートにも出店した。

今治は広島県三原《みはら》市の対岸にあって、本州側からは愛媛県への玄関口になっていた。平成元年頃の今治は、東京、大阪、九州と結ぶ長距離フェリーや、広島、三原、尾道《おのみち》、そして大島、大三島《おおみしま》、因島《いんのしま》など、瀬戸内海に浮かぶ島々へのフェリーや連絡船が日に何便も往復して、一日中賑《にぎ》わった。今治港ターミナルビルから吐き出される人波は市内へ通じるメインストリートに溢《あふ》れ、道路に面した店々はどこも活気があった。

今治はまた造船の町でもある。波静かな瀬戸内の海と、急深の入り江は造船業に適しているから、今治ばかりでなく、離島の来島《くるしま》などに大小の造船所があって、中型の漁船から十万トンクラスの自動車運搬船までが建造される。

村上家は明治期以来、造船会社を経営してきた。太平洋戦争で壊滅的な打撃をこうむったが、早い時期に操業を再開して、日本の戦後復興の一翼を担った。村上造船といえば中型船舶を中心とする、日本の造船界のリーダー格と認められ、二年前には代表取締役会長——咲枝の祖父の村上勘太郎《かんたろう》が勲二等瑞宝章《くんにとうずいほうしょう》を受勲している。

港といい造船といい、今治は海上交通——つまり船の町であった。船の往き来がそのまま今治の町の繁栄に繋《つな》がっていた。その繁栄がある日、とつぜん消え失せた。その原因は西瀬戸自動車道＝瀬戸内しまなみ海道の開通である。

瀬戸内しまなみ海道は本州・四国を結ぶ三つ目のルートとして、一九九九年五月一日に開通した。広島県尾道市と愛媛県今治市のあいだに点在する九つの島々に、十本の橋を架け、高規格道路を建設した。このルートの特徴は自動車専用道路として供用するのと同時に、自転車と歩行者のための側道を設けたことだ。「歩いて渡れる『海の道』」という観点から、「しまなみ海道」と命名することが、計画段階から決まっていた。

建設の主眼はもちろん、ほかの二ルートと同様、経済・文化面での本州と四国にある格差を無くすことにあった。瀬戸内しまなみ海道の開通によって、愛媛県は本州と「陸続き」になり、時間距離は劇的に短縮された。とはいっても、住民にとって、すべてがいいことずくめというわけにはいかなかったことも事実なのだ。

咲枝の母の美和《みわ》が村上家に嫁入りした頃が城下堂・羽二生《はにう》家の最盛期といえるかもしれない。美和は美しい女で、村上家長男の康彦《やすひこ》とは見合いで結婚した。康彦が一目惚《ひとめぼ》れしたのだが、その時に仲人に洩らした感想は「お名前どおり、まるで羽二重《はぶたえ》みたいに美しい」というものだった。美和はどちらかというと痩《や》せ型なのだが、頬《ほお》の辺りの線がふっくらと優しくつややかなのを言ったらしい。

村上水軍の流れを汲《く》む名家であり、東予地方きっての大企業である村上造船と、老舗とはいえ今治の菓子屋にすぎない城下堂とではバランスは取れないが、何よりも康彦の美和に対する惚れ込みようが、この縁談をすんなり決めた。気難しいことで知られる勘太郎もまた、美和の美貌《びぼう》としとやかさを一も二もなく認めた。

そうして、結婚披露は完成したばかりの今治ワールドホテルで盛大に催された。ワールドホテルは、これまでこの地方に欠けていた一級の宿泊施設を——という勘太郎の長年の構想を実現したものだ。高さばかりでなく、中身も一級品として世界に通用するものを作った。実際、国内のお客はもちろん、外国からの賓客でさえ、大きさはともかくとして質的には、東京や大阪の一流シティホテルに一歩もひけを取らないと称賛する。そのいわばコケラ落としになった村上・羽二生両家の披露パーティは、まさに豪華絢爛《けんらん》をきわめたものであった。

咲枝が生まれて間もなく、バブル経済が弾《はじ》けた。造船業界は軒並み傾いたが、村上造船だけは無借金・健全経営の成果でしぶとく黒字を保った。不況が長期化して、どの業界も青息吐息のありさまの中で、なんとか耐えているのは、過去の蓄積と質実剛健の経営哲学のお蔭といえる。

しかし城下堂のほうはそうはいかなかった。バブルの影響はさほどではないのだが、その後に開通した西瀬戸自動車道が、予想を上回る悪い影響をもたらした。

西瀬戸自動車道の開通によって、今治から大阪、福岡、広島、岡山、それに近隣の諸島へ往来していた船舶は、そのほとんどが運航を廃止するか、便数を大幅に削減した。港としての今治の町と、その恩恵に浴していた企業や人々は壊滅的な打撃を受けることになった。一日平均五千人以上もの利用客で賑《にぎ》わっていたターミナル周辺の街と店は軒並み閑古鳥が鳴く寂しさになった。

城下堂ももろにそのあおりを食らった形で、店の売り上げが十分の一に激減した。店の主力商品である「鳥の子饅頭」は元来、土産品の性格が強いから、今治を訪れる旅行客が減れば直接その売り上げにひびく。観光客ばかりでなく、本州側から商用で渡ってきた人々にも、家族や会社への手頃な土産として珍重されていただけに、その需要が消えたことは大打撃だった。

そうして三百年間の繁栄を謳歌《おうか》してきた城下堂は、一気に寂《さび》れた。多い時には五十人もの人間を雇っていた店と工場は、家族を含めてもわずか八人でやり繰りできるような規模に縮小した。それでも黒字は出ない。

不運というものは重なるもので、しまなみ海道開通から間もなく、裏の家から出火した火が土蔵に入った。幸い母屋や店舗部分の被害は最小限で食い止めたが、土蔵はいったん火が入ると、構造的に消火が難しい。結局、内部は蒸し焼き状態になって、収納してあった家財は全滅してしまった。その火災によって傷んだ店を建て直した際に、銀行から融資を受けたが、いまやその借金を返済するどころか、利息を払うのにも汲々《きゅうきゅう》とする有り様になった。

美和の兄・城下堂十代目店主の潤平《じゅんぺい》は真面目だが、覇気に欠けるところがあった。守り一方の経営で何とか切り抜けようとしたのだが、それは消極性に通じる。ズルズルとつなぎの銀行融資ばかりが増える。潤平の弟の浩平《こうへい》は兄とは対照的にヤマっ気が強い。兄の方針に飽き足らず、積極的に新製品の開発やデパートへのテナント進出を図ったが、それもことごとく失敗した。こっちのほうは損失の額が大きく、加速度的に経営を圧迫することになった。

銀行は城下堂の老舗としての付加価値と、永年の取引関係を重く見て、融資の引き揚げを申し出ることに慎重だった。むしろかなり好意的に追加融資の求めに応じてきたといっていい。しかし不況が長引き、金融監督庁の不良債権への引き締めが強くなると、そうも言っていられなくなった。どう評価しても城下堂の経営状態は先行き真っ暗である。これ以上の追加融資には応じられないとするのと同時に、いわゆる第四分類（返済不能）の不良債権と確定しきらない前に、いくらかずつでも元本を返済して欲しいと要請した。

当面は手持ちの不動産を切り売りして、とにもかくにも銀行の要望に応《こた》えたが、バブル崩壊以後の資産価値の低下で、それもはかばかしくいかない。万策尽きて、潤平は美和を通じて村上家に泣きついた。

美和は断ったが、再三にわたる懇願をもだしがたく、夫の康彦に相談した。康彦はできるかぎりのことはしてくれた。しかし、自分の裁量で融通可能な額までは出せたが、城下堂の要望はそれを上回るものだった。それ以上となると会社間の融資ということになる。いくら社長の権限をもってしても、それはどうしようもなかった。村上造船といえどもそこまで面倒見切れるほどの経済的余裕はないのだ。会長である父親の勘太郎に相談しようと言うと、美和はそれだけはしないでと頼んだ。可愛がってくれる義父に、実家のことで迷惑をかけるようなことがあれば、私は死んでしまう——と言った。

実家と嫁ぎ先との板挟みになって、美和は本当に死ぬほど苦しんだ。咲枝は中学に進級する時期だったが、母親の苦悩は肌で感じ取れた。顔は笑っているけれど、見ただけで判《わか》るほど痩せて青ざめ、手を触れると理科の実験で触ったカエルの皮膚のように冷たかった。そのうちに日常の様子にふつうでないものが出てきた。目から光が消え失せ、時折、ろれつが回らなくなった。

美和の異常を最初に不審に思ったのは勘太郎の妻の初代《はつよ》だが、息子の康彦一家とは別棟に住んでいたために、気づくのが遅れた。それでも康彦にそれとなく確かめたのだが、男の感覚ではピンとくるものがなかったのか、「気のせいじゃないんか」と片付けられた。

その康彦が、咲枝に「ママ、ヘンよ」と言われて、ようやく本気で心配し始めた。しかし、康彦が「体の具合でも悪いんじゃないか」などと話しかけると、美和はシャキッとして「何ともないわよ」と笑う。その後に、揺り戻しのように症状が悪化するのだが、康彦はそれには気づかなかった。

そうして破局が訪れた。

康彦が会社で会長室に呼ばれて行くと、勘太郎が難しい顔をして迎えて、いきなり「美和がおかしいそうじゃないか」と言った。

「初代がこっそりお医者に聞いたところによると、強度のノイローゼの疑いがあると言われたそうじゃ。何かあったんか？」

問い詰められて、康彦はこれまでの経緯を話した。城下堂の財政が逼迫《ひっぱく》していて、そのことで美和が悩んでいると聞くと、勘太郎は「あほっ」と怒鳴った。

「そがいなこと、なんでわしに相談せんのじゃ。羽二生の家が困っとったら、助けてやったらええじゃないか」

「いや、僕じゃってそう思いましたが、しかし美和がどうしてもお父さんには迷惑かけとうないんで、話さんとってくれ言いますんじゃ。話したら死ぬ言いますんで、どがいにもでけんかったんです」

「あほじゃな、あいつ……」

きつい言葉を言いながら、勘太郎はホロリときていた。

「とにかくすぐに美和に言うて、融資の件は引き受けたと城下堂に伝えさせい」

だが、その美和が摑《つか》まらなくなっていた。その日の朝、自宅を出たことは家の者が知っているのだが、そのまま夕刻になっても帰ってこない。いつもなら、何かの事情で遅くなる場合には、必ず電話してくるはずが、夜に入っても何の連絡もなかった。

（何かあった――）と誰もが思った。

美和の遺体が能島近くの海中で発見されたのは、それから三日後のことである。

能島付近は瀬戸内海でも最も潮流のはげしいところで、能島と隣の鯛崎島《たいざきじま》の間の瀬では最大二メートルの潮位差が生じて、渓谷の激流を見るようだ。その潮流が能島の島陰で淀《よど》んだところに、遺体は漂っていた。

警察が調べたところ死後二、三日を経過しているというから、失踪《しっそう》して間もなく死亡したものと考えられる。

その後しばらくして目撃情報が出てきた。失踪した日の夕刻、来島海峡大橋の歩道を中年の女性が歩いているのを、通りかかった車から見たというのだ。目撃者は伯方島在住の女性で、こんなところを独りで歩いていて、寂しくないのかしら——と思ったので、よく憶《おぼ》えていると語った。

死因ははっきりしなかったが、全身に強い衝撃を受けていることは分かった。目撃情報から判断して、おそらく来島海峡大橋から身を投げたものと思われる。橋から海面までは六十メートル。ふつうの人間がふつうの落ち方をしたら、その衝撃だけでも助かる高さではないのだそうだ。遺体の解剖結果でも、水を飲んだ形跡がなく、ほとんど落下時のショックで即死状態だったと考えられた。

母の遺体が警察から還《かえ》ってきた時、柩《ひつぎ》に縋《すが》って、咲枝はとめどなく泣いた。死後経過が長いのと、司法解剖のあとであることで、亡骸《なきがら》を直接見ることは許されなかった。見たいと言う咲枝を、康彦は鬼のような険しい顔で叱《しか》った。愛する妻の顔に恐怖を感じた自分の体験と、同じ思いを娘にはさせたくなかったのだろう。

2

新幹線の中で、咲枝はサンドイッチとジュースで朝食を済ます。毎度のことなのだが、正之助は「そがいなもんじゃ、体がもちませんわい」とコンビニで買ってきたお握りを五個も平らげる。「恥ずかしいから、遠くの席に行って」と頼んでも、「それじゃボデエガードになりゃしません」と、こればっかりは言うことをきいてくれない。

「マサの英語、おかしいわ。ボデエでなくボディでしょう」

「そう言うとりますやろ。ボデエはボデエ、パンテエはパンテエですわい」

声が大きいから、咲枝は身の縮む思いである。乗客は笑いそうになるのだが、正之助の巨《きょ》軀《く》と魁偉《かいい》な容貌《ようぼう》を見ると、慌てて視線を逸《そ》らす。

東京には九時過ぎには着く。山手線に乗り換えて駒込《こまごめ》駅で降りると、駅から十分ほど歩けば島崎先生のレッスン場だ。今治から片道十一時間半、船中二泊の長旅が一週間おきの週末ごと、一年間つづいていた。

咲枝のピアノの才能を発見したのは母親の美和である。美和自身、少女の頃にピアニストへの夢を抱《いだ》いた経験を持っていた。岡山県にある音楽大学に入って、いったんはその道を目指したのだそうだ。

「なんでやめたの？」

咲枝が訊《き》くと、「ほうじゃねえ、お父さんと出会《でお》うたからかしらん」と笑った。

「ほんとはね、才能がないいうことに気がついたんよ。咲枝みたいにもっと早《はよ》うから始めとったらよかったかもしれんけど」

咲枝は三歳の時からピアノに慣れ親しんだ。遊びのように鍵盤《けんばん》を叩《たた》かせているうちに、才能のきらめきのようなものがあるのを、美和が感じ取った。母親が弾くメロディを一度聴くと、すぐにそれをなぞるようにして、同じフレーズを弾いた。驚くほどの音感のよさと、それに記憶力のよさであった。

もっとも、当の咲枝は何も自覚していなかったようだ。ただ、八十八も並んだ白と黒の鍵盤から、整然とした音が流れ出ることに驚きと好奇心をそそられるまま、望む音と出会える期待に胸をときめかせ、指を弾ませていた記憶があった。

母の指は長く美しく、遠くの鍵盤まで一気に走ってゆくのが羨《うらや》ましく、くやしくてならなかったが、その分、咲枝は手と指をすばやく運んだ。残響が消えないうちに次の音を鳴らす。残響用のペダルに足が届かないから、その曲本来の二倍ぐらいの速さでテンポを刻まないと、音が切れぎれになってしまう。その点、テンポの速いトルコ行進曲などは大好きで、鍵盤の上を手指が駆けめぐるように弾きまくって母を驚かせた。

九歳の時に島崎先生に出会った。

島崎香代子《かよこ》は音大時代の美和の親友で、同級の中では唯一、プロの演奏家としてデビューした英才だった。東京の音楽学校でなく地方の学校から演奏家として一本立ちできる者はごくごく稀《まれ》といわれる。島崎香代子はヨーロッパの二つの音楽コンクールで入賞して、一躍スターになった。

しかし、彼女の幸運もそう長くは続かなかった。左上腕の付け根の腱《けん》に異常が発生し、演奏していると、とつぜん脱力感に襲われるという病気だ。日常的には支障をきたすことはないのだが、長時間の演奏には不安がつきまとう。プロとして演奏活動を続けてゆくことは断念せざるをえなかった。

香代子はレッスンプロとして再出発することにした。それまでも、個人的な知り合いの子弟にレッスンをつけることはあったが、本格的に教室を立ち上げようと決心したのは、村上咲枝との出会いがきっかけだ。

香代子が咲枝を見いだしたのは、彼女が傷心を抱いて今治の美和を訪ねた時のことである。戯《たわむ》れのように弾く咲枝の演奏を聴いて、その才能に目をみはった。

「ねえ美和さん、どうかしら、咲枝ちゃんを私に預けてみない」

ふいの申し出に、美和は「えっ、この子を?」と面食らった。

「ええ、咲枝ちゃんはすごい天才かもしれないわよ。いま聴かせてもらって、とてもショックだった。こういう幼い逸材が地方に眠っているんだもの。私みたいなのは、そこいら中にゴロゴロしてるのよ。いつまでも未練を引きずって嘆いてばかりいないで、これからは才能の芽を育てることを天職にしようって、そう思ったの」

「そう、それはすてきなことじゃねえ。私だって大賛成。島崎さんが先生になられたら、お弟子さんはなんぼでもくるわいねえ。けど、この子がねえ……」

「絶対に保証するわ。咲枝ちゃんは間違いなくモノになります。私のお弟子の第一号にしたいくらい」

「そう言うてくれるんは嬉《うれ》しいけんど、そうじゃねえ、この子しだいかしら」

美和は気持ちが動いているのだが、踏ん切りがつかない様子を見せた。

「どう、咲枝ちゃん、東京にこない？」

香代子に訊かれて、咲枝は即座に「行きます」と応えた。

「ほんと？　えらいわ。ねえ美和さん、彼女の目を見てごらんなさいよ。あんなに輝いているじゃない。大物の資質ありだわ。うちに一緒に住めばいいし、小学校の転校のほうは私が手続きします。いつでも東京に出てきてもらっていいわよ」

しかし、この「スカウト」は実現しなかった。咲枝はもちろん、美和もその気になったし、父親の康彦も「二人がそう言うのなら」と認めかけたのだが、最後のところで祖父の勘太郎が「いかん」と言った。

「何を言うとんや。村上家のだいじな孫娘を一人で東京みたいな、魔物が住みよるようなところへ出すいうて、頭がおかしゅうなったんと違うんか」

結局、そのひと言で咲枝の希望は頓挫《とんざ》することになった。美和が死ぬちょうど四年前のことである。咲枝は大いに不満で、それからも折りにふれて、東京行きをせがんだのだが、やがて母親のほうがそんなことを言っていられる状況ではなくなった。

母親の死は咲枝にとって、血が凍るような衝撃的な出来事ではあったけれど、胸の奥底でふつふつと湧《わ》き出す音楽への想いが、すべて失われてしまったわけではなかった。美和の一周忌の法事の日、墓前に花を供えたあと、咲枝は決然として宣言した。

「お祖父ちゃん、私、東京へ行きます。東京へ行って、島崎先生にピアノを習います」

勘太郎は「いかん」と言いかけた「い」の形に口を開けたまま、言葉が出なかった。咲枝の語調は祖父を黙らせるほど、圧倒的な迫力だった。しかしその勘太郎の苦境を康彦が救った。

「それは私が許さん。ママが亡《の》うなってしもうたいまは、咲枝は村上家の大切な宝石みたいなもんじゃ。島崎先生はたしかにええ人じゃが、他人《ひと》さまに大切な咲枝を預けるいうことは、絶対にできん」

これは咲枝にとっては思いがけない抵抗だった。

「パパは行ってもええって、言うとったじゃないいん」

「だから、それはママが亡《の》うなる前の話じゃ。いまはいかん言うとるじゃろ」

「そんなんずるいわ。ママだって賛成してくれたし、わたしはどうしてもピアノをやりたいのに」

「ピアノをやったらいかんと言うとるんじゃないんじゃ。習いたいいうんじゃったら、今治にじゃってなんぼでもピアノの先生はおるじゃろ」

「島崎先生でなければだめなの。ほかの人に習う気はないの」

「そんな聞き分けのないことを言うても、だめなものはだめなんじゃ」

「そんなら、わたしをサブみたいに鎖で繋いどってください」

咲枝は祖父の飼っている土佐犬の名前を言った。

「そうせんと、わたしは家を出て行きます」

「ばかなことを……よし、それじゃ、正之助を学校の行き帰りにつけることにする」

「だめよ、それだけはやめてよ」

咲枝は悲鳴を上げた。伴正之助がついて歩いたら、友達に何を言われるか分かったものではない。それを承知の上での父のいやがらせであることは見え透いていた。しかし、そのことから咲枝はヒントを見つけた。

「そうじゃ、マサがついてきてくれたらええ」

「ん？　どういう意味じゃ？」

「だから、東京までマサが一緒に行ってくれるんだったら、島崎先生のレッスンに通うてもかまわんでしょうって言うとんの」

「えっ、東京まで通うつもりか？」

康彦は驚いたが、勘太郎も「そこまで言うんやったら」と折れて、結局、その案を受け入れることになった。船中二泊の方法は咲枝が自分で考えた。他にも長距離バスの直通便があるにはあるけれど、出発時間の関係などからいって、船の便がいちばん都合がよく、無駄のない方法であった。

駅を出て、賑やかな下町の商店街を抜け、坂を上がった閑静な住宅街に島崎先生の自宅兼レッスン場はある。東京では大きな敷地は取れないので、外にピアノの音が漏れない完全防音の部屋を作るのに、ずいぶん費用がかかったらしい。近くに小学校があって、休日でも何かのスポーツでもやっているのか、歓声が聞こえることがあるけれど、レッスン場の中に入るとまったく無音状態になる。

島崎先生のレッスンは優しかった。母の死という悲劇に見舞われた咲枝に気を遣ってそうなのかと思ったが、そうではなく、本質的に優しい性格の人なのである。その人柄を慕って、生徒の希望者は引きも切らない。しかし生徒数はごく少なく、その中でもとくに咲枝のためには長い時間を割いてくれる。レッスンだけでなく、そのあとにはティータイムを付き合った。他愛のない雑談もまた、感性を磨く情操教育になるという考え方だ。

美和の三回忌には、わざわざ今治まできてくれて、咲枝の案内でお墓参りをした。村上一族の祖先を祀《まつ》る菩提寺《ぼだいじ》は大島にあるが、康彦は美和のために新しい墓を建てた。

今治市を西の郊外に出はずれると、道路は間もなく「しまなみ海道」の高架橋の下をくぐる。ここは「海道」の四国側の付け根にあたる岬で、岬の西側は細長い入り江である。入り江に面して村上造船の本社と広大な工場とドックと岸壁がある。それを見下ろす丘の中腹に村上家があり、それと向き合う恰好《かっこう》の丘の中腹にお墓を作った。墓地からは村上家もクレーンの林立する造船工場も一望に見渡せる。

墓前で長いこと手を合わせて祈っている香代子の頬に、涙が伝っているのに気づいて、咲枝は驚いたものである。

「あんなことを言ってたのに、どうして死んでしまったのか、いまでも信じられない」

背伸びして、お墓の頭を撫《な》でるようにしながら、香代子は呟《つぶや》いた。

その時は何気なく聞き流していたのだが、あとになって咲枝は「あんなこと」とは何なのかが気になった。

3

島崎ピアノ教室のティータイムには、決まって「平塚亭《ひらつかてい》」のお団子や大福餅が出る。ヨーロッパでの留学生活が長い島崎香代子先生のことだから、お洒落《しゃれ》なケーキかと思っていて、咲枝は意表をつかれた。

「むこうにいる頃は、ほんとに平塚亭のお団子が恋しかったわ。もちろん、城下堂の鳥の子饅頭もおいしいけどね」

香代子はちゃんとお世辞も忘れない。

平塚亭は教室から徒歩で七、八分のところにある神社の、境内の外れにある茶店のような小さな和菓子屋だ。香代子は三度に一度は、散歩がてら平塚亭まで連れて行ってくれる。その時も当然のような顔をして、正之助がついてくる。香代子と咲枝は、街を歩いていてもちょっと目立つ美人と美少女だから、容貌魁偉《ようぼうかいい》の正之助とはどうにも違和感がある。すれ違う人たちは一様に、びっくりした顔で振り返ってゆく。

「マサはなるべく離れてきてね」

咲枝が言うと、香代子は「そんな失礼なことを言うものじゃありません」と叱った。しかし正之助のほうが気を遣って、十メートルほどの距離を取って従った。

この正之助が甘い物が好物だというのだから、人は見かけによらないものである。大福やおはぎなどを、出せば出すだけ食べてしまう。支払いはもちろん香代子だ。自分のレッスン料の何パーセントかが、正之助の胃袋で消化されることを思うと、咲枝としては気が気ではない。

その日、平塚亭で一人の青年に会った。青年といっても、咲枝の目から見ると十分すぎるほどの「おじさん」だが、逆に香代子よりはかなり歳下《としした》らしい。大福を頬張っている最中に「島崎さん」と声をかけられて、香代子は目を白黒させた。

「あら、光彦《みつひこ》さん」

大急ぎでお茶で口の中の物を飲み込むと、若やいだ声で言った。咲枝はびっくりして、香代子の変貌を見つめた。目の輝きや頬がポッと紅潮した感じは、これはただごとではない——と思わせるものがあった。

「しばらくですね、お元気そうで、それにいつも素敵だなあ」

青年はストレートに褒めた。咲枝が住む愛媛の今治あたりでは絶対に聞けない言葉だ。キザなのだけれど、この青年が言うとぜんぜん厭味《いやみ》がない。心底そう思っているからなのだろう。確かに香代子は美人だし、着ているもののセンスも抜群だ。それでも香代子は照れて、「ほほほ、ありがとう」と、ますます顔が赤くなった。

(先生はカレが好きなのかも——)

咲枝はそう思った。

青年は店のおばさんに「いつものを包んでおいてください」と頼んで、「ここ、ご一緒してもいいですか」と、テーブルの端の椅子《いす》に腰を下ろした。いいも悪いも、この店にはテーブルは店の奥のここに一つあるだけ。本当は店売りだけの店で、よほど親しい特別なお客以外は、こうして店内でお菓子を食べたり、お茶をご馳走《ちそう》になることはないのだ。

「紹介するわね。こちら浅見《あさみ》光彦さんていって、私がいつもお世話になっている方の坊っちゃま」

「ははは、その『坊っちゃま』はやめてくれませんか」

浅見青年は右手で首の後ろを抱えて、白い歯を見せて笑った。背が高くて、きりっと引き締まった顔だちで、鳶色《とびいろ》の眸《ひとみ》が魅力的で、少しかっこよすぎるのが唯一の欠点のような青年だ。

だのに咲枝は（何なのよ――）と反発を覚えた。そもそも島崎先生が、いままで咲枝が知らなかった、もう一つの顔を見せたのが気に入らない。浅見と並ぶ椅子に坐《すわ》っている正之助も、やはり咲枝と同じ気持ちなのか、ブスッとした顔だ。

「光彦さん、こちらがね、今治からきてる村上咲枝さんと、伴正之助さん」

「ああ、いつかのお話の、あの天才少女ですか、はじめまして、浅見です」

「はじめまして」

咲枝も正之助も挨拶《あいさつ》を返したが、正之助はともかく、咲枝のほうは笑顔にはなれないでいる。香代子と浅見のあいだで「天才少女」などと噂《うわさ》されていることも、あまり嬉しくなかった。

「今治ですか、懐かしいな」

「あら、光彦さんは今治、いらしたことがあるの？」

「ええ、一度だけ。取材で京都から香川県の坂出《さかいで》と愛媛県の松山へ行って、そこから山口県の長門市へ向かう途中、今治からフェリーで大三島へ行って大山祇神社に参拝して、またフェリーで対岸の広島県の三原へ渡りました。しまなみ海道ができる前の年でした。いまはもうあのフェリーは無くなったのかな。それにしてもいいですねえ、しまなみ海道ができて、尾道から今治まで島伝いに車で行けるんだから。便利になりましたね」

「ええ、まあ……」

咲枝は相槌《あいづち》を打ちながら、内心では（ちっともよくないわ——）と思っていた。

「今治は活気のある港町だったなあ……」

浅見は思い出を辿《たど》る遠い目をした。

「そうそう、港に近いところに『城下堂』という和菓子屋さんがあるんですよ。江戸時代からつづく老舗でしてね、そこの名物の『鳥の子饅頭』をお土産に買っておふくろに送りました。ほんのこれくらいの大きさの、可愛らしいお饅頭なんだけど、あれは好評だったなあ」

浅見は親指と人指し指で小さな丸を作ってみせた。

「村上さんも地元ですから、鳥の子饅頭は知っているでしょう？」

「ほほほ……」と香代子が笑った。

「知っているも何も、咲枝さんのお母さんが城下堂の娘さんですもの」

「えっ、ほんとに？　そうですか、それは羨ましいなあ。じゃあ、鳥の子饅頭は食べ放題でしょうね」

鳥の子饅頭を褒められたのは嬉しいが、いい歳をした大の男が、無邪気なことを言っているのに、咲枝は呆《あき》れた。

「そんなには食べません」

「わしはいっぱい食べます」と、正之助が訊かれもしないのに言いだした。

「記録は八十個です」

「八十個……」

浅見も香代子も、あっけにとられて、正之助の得意気な顔を眺めている。咲枝は消え入りたいほど恥ずかしかった。

「そうか、島崎さんの音楽学校の同級生というのが、その城下堂のお嬢さんだったわけですね。きっとおきれいな人なんだろうな、あなたのお母さんなんですからね」

上手なお世辞なのだろうけれど、今度こそ咲枝は笑えなかった。香代子が慌てて「光彦さん」と手で制したが、もちろん通じるはずがない。

「母は一昨年、亡くなりました」

咲枝は無表情を装って、言った。

「えっ……」

浅見は一瞬、息が止まり、全身が硬直したようになって、「失礼、思慮のないことを言いました」と頭を下げた。咲枝は大人の人にそんな風に謝られた経験は初めてだ。

「いいんです、もう昔のことですから」

「昔？……そんな……僕は父親が死んでから二十年にもなるけれど、その時のショックは、いまだにトラウマのように引きずっていますよ」

「二十年……」

(じゃあ、この人も私ぐらいの時にお父さんを亡くしたんだ——)

そう思うと、いままで憎らしいだけだったのが、少し薄れてゆくような気がした。

気まずい沈黙が流れる中で、浅見は立ち上がった。

「じゃあ、僕はこれで。ピアノ、頑張ってください」

三人に順に挨拶して、レジを済ますと、逃げるように店を出て行った。

「咲枝さんを傷つけたと思って、すごく気にしているのよ。浅見さんて、とってもナイーブな人だから」

「でも、あの人だってお父さんを亡くしているって言ってました」

「そう、確か十三歳の時だったかな。あら、あなたと同じじゃないの？」

「ええ、同じです」

不思議な偶然だと、咲枝は思った。

（私もあんな風に、二十年経《た》っても母親の死を、心の中に引きずっていることになるのだろうか——）

「あの……先生にお聞きしたいことがあるんですけど」

咲枝は言いだした。香代子は「何？」と首を傾《かし》げた。

「このあいだの母の三回忌のお墓参りの時、先生が『あんなことを言っていたのに、どうして死んでしまったのか、いまでも信じられない』っておっしゃったでしょう。あれって、母が何を言っていたんですか？」

「ああ、あれ……」

香代子はちょっと困った顔になった。

「あれはね、あなたのことなの。咲枝さんの初リサイタルを松山の県民文化会館で催したいって。学生時代の美和さん自身の夢だったのを、あなたに実現してもらって、客席の一番前で拍手して、花束を贈りたいって言ってらしたの」

咲枝はボッと、涙で瞳《ひとみ》が曇ったが、それよりも早く、正之助が「ううっ」と嗚咽《おえつ》を洩らして、ポロポロと大粒の涙を落とした。店のおばさんがびっくりして覗《のぞ》きにきて、いけないものを見たというように、大急ぎで店先へ戻って行った。

「だから、美和さんが亡くなったって、それもああいう亡くなり方をしたって聞いた時、嘘……って思ったわ。それに、美和さんはお金のことも言ってらしたし」

「お金のこと……ですか？」

「そう、私は知らなかったんだけど、ご実家の城下堂さんが経済的に逼迫《ひっぱく》してたんですってね。そのことで、美和さんもとても悩んでいたけれど、やっと何とかなりそうって、電話で言ってらして、その矢先のことですもの、信じられなかったわ」

「あの……」と、咲枝は訊いた。

「母がお金のこと、何とかなりそうって、そう言ってたんですか？」

「ええ、とても明るい声でしたよ。それまでずっと沈みがちだったでしょう。だから、ああよかったって私も思って、じゃあ、一段落したら東京にいらっしゃいって約束したくらいなのよ」

「でも、母がどうしてお金のこと、そんな風に何とかなるって思ったのかしら？」

それは咲枝にとって、素朴すぎるくらいの疑問だった。母が実家のための金策でとても苦しんでいたのは、咲枝もよく知っている。父にも相談して、それでもどうにもならなかったのに、突然、何とかなる――などと言えるような方法があったとは思えない。

「もしかして……」と、咲枝はおずおずと言った。

「生命保険のお金じゃないですか」

「えっ……」

香代子は眉《まゆ》をひそめ、チラッと正之助と、それから店先のほうに視線を走らせた。

「何て恐ろしいことを言うの。あなたのお母さんはそんな人じゃありませんよ。それに、亡くなったりしたら、東京で会う約束も、あなたのリサイタルのことも、何もかも無くなっちゃうじゃないの」

「ほうじゃ、嬢ちゃん、そがいなこと言うたらいかんわい」

正之助も目を剝《む》いている。

「だけど、ママは現実に亡くなってるじゃないの。それも自……」

自殺と言いかけて、さすがにその先は声を消した。

「それは魔がさしたのよ、きっと」

香代子は優しく言った。

「もう、そんなことを考えるのは、おやめなさい、いいわね」

「はい……」

咲枝はしょぼんとして頷《うなず》いたが、心底から納得したわけではなかった。あの母が何の目的もなしに、フラフラと彷徨《さまよ》ったあげく自ら身を投げて死んでしまうとは、思いたくなかった。

自分が死ぬことで、支払われる保険金を城下堂のために使ってもらおうとしたのなら、それなりに理由のあることだけれど、もしそうでないとしたら……。

（そうだ——）と、咲枝は愕然《がくぜん》として思いついた。

（殺された？――）

心臓が凍りつくような、恐ろしい着想であった。思いついてすぐ、頭の中にとりついた不吉な断片を払い落とそうと、思わず首を左右に振った。

「大丈夫？」

香代子と、それに正之助までが、心配そうにこっちの様子を覗き込んでいた。

第二章　伯方島《はかたじま》の人々

1

島崎香代子から浅見光彦のところに電話が入ったのは、その日の夕刻のことである。

「昼間のこと、光彦さんが気にしてるといけないと思ってお電話したの」

香代子はそう言って、慰めてくれるつもりのようだった。

「わざわざありがとうございます。まったく知らなかったものですから……しかし、不用意でした。彼女、傷ついたでしょうね」

「大丈夫よ、あの子は強いから。さっき今治へ帰ってゆく時、笑って手を振ってました。ただね、あの子のママの死に方がふつうじゃないので、それでちょっと辛《つら》かったかもしれない」

「自殺、ですか」

「そう……さすがに勘がいいのね」

「あの時の雰囲気で、もしかするとそうじゃないかと思いました。しかし、原因は何なのですか？　ご実家があの老舗の城下堂で、村上家は確か、日本でトップクラスの造船会社のオーナーでしたよね。しかもあんな素晴らしいお嬢さんがいて、これ以上はないほど恵まれているのに、なぜそんなことになったのですか」

「ご実家の経済状態が悪いことに原因があったみたいなんだけど、でもね、彼女をよく知っている私としては、いまでもほんとに自殺したなんて信じられないの」

香代子は、生前に村上美和が言っていたことを話した。その言葉からは自殺など、想像もできなかったという。

「咲枝さんは、ひょっとして生命保険金目当ての自殺じゃないか、なんて、恐ろしいことを言ってたけど、そんなことをする人だとは考えられないし」

「実際のところはどうなんですか。保険には加入していたんですか？　その場合の受取人は、誰になっているんですかね」

「いやだあ、光彦さんまでそんな……」

「いや、僕なんかより、咲枝さんのような幼い女性でさえ、お母さんのことをそんな風に冷徹に考えることができるのですから」

「それはそうだけど」

「それ、確かめてみたらどうですか」

「それって?」

「保険金のことです」

「いやですよそんなの。聞けるわけないじゃないですか」

「しかし、警察は一応、調べているはずですよ。ことに、自殺の動機がそういう経済問題がらみだったら、なおさらです」

「そんな……やっぱり光彦さんには話すんじゃなかった。すぐにそういう方向で走り出すんだもの。お母様も、光彦はそれがいちばん心配なところっておっしゃってたわよ。言いつけちゃおうかしら」

「だめだめ、母には内緒ですよ。だけど、警察が自殺と断定したのは、どういう理由に基づいているのかなあ。ほんとに自殺に間違いないんですかねえ」

「間違いない……って、どういう意味?」

「いえ、べつに意味はないんですが」

「何を言ってるんですか。それはあれでしょう。誰かに殺されたんじゃないかって、そう思っているんでしょう。それ以外の意味は考えられないじゃないですか。ほんとにあなたって恐ろしいことを考える人なんだから、呆れてしまう。お母様がご心配なさるのも、無理がありませんわね」

「母のことは持ち出さないでください。分かりました、もう何も言いません。僕としては本気で咲枝さんのことを思って、それで余計な気を回したんです。自殺なら自殺で、それでいいんです。じゃあ……」

電話を切ろうとした時、香代子は「目撃者がいるんですもの」と言った。

「えっ、目撃者って、自殺の現場を目撃したんですか？」

「そうじゃないですけど、来島海峡大橋を歩いているところを、通りがかりの車から見たっていう人がいたの」

「というと、咲枝さんのお母さんは来島海峡大橋から投身自殺を？……」

浅見は海峡を越える長大な吊り橋を思い描いた。まだこの目で見たわけではないが、海面からの高さは想像できる。以前、東京のレインボーブリッジから女性が「転落死」した事件に関わったことがあるけれど（『蜃気楼』参照）、あれよりはるかに高さがあるはずだ。転落したらひとたまりもないにちがいない。

「しかし、単に歩いていただけでは、本当に自殺かどうかは分かりませんよ。遺書はあったのですかね？」

「ううん、遺書はなかったみたい。ただ、美和さんはその少し前から様子がおかしくて、みんなで心配していたそうなの。彷徨《さまよ》っているうちに、ついフラフラと——っていうこともあるんじゃないかしら？　警察もそう判断したのだと思います」

香代子は結論を示す口調で言って、「じゃあね」と電話を切った。

とたんに背後から「いまのお電話、島崎さん？」と雪江《ゆきえ》の声がかかった。浅見は（まずい——）と思いながら、「はい、そうです」と答えた。しかし、母親が聞いた電話の内容はごく断片的なものだったようだ。

「自殺とか何とか言ってたけど、あの方にそういうことを言うものではありませんよ」

「は？　どうしてですか？」

「あら、光彦は知らなかったかしら？　島崎さんは一時、とっても悩んで、真剣に自殺を考えたことがあるのよ」

雪江は香代子が左腕の故障で、演奏家としての道を断念した話をした。浅見の父親が生前、まだ少女だった香代子の才能に期待して、ヨーロッパ留学の便宜を図ったり、奨学資金の一部を提供していたことは、浅見もうすうすは知っていたが、演奏活動をやめた理由などは知らなかった。確かに死にたくなるほど辛かっただろうと思う。咲枝の母親が自殺した理由も、その時の彼女自身の経験から理解できるのかもしれない。

（そういうことなのだろうな——）と、浅見も思うほかはなかった。

だからといって、すぐに諦《あきら》めてしまえないところは、確かに母親が心配するのも無理がない、浅見の性癖である。週明け、浅見は「愛媛毎朝新聞」の東京支局を訪ねて、一昨年の新聞記事を漁《あさ》ってみた。

支局では中年というより、すでに初老にさしかかったような男性が応対してくれた。昔は第一線の事件記者として活躍した――といった面影を残す男で、交換した名刺には「東京支局次長　濱田義之《はまだよしゆき》」とあるから、ここではナンバー2なのだろう。しかし、とてもそんな風には見えない、およそ風采の上がらない風貌だ。

濱田は浅見の話を聞くと「ああ、『しまなみ海道初の自殺者』っていうやつね」と憶えていて、縮刷版の中からすぐに該当記事を捜し当てた。

しまなみ海道初の自殺者？

今治警察署と愛媛県警の調べによると、昨日、能島付近の海中で遺体となって発見された今治市の女性は、来島海峡大橋から投身自殺を遂げた可能性のあることが、目撃者証言などから明らかになった。この女性は今治市小浦の会社社長村上康彦さん（45）の妻美和さん（40）で、遺体が発見される三日前から消息を絶っていたものだが、失踪当日の夕刻頃、美和さんと見られる女性が一人で来島海峡大橋の歩道を歩いているのを、車で通りかかった伯方町在住の女性が目撃していた。遺体の状況等から美和さんはかなり高いところから海中に転落したことは確かで、目撃された女性が美和さんであることはほぼ間違いないものと考えられる。もしそうだとすると、しまなみ海道開通以来、最初の投身自殺者ということになる。

「この自殺が何か臭《にお》うんかの？」

ちょうど読みおえるタイミングで、背後から濱田支局次長が声をかけた。

「あ、いえ、そういうわけではありませんが……」

浅見はギョッとして振り向いた。

「ほんまかの？　浅見さんがわざわざ出掛けてきたってことは、何かあるんとちがうんかの」

「えっ、あの、僕のことを……」

「知ってますでぇ、名探偵の浅見さんじゃろう」

浅見が出した肩書のない名刺を、右手でヒラヒラさせながら言った。

「いや、僕はただのルポライターで……」

「分かってます、分かってます、内緒じゃいうんじゃろう。内緒にしときます。しかし、わしには話してくれにゃ、いかんがの。そじゃないと、『名探偵・浅見光彦氏、乗り出す』いう記事にしてしまうでぇ」

「冗談でしょう、僕はどこへも乗り出したりしませんよ。ただ、知り合いの女性が自殺したというので、どういうことか調べてみようと思っただけです」

「ふーん、浅見さんは村上造船の知り合いかのう」

「いや、そうでなく、村上さんのお嬢さんがピアノを習っている先生と知り合いで、たまたま事件のことを知ったのです」

「事件ねえ……語るに落ちるいうやつじゃのう。これはやっぱし事件じゃろう」

「ですから、自殺事件でしょう?」

「いや、自殺は自殺、事件は事件じゃろう。浅見さんが事件いうのじゃから、これは事件の臭いがするいうこっちゃね」

「ははは、どのように思ってもそちらの勝手ですが、僕はべつに事件性があると考えているわけではありません。第一、この記事を書いたのはおたくの記者さんでしょう。もし何か事件性があれば、その時点で気がついているはずじゃありませんか」

「いかんいかん……」

濱田は頭と手を一緒に振っている。

「近頃の若いのはカッコばっかしつけおってから、仕事のほうはさっぱりですわい。警察が発表するのをそのまま引き写してるんじゃないか思えるような記事しか書けん。うちだけと違うでぇ。その証拠に、翌朝の記事がほかの社のやつとピッタリ同じなんて、笑えんことがしょっちゅうじゃけんな」

「まさか……」

浅見は笑ったが、それに近いことは現実にあるらしい。とくに官庁には記者クラブというシステムがあって、公式文書が配布されたものを、ろくすっぽ吟味もしないで記事にするから、そっくりかどうかはともかく、基本的な内容が似たようなものになりがちなようだ。

「ということは、濱田さんはこれは自殺ではないと思っているんですか？」

「わしが？　ははは、引っかけようとしてもいかんで。わしは東京におって、記事を見ただけじゃけん。そやけど、村上造船の社長夫人が自殺せにゃならんいうのは、ちょっと信じられんいう気もせんではなかった。それで、本社のやつに調べてみぃと言うたんじゃが、さっぱりじゃ。警察はそないなことは言うとらんの一点張りで、話にならん。自分の足や頭で調べようという気が、まるでないんじゃけんねぇ」

嘆かわしそうに言った。

「けど浅見さん、もし調べるつもりじゃったら、なんぼでも便宜図りますでぇ。わしは大島の出身……いうても伊豆大島と違うでぇ」

「知ってますよ、そのくらい。来島海峡を挟んで、今治の対岸にある島でしょう」

「そうです、その大島出身で、あの辺りのことは何でも知っとる。何やったら、大山祇神社の宮司さんじゃって紹介します。伯方島には旨《うま》い寿司屋があるし、そうじゃ、大島に千歳松《ちとせまつ》いう料理旅館があるんじゃけど、泊まりはそこにするとええです。女将が若くて美人でおまけに未亡人じゃけん」

「ははは、まるで僕がいますぐにでも、調査を始めそうなことを言いますね」

「そうじゃがな。浅見さんは間違いなく調査……いや、捜査を開始しますな。それくらいのことは分かるんじゃ。何年ブンヤをやっとる思うとるんですか。浅見さんの名刺を見た瞬間、ピンときた。それと、縮刷版を漁《あさ》る後ろ姿を見ただけで、これはなみなみならぬ関心を持ってるないうことが分かりました。いやあ、あんたの肩の辺りからオーラが発しておりましたなあ」

「ははは、大げさなことを……」

浅見は笑ったが、濱田の炯眼《けいがん》には正直、驚いた。オーラはともかくとして、縮刷版を調べながら、浅見は新聞に印刷されていない事実を思い描いて、しばらくのあいだ、じっと動かずにいた。傍目《はため》にはたぶん、ふつうでないものが感じられたにちがいない。

「まあしかし、冗談でなく、もしあちらへ行くようなことになったら、その節はよろしくお願いします」

浅見は礼を言って辞去した。濱田は玄関までついてきて、「愛媛へ行くんやったら、内子《うちこ》町《ちょう》にも寄ってやってください。今年八十二になるわしのじいさんが、あそこでローソクを作っております」と言った。

濱田が言ったように、確かに浅見は「なみなみならぬ関心」を抱きはしたが、それだけでは愛媛を訪ねる気にはなれなかったかもしれない。もしもそれ以降、何も起きなければ——

である。ところが、予想もしていない奇妙な出来事が、その直後に勃発《ぼっぱつ》した。

愛媛毎朝新聞の支局を訪問した二日後の早朝、濱田次長から電話がかかった。

「浅見さん、えらいこっちゃ。浅見さんの勘が当たったみたいじゃ」

いきなりそう言われて、浅見は電話のこっちで苦笑した。

「はあ、何があったのですか？」

「そんな呑気《のんき》に構えている場合じゃない。すぐに愛媛へ飛んでもらわなにゃいかん」

「ですから、何があったんですか？　落ち着いてください」

「ほうじゃほうじゃ、落ち着かにゃいかん。えーと、浅見さんのところはファックスはありましたな、電話と同じ番号じゃね。とにかく朝刊の記事を送りますけん、読んでみてください。その後、また電話します」

それからしばらく経って、拡大コピーした新聞記事がファックスで送られてきた。一段組みの小さな記事だった。

鹿森ダム付近の山道で転落事故死

伯方町の女性運転ミスか

昨日午前八時頃、新居浜《にいはま》市の鹿森ダム付近の県道脇の谷に軽自動車が転落しているのを市職員の男性が発見一一〇番した。新居浜署で調べたところ、この車は伯方町在住の無職平《ひら》林啓子《ばやしけいこ》さん（41）所有のもので、車内から平林さんが発見されたが、すでに死後十時間程度を経過していた。現場付近は山道で、平林さんは運転を誤ったものと見られる。

この記事を読んだだけで、浅見はなぜ濱田があんなに興奮していたのかピンときた。濱田から、ファックスを追いかけるようにして電話が入った時、浅見は開口一番「目撃者ですね」と言った。

「あ、さすがじゃねえ、分かりましたか。いやあ、さもありなんですなあ」

濱田は感激している。

「わしも最初、記事を読んだ時はなんちゅうことも思わなんだけど、しばらく経って、浅見さんが縮刷版を調べとった時、確か伯方町の女性いう文字があったなと思い出して、確かめてみたんです。そしたら案の定、ピンポーンですわ。平林さんいうのは二年前、村上美和さんの自殺直前の姿を目撃しとった女性じゃったんですなあ。どないでっか浅見さん、何やら臭わんですか？　臭いますじゃろう、臭《くさ》い、大いに臭い」

辺り一面、ニンニクとクサヤの干物みたいなことを言っている。

「単なる偶然かもしれませんけどね」

浅見はわざとのんびりした口調で言った。それが気に入らないのか、濱田はブタのように鼻を鳴らした。

「ンガーッ浅見さん、何を言うとんですか。けど、本心は違うんじゃろう。これは何かあると思うとんですな、間違いない。いや、その女性が村上美和さんの目撃者であるいうことすら、本社の誰もそのことに気づいとらんかったのです。情けないったらないな。そこへゆくと浅見さんはさすがです。打てば響くいうのはこういうこっちゃね。残念ながらわしは身動きが取れんけん、ここはどうでも、浅見さんにご出馬願うしかないんとちがいますか。頼みますよ」

最後は懇願されて、浅見も気持ちが揺らいだ。しかし表面上はおくびにも出さず、「分かりました。もう少し確かめて、何かあるようだったら出かけてみます」と言った。

「ほうですか、その時は声をかけてくださいよ。スクープじゃったらガッポリ取材費を提供しますけん」

濱田は何度も「よろしゅう」と言って、心残りを断ち切るように電話を切った。

2

山陽新幹線の新尾道で降りて、そこからレンタカーに乗り換えた。いよいよしまなみ海道の初踏破だ——と、浅見はいささか興奮ぎみであった。大鳴門橋を渡った時も、瀬戸大橋を渡った時も、やはり同じような気持ちの高まりを覚えたものだが、いくつもの島を伝ってゆく西瀬戸自動車道への期待度は、また格別のものがある。

一般道から西瀬戸尾道インターへ、一気に駆け上がる。あとは快適なハイウェイで向島《むかいしま》、因島《いんのしま》、生口島《いくちじま》まで突っ走る。ただし生口島内の自動車道は未完成で、島の西側を一般道でゆくことになる。

こういうのも浅見は嫌いではない。何も急いで走るばかりがドライブの楽しさではないのだ。信号待ちや渋滞でさえも、村や町の風景や、そこに暮らす人々の様子を眺めるチャンスだと思えば、それはそれで面白いものである。もしこういうことでもないかぎり、この道を走る体験は、永久になかっただろうな——と、すべてプラス思考で考えることにしている。

世界最長の斜張橋「多々羅《たたら》大橋」を渡ると大山祇神社のある大三島で、ここから先は愛媛県に入る。フェリーでしか渡れなかった島々を、こうして易々《やすやす》と飛び石伝いのように楽しめるのだから、文明や科学の力とは恐ろしいものだ。

もっとも、便利になってよかったには違いないが、その反面、のどかな瀬戸内の島々の暮らしは、少なからず気ぜわしいものになったのだろうな——と、浅見はそれも少し惜しいような気がしないでもない。まったく、人間なんてやつは、常に「ないものねだり」をしたがる勝手な生き物ではある。

伯方島到着は午後二時を少し回った。インターを下りてT字路を左折すると、すぐ海岸線に出て、右手の埋め立て地に「マリンオアシスはかた」という白亜の建物があった。チラッと横目で見た視野を「伯方の塩らーめん」の文字がかすめた。とたんに浅見は昼食抜きで走ってきたことを思い出してウインカーを出し、ハンドルを右に切った。

広い駐車場の先には、よく整備されてはいるものの、ひと目で人工的と分かるビーチが広がっている。梅雨の真っ最中。雨は降っていないが薄曇りでいくぶん肌寒く感じる気候だし、海開きはまだ少し先だと思うのだが、砂浜には気の早い海水浴客が出ていた。

「マリンオアシスはかた」は町営の施設なのか、素っ気ないほどあっさりした箱型の建物だ。二階建ての一階の売店には地元の特産品がひしめいている。その中で「伯方の塩」のコーナーと「伯方の塩らーめん」の山積みがひときわ目立った。「はかた」というと福岡の「博多」を連想するが、こっちの伯方は名産の塩でよく知られている。

売店の奥の小さなレストランに、お目当ての「塩らーめん」のメニューが壁に下がっている。いかにもパートのおばさん——という感じの女性がウエートレスであった。ウィークデーの時間外れのせいか、お客は少ない。それをいいことに、ラーメンを注文した後、浅見はおばさんに例の「事件」のことを聞いてみた。

「このあいだ、新居浜の山の中で、伯方島の女性が殺されたそうですね」

「えっ」と、愛想のよかったおばさんは、たちまち豹変《ひょうへん》して、非難と疑惑のこもった眼差《まなざ》しを向けた。

「平林さんのことを言うとんじゃったら、殺されたんじゃないで。事故で亡《の》うなったんじゃけん」

「あ、そうでしたっけ」

浅見は空っとぼけて、「平林さんとは親しかったのですか?」と訊いた。

「そんなに親しいいうことはないけど、こがいちっちゃな島じゃけん。しょっちゅう会《お》うとった」

「平林さんは四十一歳でしたか。そうすると、あなたと同じくらいですよね」

「あはは、よお言うわい、わたしはそんなに若くないですよ」

おばさんは機嫌を直してくれたらしい。

「優しい、いい人だったそうですね」

「さあ、どうじゃろう……」

否定はしないが、唇を歪《ゆが》めている。

「しかし、きついところもあるとかいう話でしたが」

「そうじゃね、しっかりしとったわいね」

今度ははっきり肯定した。それで故人の人となりに、だいたいの見当がつく。

「新居浜には何をしに行ったのですかね」

「さあ……」

またしても、おばさんは目に猜疑《さいぎ》の色を浮かべ、口を噤《つぐ》んでしまった。

塩らーめんが運ばれてきた。麺《めん》はそれほど傑出したものでもなく、大した具が入っているわけでもないが、あっさり味で、これがなかなか旨い。塩味そのものに何ともいえない深みがある。本来の塩の旨味《うまみ》とはこのようなものであったか——と、再認識できる味といっていい。

塩らーめんは荷物になるので、浅見は「伯方の塩」のセットを少し、母親や雑誌『旅と歴史』の藤田《ふじた》編集長への土産に買った。

海岸沿いの道を行くと、小さな岬を越えて次の集落に入る。右手の伯方高校を過ぎた辺りがどうやらこの島の中心街であるらしい。商店や飲食店が雑然と並んでいる。

左に伯方町役場を見て、そのすぐ先に伯方警察署があった。古めかしい三階建ての庁舎は、以前、広島県の鞆《とも》の浦《うら》にあった旧鞆警察署を思い出させた。鞆のほうは人員削減で派出所に成り下がっていたが、ここは小さいながら警察署として健在である。採光のあまりよくない建物の中で、七、八人の警察官がひまそうに屯《たむろ》していた。もっとも、警察や病院などはひまなほうがいいに決まっている。

「お忙しいところお邪魔します」

いちばん手前にいて、浅見が入って行った時、誰何《すいか》するような視線を送ってきた巡査に声をかけた。

「は、何でしょうか？」

巡査は立ってきて、カウンター越しに向き合った。空色のワイシャツに星一つの肩章をつけた夏用の制服が、まだ初々《ういうい》しく見える若い巡査だ。

「このあいだ新居浜で事故死した平林啓子さんのことで、ちょっとお訊きしたいことがあるのですが」

「どういったことで？」

「平林さんは、新居浜のほうには何をしに行ったんですか？」

「はあ？……」

よほど思いがけない質問だったのか、巡査は極端に語尾を上げる口調で問い返した。浅見はもう一度、同じ質問を繰り返した。

「さあなあ、それは知らんけど」

「転落した新居浜市鹿森ダム付近は、山の中の道だったそうですが、どこへ行くつもりだったのでしょう？」

巡査は当惑げに背後を振り向いた。その視線の先にいる年配の太った巡査部長は、浅見が訪ねる前から電話でどこかと話していたが、こっちの様子を眺めて「うん、うん」と頷きながら、やがて「分かりました、どうもありがとう」と受話器を置いた。

若い巡査が何か問いかけようとするよりも早く、巡査部長は巨体を左右にノッシノッシと揺らしてやってきた。

「おたくさん、いまマリンオアシスへ行ってきなさった人なん?」

真っ直《まっす》ぐ、こっちに指を突きつけるようにして言った。浅見は一瞬、何か忘れ物でもしてきたかと思った。

「ええ、そうですが」

少し慌てぎみに答えた。

「そしたらあんた、ちょっと中に入ってくれんですか」

どうやら、あのおばさんから「怪しい男が徘徊《はいかい》している」と通報でもあったらしい。

(やれやれ、七面倒くさいことにならなければいいが——)

そう思いながら、浅見は巡査部長の後に従った。

薄暗い署内のさらに薄暗い部屋に入れられた。これで鉄格子でも嵌《は》まっていればまるで留置場だ。

「あんた、悪いけど、住所氏名を聞かせてつかぁさい」

巡査部長に言われ、浅見は名刺を出して名乗った。「フリーのルポライターをやってます」とも付け加えた。

「ふーん、ルポライターねえ……」

マスコミ嫌いなのか、気に入らねえな——という思い入れを見せて言った。

「それであんた、平林啓子さんが殺されたとか、けったいなことを言うとったんか」

「ああ、それは僕の勘違いのようでした。僕はてっきり殺人事件かと思い込んでいたものですから」

「しかし、それから先も、いろいろ訊いとったいうじゃないんかね」

「ええ、新居浜には何をしに行ったかと訊きましたが、そのことは、さっきの部下の方にもお訊きしましたよ」

「なんでそんなことを調べとるんかね？」

「もちろん、関心があるからです」

「そやから、どこに関心があるかいうこっちゃがな」

「すみませんが、その前に部長さんの名刺を戴《いただ》けませんか」

巡査部長は唇を尖《とが》らせて文句を言いかけたが、不承不承、名刺を出した。「愛媛県警察伯方警察署　巡査部長　竹内清和《たけうちきよかず》」とある。浅見はその名刺を押しいただくようにして、ポケットに仕舞った。

「僕もこう見えてもジャーナリストの端くれですからね。関心を抱くのが当たり前だと思いますが。それとも、他のマスコミの連中は何も言ってこないのでしょうか？」

「ああ、どこからも何も言うてこんな。べつに関心を抱くようなことじゃないのじゃろ」

「そんなはずはありませんよ。伯方島の女性が新居浜の山道を走っていたのはなぜなのか。彼女はいったいどこへ行こうとしていたのか。なぜ事故を起こしたりしたのか。およそ報道に携わる人間なら、いろいろ知りたいことがあるじゃないですか。それとも、そういったことはすでに明らかにされているのですか？」

「いや」と、竹内巡査部長は鼻の頭に皺《しわ》を寄せて、そっぽを向いた。

「分かっとらん」

「えっ、まだ分かってないのですか？　目下調査中というわけですか」

「いや、べつに調べとらん」

「それはおかしいですね。なぜ調べないのですか？」

「調べる必要がないと判断したけんじゃ。だいたい警察は忙しいんじゃ。交通事故の原因ぐらいは調査するが、あの事故の場合、単純な運転ミスいうことじゃから、それ以上の事件性を調べても意味ない、いう判断じゃろ」

「それじゃ、平林さんがなぜそんなところを走っていたのかも、調べなかったのですか。それは怠慢でしょう」

「怠慢とは何じゃね！　警察をおちょくったらいかんで」

「おちょくりはしませんが、怠慢は怠慢じゃありませんか」

「そんなことはない。一応、調べたものの、分からんかったし、他にも何も不審なものは出んかったいうこっちゃ。警察はやるべきことはやっとるよ」

「しかし、調べたのは新居浜署でしょう。間違いないかどうか、伯方署では判断できないと思いますが」

「どこの署やろうと、警察は警察じゃ。間違いない」

「驚きましたねえ」

浅見は大げさに慨嘆して見せた。

「驚いたって、何がじゃ？」

「だってそうじゃないですか。平林さんがどこへ行こうとしていたのか、それすらも分からないというのは、きわめて異常だとは思いませんか？　たとえば松山へ行く途中であるとか、高松へ行く途中であるとか、そういう道で起きた事故ならありえないことではないですが、地図で見ると、現場は新居浜から南の山に入って行くだけの道でしょう。行く先にはかつての別子《べっし》銅山の跡があるのと、峠のトンネルを越えると別子山村があるだけです。平林さんはとにかくそっちへ向かっていたか、逆に戻って来る途中だったわけですね。しかも夜中です。いったいどんな目的があってどこへ行ったのか、誰も知らないというのはおかしいじゃないですか。ご遺族はそれについて、どう言っているのですか？」

「いや、遺族いうても、近しい遺族みたいなもんはおらんのじゃ」

「えっ、遺族がいない……だったら隣近所の人が何か知っているでしょう。マリンオアシスの女性も、平林さんと付き合いがあったそうだし、ほかにも親しくしていた人がいくらでもいるんじゃないですか」

「おらんわけじゃないが、誰も平林さんがどこへ何しに行ったかは知らんのじゃ。どこへ行こうと本人の勝手じゃしな。警察ではそれ以上のことは調べようがない」

「本人の勝手かどうか、どうして断定できるのですかね？」

「ん？　どういう意味じゃ？」

「そこへ行ったのは、平林さん自身の勝手だったとは限らないでしょう。誰かに強要されて行ったのかもしれないし」

「強要？　何でじゃ、何の目的があって強要せにゃいかんのじゃ？」

「そんなこと、僕が知ってるわけがないでしょう」

「知らんかったら、そういう無責任なことは言わんとけ」

「無責任はどっちですか。どこへ何をしに行ったかも分からないまま、単に車ごと転落死していたから事故死だ——などと簡単に判断してしまう、そのほうがよっぽど無責任ですよ。かりに新居浜署がそういう発表をしたのなら、平林さんの住所地である警察として、伯方署が当然、異議を唱えるべきだと思うのですけどねえ」

「あんたなあ……」

竹内はうんざりした声で言った。

「ごちゃごちゃ言うけど、それより、何でそがいなことを調べとるんじゃ？　そっちのほうがよっぽど不思議じゃね。いったい何の根拠があるのか、それを聞かせてもらおうか。どうなんじゃ、何ぞ知っとるんじゃろ？」

「知ってるわけないでしょう、警察が調べても分からないことを。ただ、平林さんがどこへ何をしに行ったのか、そのことが謎ではないかと言ってるのです。その謎が明らかにならない以上、単純な事故死として片づけてしまっていいものかどうか疑問ですよ。竹内さんはそう思いませんか？」

「ふん、そんなことだけで、東京からわざわざ自動車事故を調べに来るはずがないな。あんた、ほんまのとこ、何を考えとるんじゃ？」

さすがというべきだろう。中年の、ただの凡庸な巡査部長としか見えない竹内だが、ベテランの警察官らしい勘のよさだ。

3

浅見はどうするべきか、少し迷ったが、思いきって言った。

「平林さんは、二年前、来島海峡大橋から女性が投身自殺をした事件の、唯一の目撃者だったのでしょう」

「えっ……」

竹内巡査部長は一瞬、ギョッとした顔になった。何か見落としていることがあるのではないか——と、左右を振り返っている。

「あんた、何でそんなことを知っとるんじゃ。どこの新聞もテレビも、何も報道しとらんはずじゃけんどな」

「それは蛇《じゃ》の道はヘビというやつです。フリーのルポライターは、人一倍勘を働かせないと食っていけませんからね。しかしそうですか、やっぱり関係があったのですか」

「ん？　何を言うとんじゃ。自分はそがいなことは言うとらんよ」

「何者かが目撃者を消す必要があったとなると、二年前の『自殺』も見直さなければなりませんね」

「冗談じゃない。あんたなあ……」

「いや、気にしないでください。僕が勝手に考えていることですから。しかし、そうですか、二年前の『自殺事件』が問題となると、その捜査を担当した捜査員に事情を聞かなければなりませんね。あれは今治署の管轄でしたか。それとも伯方署ですか」

「それは伯方……」

「えっ、伯方署ですか。捜査を担当した刑事さんは、まだここに在任していますか？」

「いや、そういうことはじゃねえ、あんたらに話さにゃならん問題じゃない。こんくらいでお引き取り願おうかな」

竹内巡査部長は腰を上げたが、浅見はむしろソファーに坐《すわ》り直した。かなりの年代物で傷みのきている椅子は、ギシギシと今にも壊れそうな音を立てた。

「竹内さん、素人の僕がこんな差し出がましいことを言うのは気がひけるのですが、これは絶対に何かありますよ。二年前の『自殺』に関しても、少なくともこれまでの捜査データを洗い直してみるだけの価値はあると思うのです。たとえば死体発見の場所と、平林さんが、自殺した村上美和さんを目撃した現場との位置関係はどうなのか。それから、平林さんが目撃した時間帯と、潮流の関係。さらに言えば、平林さんはその時刻、どういう目的でどこへ向かっていたのか。平林さん以外の目撃者はいなかったのか……そういったことについて、捜査担当の刑事さんにぜひ話を聞きたいですね。どうでしょうか、紹介していただけませんか」

「うーん……」

竹内は立ったまま、眉間《みけん》に皺を寄せ、腕を組んで考え込んでしまった。これはしかし、浅見の目から見ると（手応えあり――）だ。案の定、しばらくすると竹内は腕を解《ほど》き、こっちを真っ直ぐ見て「いいでしょう」と言った。

「ちょっと待っとってくれませんか」

部屋を出ていって、五、六分待たせておいて現れた。それまでの制服をふつうのワイシャツ姿に着替え、手にはお決まりのようなジャンパーを抱えている。（あれ？――）と戸惑っている浅見を「そしたら、行きましょうか」と促して、さっさと背を向けた。

竹内は庁舎を出て街角を曲がるまで、振り向きもせずにドンドン歩いた。署内からの視線が届かない所まで行って、ようやく立ち止まり、「へへへ」と笑った。

「いや、じつは自分は刑事でしてね、二年前の自殺があった時、最初に現場へ急行した中の一人じゃったんです」

竹内部長刑事は歩きながら話した。

「当初の段階では事件性も視野に入れて捜査を進めておったんじゃが、間もなく平林啓子さんの目撃情報が出て、自殺いうセンで固まったいうのが事実です。あんたの言うたとおり、自分も目撃現場と死体発見の現場との位置関係に、ちょっとおかしいんじゃないかいう気がせんでもなかった。それと、第二、第三の目撃者が現れんのもな。しかし、その時点ではすでに捜査は県警の連中が主導しとって、自分ら所轄の人間は補助的なことしかでけんかった。そういうわけで、結局は自殺で片づいたいうことですな。一部には保険金目当ての自殺いう話もあったけど、社長夫人にかけられていた保険の金額は大した額ではなかったので、それはないじゃろういうのが結論でした」

たぶんこの辺りでは一軒しかないと思われる喫茶店に入った。看板は「喫茶・潮風《しおかぜ》」となっているが、スパゲティはもちろん、焼きそばセットもラーメンもある。客は作業員風の男が二人いて、あれが焼きそばセットと思われる、焼けた鉄皿ごと運ばれジュージュー音を立てている焼きそばを食い始めたところだった。焼きそばの上にはフライドエッグも載っていて、見ているだけで食欲をそそられる。

竹内はカウンターの中の男に「マスター、コーヒー二つ」と声をかけた。マスターは六十歳前後ぐらい。色の浅黒い長身の、なかなかのハンサムに見える。白シャツに律儀に蝶ネクタイをしているところが、この島のちっちゃな喫茶店には似つかわしくない。

しかし、恰好だけでなく、コーヒーはいれ方も本格的だし、旨かった。

「これが関連の場所が分かる地図です」

竹内はおもむろに、ジャンパーのポケットから地図を引っ張りだした。北から大三島、伯方島、大島、四国本島と連なる部分の地図である。

「ここが来島海峡大橋で、平林さんはこの辺りで村上美和さんと思われる人物を目撃しとるいうことです」

竹内はその地点に×印をつけた。

「それからここが能島、村上水軍の根拠地があった島で、ここ辺りで遺体が発見されております」

能島の島陰の東に×印をつけた。

「じつは能島の北にある鵜島《うしま》と伯方島、大島のあいだは、瀬戸内海でも有数の潮の流れの速いところでしてね、『船折れの瀬戸』と呼ばれとります。潮の速さはおよそ九ノットいうから、時速約十六キロちゅうとこです。瀬戸内を航行する船舶のスピードがそれくらいじゃけん、潮時《しおどき》に潮の流れに逆らって走れば、停まっとるのと変わらん状況じゃね。昔はこの関所みたいな海峡に村上海賊が待ち受けとって、通行する船から金品を巻き上げとったいうわけです」

「それで」と、浅見は竹内の饒舌《じょうぜつ》をストップさせた。ちょうど焼きそばを食べ終えた客が店を出て、他に誰もいなくなった頃合いでもあった。

「この来島海峡大橋から身を投げた村上さんが、能島まで流れ着くというようなことが、現実にありうるのですか?」

「あったいうことじゃろうねえ。まあ、誰も実験はしとらんけん、確かなことは言えんが、この辺りの潮の流れは複雑だから、そういうことがあっても不思議はないかもしれん。その間、三日も経っとるしね」

三日間、死体は西へ東へと漂いつづけていたわけだ。

「ところで、もう一つの疑問、平林さんの車はその時、どこへ向かっていたのか——ですが、それと同時に、村上さんはどっちへ向かって歩いていたのですか」

「それがよう分からんのですわい。平林さんが向かっとったんは今治から大島方面へじゃいうとるけんど、村上さんは橋の途中で立ち止まっとったような感じじゃったそうです。何しろ、通りすがりの一瞬みたいなもんじゃから、はっきりしたことは分からんかったじゃろね。欄干から下を見下ろして、飛び込むかどうするか、躊躇《ためら》っとったんじゃないかいうことも、平林さんは言うとったそうじゃが」

浅見は暮れなずむ来島海峡大橋の上で、心細げに佇む女性の姿を想像した。恐ろしいけれど、絵になる風景ではある。

「平林さんの通行記録は確認したのでしょうね？」

さり気なく言ったせいか、竹内は意味を取り損ねたようだ。「は？」と問い返した。

「その目撃証言の裏付けですが、平林さんがその時刻、確かに今治から大島方面へ向けて通行中であったという事実は、証明されているのでしょうか？」

車両の通行記録は、料金所や道路上の要所に設置されているNシステム（自動車ナンバー自動読取装置）によって把握される。

「いや……」

竹内は意表を衝《つ》かれたのか、当惑げに首を横に振った。

「相手は善意の目撃者じゃからねえ、そういった確認作業はしておらんと思うけど」

「えっ、それはひどい！」

浅見は思わず非難の声を発した。

「そもそも、善意の目撃者と言いますが、善意かどうかはきちんと調べたのですか？」

「いや、それはしとらん思うけど。しかし、悪意じゃいうことも考えられんのと違いますか？　平林さんじゃて、目撃したのがほんまに村上さんかどうかは分からん言うとるんじゃし、ご本人はわざわざ自発的に警察に、もしかしたらそうじゃないか思うと言うてきてくれたんじゃしな。だいたい、そんなことで嘘をついても意味ないじゃないですか。確認作業の必要を感じんかったとしても、それは当然じゃ思いますけんな」

「嘘をつくことに意味があったとしたら、どうでしょうか」

「嘘をつくことに意味がある？……」

竹内はオウム返しに言って、不安そうな目を宙に彷徨《さまよ》わせた。どこにその「意味」があるのか、捜し回って、ついに捜しあぐねたように訊いた。

「たとえば、浅見さんはどがいな意味があるいうふうに思うとるんです？」

「たとえば、平林さんの目撃証言によって、村上さんの転落した場所と時間がほぼ特定されたわけですが、何らかの理由でそうする必要があったのかもしれません」

「何らかの理由、いいますと？」

「常識的にはアリバイでしょうか」

「なるほど」

さすがにそれ以上の説明は必要としなかった。

「そしたら一応、あの付近のＮシステムに平林さんの車が認識されとったかどうか、念のために確かめてみますわい。それと、他に何を調べたいんですか？」

「平林さんのことをよく知っている人に会いたいですね」

「そうじゃね、それじゃったらマスター」

竹内は洗い物を始めたマスターに声をかけた。マスターは手を休めず、「ん？」という目を、竹内に向けた。

「あのマスターは平林さんの恋人……そう言うてもええんじゃろか。どないなん、マスターよ」

それにはマスターは曖昧《あいまい》にニヤリと笑っただけで、肯定も否定もしない。

「名前はえーと、須山隆司《すやまたかし》、さん。年齢は五十三歳。今回の平林さんの事故で初めて知ったんじゃが、十歳は老けて見えるな」

竹内は遠慮のないことを言っている。

「マスターは以前、大会社に勤めとったのを辞めて、この仕事を始めたそうです。あとは直接聞いてみてください。マスター、この人は東京から見えたルポライターさんで浅見さんいうんじゃ。平林さんの事故のことで、いろいろ聞きたいそうじゃけん、差し支えないことを話してあげてくれんかいな」

「平林さんはこちらのお店で働いていたのですか？」

浅見は早速、訊いた。

「時々、です」

「それだけの収入で生活していけたのでしょうか」

「他にも仕事、してましたから」

「どんな仕事ですか？」

「さあ」

須山マスターは首を振った。知らないのか、知ってて言いたくないのか、どちらとも受け取れる。

「この仕事に就く前は、何か他の仕事をしていたのでしょうか？」

「巫女《みこ》さんです」

「巫女さん？」

「そうです、大山祇神社の巫女さんを何年だかしていたそうです。もともとあの人は大三島の生まれですから」

巫女だったことも、大三島の出身であることも、浅見にとっては意外な事実だった。

巫女という職業がどういうものなのかは、以前、厳島神社を訪ねた時に、ある程度は見聞きしているけれど、素顔に戻った日常の生活を知っているわけではない。神に仕える、文字通り神聖な仕事である――という思い込みが強い。巫女といえどもふつうの女性であること に変わりはない――とは、浅見にはむしろ得心がいかない。巫女を辞めて、いわば水商売ともいえる喫茶店の仕事に就いた、その落差というか変容というか、そのことにも興味を惹《ひ》かれる。

それに、大三島には「神宿る島」というイメージがある。源義経や河野通有《こうのみちあり》といった、かつての英雄が奉納した刀剣や鎧兜などを見学して、ひどく心を揺さぶられた記憶が、浅見には残っている。事件だとか犯罪だとかいった世俗の出来事とは、限りなく遠い対極にあるような気がする。その大三島出身で大山祇神社の巫女を経験した女性が、犯罪に関わっているという状況は、何となくありえないことのように思えてならないのである。

「平林さんには、近い親族というか、遺族の方はいなかったそうですが、大三島にもそういう方はいないのですか？」

「親戚はあるにはあるのですが、あまり親しくは付き合っていなかったようです。葬式には見えたが、遺産目当てのようでした」

ずいぶん毒のある言葉だが、須山はサラリと言ってのけた。

「両親や兄弟・姉妹はいないのですか」

「おりません」

「じつはね、浅見さん」と、竹内部長刑事が注釈を加えた。

「平林さんの両親は事故死しとるんじゃ。九年前に名神高速で居眠り運転のダンプに追突されて、車が炎上、即死じゃね。その時に、加害者側から出た自賠責保険などを含め、いくばくかの遺産があったんじゃやけど、そのほとんどを親戚の者が騙《だま》し取るようにして使《つこ》うたんじゃや。一説によると、父親の借金を清算しただけいう話じゃが、どっちにしたかて平林さんにしてみれば、裏切られた気持ちがあったことは確かじゃね。それで神社も辞めて、大三島を出たいうことじゃ」

「気の毒な話ですねえ」

浅見は眉《まゆ》をしかめた。

「そういう事情があるのなら、平林さんが親戚との付き合いを絶ったことも、きつい性格と言われるようになったのも理解できます。それじゃ、須山さんと知り合ったのはその後ということになりますか」

「そうです」

須山は頷いた。

「その頃、私は新居浜にある会社に勤めておりまして、たまたま入った喫茶店で働いていたのが啓子でした」

須山マスターが「啓子」と呼んだことで、急に二人の関係が生々しく実感できた。

「いつもぼんやり考えこんでばかりいるような、あまり熱心な店員ではなかったと思いますが、それがかえって気になったのかもしれません。その後、街中でバッタリ会って、話を聞いてみると可哀相《かわいそう》な身の上であることが分かりました。そんなこんなで付き合い始めて、そのうちに私が伯方島で喫茶店をやるので一緒に行かないかという話になって、五年前にここに移ってきたのです」

「さっきからお話を聞いていて、完全な共通語で話しているのですが、須山さんは地元の人ではないのですね」

「ええ、私はもともとは東京の人間です。別子銅山がまだ稼働していた頃に住友金属に入社しました」

「その須山さんが、またどうして伯方島で喫茶店を始められたのですか？」

「銅山が閉山する直前、四阪島《しさかじま》の精錬所勤務でした」

「四阪島いうのはここです」と、竹内がまた地図を広げて解説した。四阪島は新居浜の沖合はるかに浮かぶ島で、別子銅山の公害問題が持ち上がった時、煙害の出る精錬所をここに移転したのだという。移転したからといって煙は出るわけで、汚染される場所が陸上から海上に移ったにすぎない。むしろ煙害は拡散した。その後、亜硫酸ガスを触媒で処理して、副産物に肥料の硫安を作る技術が開発されたのだが、その時にすでに別子銅山の埋蔵量が底をついていた。輸入原料とのコスト競争にも敗れ、結局、別子銅山は三百年の歴史に幕を閉じることになった。住友の企業城下町といわれた新居浜市と、働き場所を失うことになった社員や、それに依存していた町のもろもろの企業・店舗、そこに働く人々にとっては、文字通りの死活問題だったのだが、住友は業種の転換などによって、辛うじてそのピンチを切り抜けた。新居浜はいまも住友の企業城下町でありつづけている。

「四阪島にいた頃は毎日、伯方島を眺めていたものです。緑濃い島に憧《あこが》れましてね。いつかあの島に住みたいと思っていたのが、こういう形で実現したわけですが、それも啓子との出会いがあったからでしょうね」

その頃の懐かしいあれこれを思い出すのだろう。それまでは穏やかな微笑を絶やさなかった須山が、ふっと寂しい顔になった。

4

以前、どこかのテレビ局で「人に歴史あり」という番組をやっていたが、須山の話を聞いていると、まったくその通りだな——と思えてくる。東京で生まれ育った須山が、愛媛県の島で喫茶店を開くなど、本人でさえ想像を絶する出来事だったにちがいない。おまけに、大山祇神社の巫女だった女性と一緒に暮らすようになるとは……。

須山と平林啓子とは、空き家になっていた一軒家に住むことにしたが、結婚はしなかった。それは双方の希望でもあったという。啓子は頑《かたく》ななまでに自由を求めていたそうだ。それは程度こそ異なれ、須山も同じだったから、その点でも二人はウマが合った。須山も啓子もとっくに適齢期を過ぎていたが、それにはそういう性格的な「主義」があったせいなのだった。

保守性の強い島の人々が、比較的寛容にこの風変わりな「夫婦」を受け入れたのは、やはり時代がそういうことなのだろう。若い人たちが島を出てゆくばかりの状況を考えれば、島も変わらざるをえない。

とはいえ、最初の頃の二人は並の「新婚夫婦」のようだったそうだ。近所の人たちの目にもそう映ったにちがいない。しかし、狭い町のことだ、籍が入っていないことはじきに知れ渡り、同棲よりももっと儚《はかな》い関係であることも、次第に分かっていっただろう。

須山のほうはまだしも、日々の暮らしのほとんどは喫茶店を中心にしたもので、客との付き合いはもちろん、近所付き合いなど、それなりに社会性もあったのだが、啓子のほうはまったくといっていいほど囚《とら》われない生き方をしていたようだ。

「やはり、両親の事故死と、その後のゴタゴタが、彼女の性格を変えてしまったのでしょうかねえ」

須山は弁護するように言ったが、それほどに常識とはおよそかけ離れた生活態度だったということなのだろう。

よほど機嫌のいい時でもないかぎり、店の仕事に精を出すということはなく、朝早くに家を出たきり、夕方まで帰らない日も珍しくなかったという。どこで何をしていたのか、話すこともあったりなかったり。須山のほうも根掘り葉掘り聞き出すようなことをしない性格だから、それでべつに波風が立つわけでもなかった。

「いつもは何を考えているのか、ちょっと分からないところがありましたが、たまに語りあうチャンスがあると、しきりに東京の話を聞きたがりましたね」

須山は遠くを見つめる目になった。

「私は東京が嫌いで、ここの暮らしのほうがはるかに性に合っているし、誰だってそう考えると思っていたのですが、啓子は東京に憧れていたようです。『東京、東京って念じていれば、いつか必ず東京へ行ける』などと、いささか神がかったようなことを言ったりもしていましたよ。あれは巫女さんをやっていたせいなのでしょうかねえ」

平林啓子の「事故死」から、まだそんなに日にちが経っているわけではない。正式でなかったとはいえ、夫婦同様の暮らしを五年間もつづけていたわりには、須山の語り口はたんたんとしたものだが、じつは彼の内面の深いところには、言い知れぬ悲しみが潜んでいるのかもしれない。

「ところで」と、浅見は感傷を払いのけるように、冷めた口調で言った。

「平林さんは別子銅山のほうへ向かう山道で事故を起こしたのですが、いったいそんなところにどういう目的があったのか、須山さんには思い当たることがありますか？」

「いえ、まったくありません。そのことは警察にも訊かれましたが、分かりませんとしか答えようがなかったのです。別子銅山の跡地にはテーマパークのような施設もできて、それなりに観光施設にもなっています。まだ新居浜にいた頃、二度ほど、啓子を連れて行ったことはありますが、それ以外には、これといって何もない所といっていいでしょう。あの辺りには知人もいないし、用事があるとも思えません。彼女が一人で何をしに行ったのか、まったく見当がつきません」

「失礼ですが、自殺は考えられなかったのですか？」

「いや、それはまったくありませんね。遺書もなかったし」

「さっき、僕がお訊きした時、平林さんはこのお店の仕事以外にも何か、仕事をしていたとおっしゃったと思いますが、それはどうしてご存じだったのですか？」

「啓子がそう言っていたからです。現実に収入もあったらしく、折りにふれて私に食《く》い扶持《ぶち》のようなものを渡してくれました。そんな必要はないと言ったのですが、彼女にしてみれば、そうしないと気がすまなかったのでしょうか」

「では、どこで何をしていたのかは、お分かりにならないのですね」

「分かりません」

「たいへん失礼なことを訊くようですが、余所《よそ》に男性との付き合いができたということはありませんか」

「ありません」

ずいぶん確信ありげな口ぶりだ。他に仕事があったといい、食い扶持を入れていたにも拘《かか》わらず、仕事の内容も分からないと言いながら、男性関係についてはきっぱり否定できるというのはどんなものだろう——。

竹内も同じ気持ちなのか、期せずして浅見と顔を見合わせた。その気持ちが通じたのか、須山は苦笑して言った。

「奇妙に思われるかもしれませんが、いくら鈍感な私でも、啓子が浮気しているかどうか……といっても、そういう拘束はおたがいにしない約束でしたが、もしあれば、それくらいのことは分かります。もちろん、何かの仕事上の付き合いはあったとしても、そういう特別な意味での男関係はなかったと断言していいでしょう」

「なるほど……」

およそ男女のことに関しては疎《うと》い浅見としては、そういうものか——と思うしかなかった。

「東京に憧れていたということですが、余所で仕事をして、お金を貯めて、いずれ東京へ出てゆくつもりだったのでしょうか」

「それは分かりませんが、少なくともあの時点では、そういう気持ちはなかったと思っています」

これでほぼ、聞くべきことはなくなった。疑問は残るがこれ以上、追及するのは警察の役割だ。素人探偵とも呼べない浅見には、その権限も資格もない。竹内部長刑事も浅見の質問と、それに対する須山の答えを脇で聞いて、満足したような顔をしている。

「喫茶・潮風」を出て警察へ戻る道すがら、竹内は「これからどないします？」と訊いた。ルポライターの動向が気になるというより、この客とこのまま別れてしまうのを惜しむ気持ちがある気配だ。

「宿は大島の『千歳松』という旅館ですが、その前に村上美和さんの遺体の発見現場と、来島海峡大橋の、彼女が転落したとされる場所を見るつもりです」

「転落したとされる」という部分に力点を置いて言った。

「遺体の発見現場は海の中じゃけんど」

「はあ、どこか海岸からでも、だいたいの場所を見られればいいのですが」

「それはちょっと無理じゃね」

竹内はしばらく思案して、「そしたら、船で行きますかい」と言った。

「えっ、そんなに簡単に船で行けるのでしょうか?」

「まあ任しときない」

巨体の割には敏捷《びんしょう》に急に早足になった。

町はずれの鮮魚商のような雑貨屋のような店に飛び込むと、店にいた女性に「おやじさんいるかね?」と声をかけた。それに答えるように、奥から真っ黒に日焼けした老人が現れ
「おう、竹チョーさんかね」と言った。

「申し訳ないんじゃけど、ちょっと船を出してもらえんじゃろか」

「なんじゃい、またマグロでも上がったんかい」

「いや、そうじゃないんじゃけど、二年前の自殺死体が上がった能島の近くまで、ちょっく

ら船を出してもらえんじゃろか」

「そりゃ、わしのほうはええけんど、いまコレやりよったとこじゃし」

老人は手にした缶ビールを捧げ持って見せた。浅見は船のことには詳しくないが、やはり飲酒運転は違反なのだろう。

「いや、おれは何も見とらんし、何も聞いとらんで」

竹内は背中を見せて、さっさと船溜《ふなだ》まりのほうへ歩きだした。老人は缶ビールを名残惜しそうに棚の上に置いて、「ほんなら、行くかのぉ」と店を出た。

「このじいさんは瀬戸《せと》正敏《まさとし》さんいうて、伯方島の生き字引みたいな人です。村上美和さんの遺体が見つかった辺りにも詳しい」

道すがら、竹内は解説し、瀬戸老人にも浅見を紹介した。老人にはフリーのルポライターが分からず、「新聞記者みたいなもんじゃ」と教えている。

老人の船は、たぶん一本釣り漁業用と思われる小型船であった。船足もそれほど速くなさそうだが、これであの渦潮《うずしお》を乗り切れるのか心配になってくる。

漁港を出ると、島の南東の岬を回って、大島とのあいだにある鵜島方向へ進む。鵜島越しに伯方・大島大橋が架かっているのが望める。伯方島の北と南、それぞれ大三島と大島とのあいだの海峡は極端に狭く、干潮時にはそれが鵜島の西で合流し、大橋の下を猛烈なスピードで流れる。逆に満潮時には、大三島と大島が漏斗《ろうと》のような役割を果たし、西から来る潮流を集めて、この海峡に押し寄せる。そうして「船折れの瀬戸」と呼ばれるほどの渦潮が生まれる。

鵜島の南西側に、土星の衛星のようにある小さな島が村上水軍の根拠地だった能島。死体はその東側の、満潮時の潮の流れが淀んだところに漂っていたという。いまがまさに上げ潮で、淀みが生じていた。

それにしても、近くで見る潮の速さは想像を絶するものがある。場所によっては、堰堤《えんてい》を越えて流れ落ちる激流のようで、おそらく一メートル以上の落差はありそうだ。

「この船では、この海峡は通れそうにありませんね」

浅見は潮騒《しおさい》に消されないように、大声で喋《しゃべ》った。それが、船の性能を貶《けな》されたと受け取ったのか、瀬戸老人は「そがいなことはありゃせん」と船の舳先《へさき》を渦潮の方角に向けた。

「いや、無理はしないでいいですよ」

浅見は言ったが、聞く耳を持たない。あの滝みたいな中に突っ込んだら、間違いなく転覆する――と思ったが、さすがにそういう無謀はしなかった。大島寄りの岸近い辺りに、どういう加減か、流れの緩やかな場所が生じるらしい。「瀬戸」の名前にふさわしく、生き字引と言われるだけのことはある。老人はその抜け道のようなところを巧みに船を操って、なんなく乗り切った。

いったん大橋の真下付近まで行って、今度は潮上から能島に接近した。能島には観光用の施設もあって、潮の具合のいい時には、接岸して上陸できるように整備もしてある。

「上がってみますか？」と竹内は言ったが、浅見は断った。それよりも、またあの渦潮を通って引き返すことができるのか、そればかりが気になった。

しかし帰りは船を流れに任せて、天竜川《てんりゅう》の川下りのように一気に早瀬を抜けた。それはそれでスリリングではあったが、思いがけない船遊びを楽しめた。

「どがいなです、浅見さん。納得してもらえたじゃろか」

陸に上がると、竹内は訊いた。そう言われても、反論できるだけの知識はない。瀬戸老人に、来島海峡大橋で落ちた遺体が、能島のあの場所に漂い着くことがありうるものかどうか、訊いてみた。

「そりゃ、なんとも言えんのお。潮の流れは一定しとるわけじゃないもんな。いったん西のほうへ流れたのんが、次の上げ潮に乗ってくる時は、北のほうへ流されてゆくいうこともあっかもしれんしよ」

瀬戸老人にしてそういう答えだから、断定するのは難しそうだ。

老人に礼を言って別れ、警察に戻ったが、竹内は庁舎には入らず、「先行するけん、ついてきてください」と言い、マイカーに乗り込んだ。来島海峡大橋の現場まで案内してくれるつもりのようだ。

料金所を警察の「顔パス」で通してもらった。大島も生口島同様、まだ自動車道が全通していない。伯方・大島大橋を渡ってまもなく、いったん大島北インターで一般道に出て、島の南端近くまで走り、大島南インターからふたたび「しまなみ海道」に戻る。海峡大橋の上はもちろん駐停車禁止だから、竹内は現場付近ではスピードを落としてハザードランプを点滅させることになった。

現場は今治側から全体の三分の一程度行ったところであった。幸い後続する車はなかったが、竹内はハザードランプを点滅させながら、窓から手を出して「この辺り」と合図している。そのまま今治北インターまで行ってゲートを「顔パス」で通って、Uターンしてインターを入った。

海峡大橋の歩道は橋の西側を通っているから、この方向で走るとよく分かる。スピードを落として走りながら、現場に花束が落ちているのが見えた。誰かが供えたというより、走行中の車から投げたのが、海まで届かなかったものかもしれない。

その場所に、死に神にとりつかれた女性が佇んでいたのを、平林啓子は見たという。浅見はそういうのにきわめて弱い。その情景を想像しただけで、背中が寒くなった。

インターを出て、竹内は伯方島方面とは逆方向へ向かった。

その辺りから「千歳松」の看板をちらほら見かけるようになった。

浅見の友人で長野県軽井沢に住む作家は、道路脇に立つ看板が大嫌いである。せっかくの風景が看板によって汚されている——と嘆く。そう言われてみると、日本中いたるところが看板の氾濫《はんらん》だ。しかし、車を運転する者にとっては、手っとり早く行く先が分かるという便利さも否定できない。利便性と環境破壊とは、人類が解決しなければならない永遠のテーマではある。

集落を抜けて、海岸沿いの細い道を少し行ったところに「活魚料理　千歳松」の看板があり、そこが目的地だった。人工のものではない砂浜のある海岸に、その名の由来を思わせる形のいい松を左右に配して建つ、二階建てのかなり規模の大きな建物だ。すでにお客が到着しているのか、駐車場には乗用車ばかりか、小型のバスまで駐《と》まっている。

竹内は車を出ると、ズカズカと無遠慮に玄関に入った。たまたま通りすがりだったらしい女将とバッタリ顔が合って、「あらあ、竹チョーさん、お久しぶり」という陽気な声が外まで聞こえてきた。

若い美人――という評判は「若い」の目安をどうするかにもよるが、まんざら嘘ではなかった。それから類推すると、「未亡人」も事実なのだろう。もっとも、だからといってどうこうという下心は、浅見にはない。

竹内は女将に浅見を引き合わせ、「きょう知り合《お》うたばかしじゃけど、ええ人じゃ。サービスしてやっておくれ」と言い、浅見には「例の件は調べてみますよ」と約束して引き揚げて行った。

千歳松は玄関を入ると、廊下の代わりに建物の中を縦貫する敷石道があって、それぞれの部屋まで履物のまま行ける仕組みだ。靴を脱いで上がり、襖《ふすま》を開けると、座敷の大窓の向こうに瀬戸内海が広がっていた。

「やあ、きれいですねえ」

浅見は単純に嬉しくなって、窓辺まで行って佇んだ。

ちょうど正面はるかに、海を挟んで今治の街が見える。平面的な市街の中に一本、ニョッキリ立っているビルが、今治ワールドホテルなのだろう。

のどかで優しい瀬戸内の風景だが、ワールドホテルを見ては、事件のあれこれを連想しないわけにいかない。

浅見の脳裏には、平塚亭で会った村上咲枝の顔が浮かんだ。母親の死から二年を経て、ようやく癒《い》えたであろう心の傷を、またあらためて切り裂くようなことになるのではないかと、浅見は少なからず気になった。

「浅見さんのことは、愛媛毎朝の濱田さんから、電話でお聞きしてました」

お茶をいれてくれながら、女将が言った。明るいところで見ても、「女将」と呼ぶにはもったいないほど若々しい。

「たぶん予約なしに行くんじゃろうから、そん時は大切に扱《あつこ》うてくれ、おっしゃってました」

「あ、そうでしたか。それはありがたいですねえ」

フリのお客にこんないい部屋をあてがってくれるサービスのよさは、竹内の紹介もあるだろうけれど、濱田の口添えのせいだったのかもしれない。

「濱田さんとはお知り合いですか」

「はい、この大島の出身で、私の生まれた家と近所同士でした。私が小学校の頃はもう大学生じゃったけど、やんちゃな子ぉじゃったいうて、親御さんから聞いたことがあります。主人がこの店を始めたのは、濱田さんに勧められたのがきっかけでした。西瀬戸自動車道が開通すれば、必ず遠くからもお客さんが見えるじゃろうから、お迎えする側としても、その日のためにいい店を作らねばならない、言うとられたそうです」

「なるほど。それじゃ、しまなみ海道さまさまですね」

「ええ、お蔭さんで、うちらはそうですけど、でもフェリー関係の方や港近くでお店をやりよった人たちは、逆に商売にならんいうて困っとります」

「ああ、そうだそうですね。今治港周辺の人たちも、ずいぶん影響が深刻らしい。城下堂というお饅頭屋さんを知ってますか?」

「はい、もちろん知ってます。そしたらやっぱり、浅見さんはそのことでこちらへおいでたんですなあ」

「ん? そのことって?」

「あれじゃろう。城下堂のお嬢さん……村上造船の若奥様が亡くなられた、そのことを調べにこられたんじゃろう」

「えっ、濱田さんはそんなことを言ってたんですか」

「はっきりそうとは言わんかったですけど、私にもだいたい察しはつきます。私じゃって、あの奥様がああいう亡くなり方をするのは、信じられん、思いましたもの」

「というと、村上美和さんを知っているのですか？」

「ええ、何度もこの店に来ていただきました。おきれいな方で、可愛らしいお嬢ちゃんもおられて、ほんま、お幸せを絵にかいたような方やったのに……」

「じゃあ、亡くなった時はびっくりしたでしょうね」

「ええ、そりゃもう……それに、すぐそこの海峡大橋からいうのんでしょう。びっくりしてしもうて。主人が亡《の》うなった時よりもショックでした」

「あっ、ご主人は亡くなられたのでしたね」

「はい、五年前になります。この店ができてから、まだ一年ちょっとしか経っとらんかったんですけど」

「えーっ……」

浅見は言葉を失った。

「念願の店ができて、さあこれからじゃいう時じゃったでしょう。悲しかったけど、泣いてばかりおられんかったです。それからは三人の子どもを抱えて、死に物狂いでした。いまでこそこんなにして笑《わろ》うておれますけど、ほんと、大変でしたなあ」

女将は口許《くちもと》を押さえて笑った。まったく、そんな苦労をしたとは思えない明るい笑顔であった。

「ちょっとした肝っ玉かあさんですね」

「はい、濱田さんもそうおっしゃって、新聞にまで書いておくれて、それからテレビの取材まで来ておくれて、すっごく恥ずかしかったですけどなあ」

「妙なことをお訊きしますが、自殺しようなどとは思わなかったのですか？」

「それが、どういうわけかそういうことはちっとも思わんかったんです。そやから、村上さんの若奥様が亡《の》うなった時は、よっぽど辛いことがあったんじゃろう思うたんです。義理のご両親もすっごくいい方じゃそうじゃし、そんなに思いつめることはなかったんと違いますかなあ」

「そうですね、僕もそう思います。あれは自殺ではないと」

「えっ……そしたら、浅見さんは……」

「ええ、たぶん殺人事件ではないかと思っているのです」

声をひそめて言った。

「でも、いったい誰が？……あの若奥様は人に恨まれるようなことのない、優しくてええ方じゃったそうですよ」

「いい人でも殺されることがあるのですね。いや、いい人だから恨まれることだって、珍しくないと思いますが」

「それはまあ、そうかもしれんけどねえ。私みたいなすれっからしは、ぎょうさん恨まれているのかもしれませんなあ……」

「ははは、そんなことはありませんよ。あなたのようにバイタリティ溢れる方だと、恨みも憎しみもはじき飛ばしてしまうんじゃないでしょうか」

「そんな、スーパーウーマンみたいに言わんとってください。私じゃてこう見えても、人並みに落ち込んだりする時もあるし、たまらなく人恋しくなったりもしますんよ」

言いながら、女将は急に頰を染め、意味ありげな目つきになった。

浅見は慌てて、「えーと、晩ご飯は何時頃になりますかね。ちょっとその辺りを散歩してきたいのですが」と立ち上がった。

第三章　小さな「探偵団」

1

あれ以来、（もし、ママが殺されたのだとすると――）という考えが、咲枝の頭から離れなくなってしまった。

ミステリー小説を読んだ知識からいうと、人が人を殺す動機は、大きく二つに分類されるらしい。

一つは物取りなど、単純に金品を奪う目的で殺す場合。たとえば強盗殺人なんかはその典型的なケースといえる。

もう一つは怨恨《えんこん》によるもので、こっちのほうはいろいろなケースがある。喧嘩《けんか》による傷害致死のようなものから、冷たくされたり、叱られたりしたのを根にもって殺人を犯す場合、それに遺産相続を巡る争いが原因になる場合など、とても複雑だ。

戦争で敵を殺すのは、個人的な動機や恨みというより、国と国同士の利害関係と、そこから生じる怨恨や憎しみによるものだ。兵士は別に目の前の相手に恨みがあるわけではないのに、命ぜられるままに殺さなければならない。

それから、意味も理由もなく、とつぜん人を殺してしまうケースもある。薬の副作用や酒の上での犯行や、精神的に障害のある人による犯行は、心神耗弱だとか心神喪失だとかいって、罰せられなかったり、罪の対象にならないこともあるという。

しかし、大阪の小学校で起きた、児童八人を殺害した事件の場合には、犯人は被害者たちに会ったこともなく、恨みなどあるはずもないのに、社会に対する復讐——みたいなことを理由に、計画的な犯行に及んだのだそうだ。最近はそういう、犯人自身さえ理由も動機も分からないまま犯してしまう殺人が多くなったと書いている本もあった。

（ママの場合はどうなのかな——）

もし母親が殺されたのだとしたら、どういう理由や目的があって、そんなひどいことをしたのだろう——と考えた。あの優しい母親が、殺されるほど人から恨まれることなど、絶対にあるはずがない。

咲枝は胸の中で断定した。

（絶対にないわ——）

しかし、美和は死んだ。咲枝は母親の死を自殺ではないと信じているから、この矛盾をどう理解すればいいのか、悩んだ。父親の康彦にその悩みを打ち明けようとして、ひと言「ママが死んだことだけど」と口を開いたとたん、康彦は「その話はするな」と、怖い顔で叱った。その代わり、すぐに優しい父親の顔に戻って、「悲しくなるだけじゃけん、もうあのことは言わんでくれ」と、頭を抱いてくれた。

（そうじゃないのに——）

康彦の抱擁の中で、咲枝はしきりにそう思いつづけていた。

（ママの死は絶対に自殺なんかじゃないのよ——）

そう言いたかったのだ。そうでないと、ママは「自殺者」の汚名を着せられたままで、やがてその記憶さえ薄れていってしまうのだろう。

（可哀相なママ、もう少し待っていてね。きっと私が本当のことを捜し出してみせるから——）

しかし、どうすれば真相に近づくことができるのか、咲枝にその方策が見つかるはずもなかった。警察でさえ「自殺」のことは、わずかな記録を残しただけで、とっくの昔に忘れてしまったのだ。

村上家と美和の実家である羽二生家とは、あれ以来すっかり気まずい関係に陥ってしまっていた。

康彦や彼の両親は、美和を死に追いやったのは、とどのつまり羽二生家の人々に責任があると思っている。確かに、金策を巡って、羽二生家が美和に過度の要望を出していたことは事実なのだ。

羽二生家の、とくに美和の両親や兄の潤平はその点を認めてはいる。しかし、現実に美和と毎日接していたのは、ほかならぬ村上家の人たちではないか——という気持ちがないわけではない。美和のもう一人の兄・浩平にいたっては、妹を殺したのは、村上家の連中の冷たさだと露骨に口にした。

そういう冷えきった空気の中で、咲枝だけが両方の家を取り持つ立場にあった。両家ともそれぞれ、咲枝には負い目があるから、まるで腫《は》れ物《もの》に触るように扱う。

美和の死は完全には無駄死にではなかった点もある。その後、村上家は美和の遺志を尊重して、城下堂への融資を行った。

もともと城下堂の経営を圧迫していたのは、店の建て替えで過剰な設備投資を行った際の、銀行からの借り入れに対する利息の支払いが原因だったのである。それさえなければ、規模を絞りに絞った現在の状態なら、わずかながらであっても黒字に転換できる。村上造船は会長の勘太郎の鶴のひと声で、銀行にある程度の債権放棄を求めた上で、負債のほとんどを肩代わりした。

それにしても、西瀬戸自動車道の開通後、今治市の企業には村上造船を除くと、あまりいい話はなかった。とりわけ、今治最大の地場産業であるタオル業界が壊滅的な打撃を受けている。タオルに限ったことでなく、日本の産業の多くが、人件費の低い東南アジアと中国へ生産の場を移しつつある。とりわけ中国の賃金は日本の十分の一から二十分の一といわれ、労働力は有り余っているから、そこに量産可能な工場施設と、製造のノウハウを与えさえすれば、驚異的な低価格で逆輸入されるわけだ。宿命的に高賃金を背負う日本の製造業は、到底太刀《たち》打《う》ちできない。

今治のタオル業者の中で、目端の利いた人が中国に乗り込んで、それを実現した。関税を加算してもなお、数分の一の価格の輸入タオルが怒濤《どとう》のごとく押し寄せた。タオル業界は零細な事業者が寄り集まって成り立っていたようなものだから、こんなことをやられては、ひとたまりもない。政治的な非常措置として「セーフガード」という輸入障壁を作ったが、国際通念からいって、長続きするはずもなかった。

いま、今治市民をはじめ、東予地方の住民や企業、それに道後《どうご》温泉に代表される愛媛県のすべての観光産業が、最後の望みをかけているのは「しまなみ海道」の完全開通といっていい。「しまなみ海道」は広島県側の生口島と、愛媛県側の大島の二島が未完成で、その部分だけは一般道を走らなければならない。そのことが存外、「しまなみ海道」の利用意欲を阻害しているといわれる。

たとえば新居浜市付近の人が車で広島やそれより西の方面へ行く場合、わざわざ東の香川県まで行って瀬戸大橋を利用するケースが多い。地図で見るとよく分かるけれど、それだとかなりの遠回りだが、そのほうが時間的にも早いし、全部を高速道路で行けるから快適だというのである。

もし「しまなみ海道」が全通すれば、少なくとも対岸の広島県からの観光客は増加するだろう。それに本州から四国へのドライブでは、ほかの瀬戸大橋や明石海峡大橋などを利用するよりも、「しまなみ海道」ははるかに風光明媚《ふうこうめいび》のルートであり、途中の個性的な島々にも立ち寄れるメリットがある。

フェリーや連絡船の便数は大幅にカットされたまま、「しまなみ海道」の全通が延び延びになっている現状がつづけば、あたかもヘビの生殺《なまごろ》しのように、今治周辺の経済は疲弊しきってしまうかもしれない。

そういう噂は、咲枝のような幼《おさな》い「市民」の耳にも入ってくる。母親を奪われた——と信じている「しまなみ海道」が、現実には今治市民にとっては文字どおりの「希望の架け橋」であることを知ると、咲枝は複雑な心境にならざるをえない。

しかし、もし美和の死の真相が殺人によるものだとすると、咲枝の「しまなみ海道」への憎悪は、まったく偏見でしかないということになる。そう考えるようになって、咲枝の「しまなみ海道」に対する想いは、微妙に揺れ動いた。

六月末近い土曜日の午後、村上家に浅見光彦が訪ねてきた。前もって島崎先生から連絡があったから、咲枝は早めに学校から帰って待機していた。玄関のチャイムが鳴った時、お手伝いより早く、咲枝が出迎えた。

「やあ、このあいだは失礼しました」

浅見は咲枝を見るなり、おとなに対するように丁寧に頭を下げた。その一事だけで、咲枝は浅見に好感を抱いてしまった。

父親の康彦は所用からまだ戻っていなかったが、咲枝はとりあえず祖父の勘太郎と祖母の初代に浅見を会わせた。島崎先生のお知り合いで、雑誌記者をやっている人——と紹介してある。もっとも、雑誌記者と聞いただけで、勘太郎は鼻の頭に皺を寄せた。美和の事件の時に、その連中の取材攻勢に手を焼いた経験が、勘太郎をすっかりマスコミ嫌いにしてしまった。

「こっちには、仕事ですかいのう?」

勘太郎は、露骨に警戒する様子を見せながら訊いた。

「ええ、『しまなみ海道』の現状と将来というテーマで、愛媛県側の三島と、今治市から北《ほう》条《じょう》市、東予《とうよ》市などを取材する予定です。ことに観光立国である愛媛県の、新しい魅力づくりに繋がるような記事に仕上がれば、望外だと思っています」

咲枝が傍から見ていても、かっこいい——と思わせるような、爽やかな話しぶりだ。

「なるほど、そういう趣旨ですかいのう」

郷土の利益になることと分かって、祖父も概《おおむ》ね満足げに頷いた。

お茶を運んできたお手伝いに、初代が「明子《あきこ》さん、一六《いちろく》タルトをね」と頼んでいる。歓迎すべきお客にはそうするのが、この家のしきたりである。

どうやら祖父母の感触はよさそうだが、とはいえ、咲枝は浅見が母親の話題を持ち出すのではないか――と、ひやひやものではあった。「美和の自殺」は、この家では最大のタブーとして、語られることがまったくない。そのくせ、誰の胸にも、死を選ばなければならなかった美和のことは、いつも重くのしかかっているのだ。

「お泊まりはどちらですかな？」

「昨日は大島の千歳松という宿に泊まりました」

「ほう、千歳松はええとこじゃろう。あそこの料理は旨かったじゃろう」

「ええ、僕は海産物が好きですから、あのボリュームには感動しました。ただし、いささか贅沢《ぜいたく》しすぎたきらいはあります」

「今夜はどないにします？」

「今日はまだ決めていません」

「それじゃったら今治ワールドホテルがよろしい。ぜひそうしなさい」

「ははは、いえ、とんでもありません。ああいう高級ホテルには無縁の人間なのです。どこかビジネスホテルを探すつもりです」

「何を言うとるんじゃ。あそこじゃったら、わしの一存でどないにでもなります。この家でもええんじゃが、かえって気詰まりじゃろし。そうじゃ、ワールドホテルがええ。それで決まりいうことにしょうや。これ以上の遠慮は無用じゃが。何か言うたらいかんで」

その何かを言いかけた浅見の前に、右手を広げて反駁《はんばく》を押さえつけた。

「そうと決まったら、康彦に連絡して、晩飯はホテルのてっぺんの鉄板焼きにするけん、海産物中心のメニューを特注しておくよう言うてやりなさい」

てきぱきと初代に命じる、久しぶりに上機嫌の祖父を見た。よほど浅見が気に入ったにちがいない。咲枝までが何だか気持ちが弾んできた。この人には、そんなふうに、相手の心を和ませる素質が、生まれながらに備わっているのかもしれない——と思った。

ひとしきり歓談したあと、一足先に咲枝が浅見をワールドホテルまで案内することになった。途中、市内の観光名所を巡る。例によって正之助がついてきたがったが、わが家同然のワールドホテルへ行くのだからと言って断った。第一、お目付役みたいで、浅見さんに失礼やないの——と思った。

咲枝は浅見にまず村上造船を見せた。巨大なクレーンが林立する造船所に、浅見はことのほか興味を惹《ひ》かれた様子だが、作業の妨げになるからと、中の施設を見学するのは、自分のほうから遠慮した。そういうけじめのつけ方のよさも、ますます好感がもてる。

それから今治港を見たついでに、城下堂に立ち寄った。母方の祖母の弘子《ひろこ》が店に出ていて、

「あらぁ、ようきたわねえ」と両手を広げて歓迎してくれた。弘子は浅見を見ると、「咲枝の先生じゃろか？」と言った。

「違うわよ、島崎先生のお知り合いで、浅見さんていうの。東京からのお客さん」

「ああ、ほうじゃったんですか。けど、前にもお目にかかったことがあったような気がするけんどなあ」

「ええ、三年ほど前でしたか、まだしまなみ海道が開通していない頃、こちらでお土産を買って東京へ送りました」

「ああ、やっぱしなあ」

「ほんとに憶えとるん？」

咲枝は疑わしそうに言った。

「憶えとるよ。男前の人はひと目見ただけで、忘れられんけんねえ」

弘子は真顔で言って、三人で笑った。

浅見はまた鳥の子饅頭を買って、宅配便にしてもらっている。

車を駐車場に置いたまま、今治城址《じょうし》まで歩いた。お堀は海と繋がっていて、海水を引いたお堀として知られている。

歩きながら、浅見は「こんなことをあなたに言うと、また気を悪くされるかもしれませんが」と言いだした。

「お母さんの自殺のことですが、あれは本当に自殺だったのかどうか、僕は少し疑問に思っているのです」

「えっ……」

咲枝は心の底から驚いた。思わず足の運びを止めたほどだ。

「あ、やっぱり気分を害しましたか。でしたら忘れてください。この話はこれっきりにします」

「いいえ、そうじゃないんです。私も同じことを考えていたんです」

「ほうっ、同じことというと？」

「ですから、母の死は自殺なんかじゃないっていうことです」

浅見は周囲を見た。近くには人がいなかったが、「歩きながら話しましょう」と、咲枝の肩に手を添えるようにした。

「自殺でないとすると、何だと思ったのですか？」

「浅見さんこそ、どう考えてるんですか」

「そうですねえ、言っていいかどうか……それじゃ、二人一緒に声に出しましょう」

「ええ、いいですよ」

咲枝が「せえの」と掛け声をかけて、二人同時に「殺された……」と言って、たがいにびっくりした顔を見合わせた。

2

今治市の中央を貫く片側三車線のメイン道路の、歩道に沿って流れる掘割には、コイやウグイなどの魚が棲《す》んでいる。お世辞にも清流とはいえないが、魚たちの群れる姿を眺めるのは楽しい。

あまり高層ビルのない市街地の真ん中に、突出してそそり立つのが今治ワールドホテルである。道路から建物まで、たっぷりとした空間をとっていることや、外装壁などの凝ったデザインにも、「四国随一」を志した創業の精神が感じ取れる。

とはいえ、本当のところ、ふだんの浅見にはまったく無縁のような、デラックスなホテルではあった。もしこういう幸運でもなければ、たぶん足を踏み入れることさえなかったにちがいない。

ところが、後で聞いてみて分かったことだが、宿泊料金は信じられないほど安い。東京の同規模のホテルに較べると、半額以下だろう。貧乏な浅見だって十分利用可能だ。しかも部屋が広く豪華で、これでシングル？——と目を見張らせる。ベッドはダブルだし、バスルームも広々としている。オーシャンビューの窓の向こうには、瀬戸内海が望める。左手はるかに、しまなみ海道の優雅な曲線が島から島へと連なっている。

しまなみ海道の終点、四国観光の起点といってもいいこの場所に、こんな贅沢なホテルがあるというのは、ちょっとした盲点なのかもしれない。

部屋に荷物を置いて、すぐにロビー階にあるラウンジに下りて、咲枝とお茶を飲んだ。二階まで吹き抜けのラウンジは広く、椅子もゆったりしている。大きなグラスウォールの向こう側にある中庭の緑が鮮やかだ。

面白いのは、ロビーの壁際にいくつも、船のモデルが展示してあることだ。いかにも親会社が造船会社──という雰囲気だ。浅見は少年時代にプラモデルに凝ったことがあるから、精巧で大型のモデルに見入って、飽きることがなかった。「男の子」として興味を惹かれるのは、何といっても総トン数で、十万トンを超える数字を見ると嬉しくなる。

「これはすべてお父さんの会社で造った船なんですか？」

「ええ、ほとんどがそうです。でも、一つか二つ、昔の船があるはずですけど」

そういえば、浅見も知っている、歴史的に有名な船があった。

「十万トンクラスの船も造れるんですね」

「ええ、今治工場では三万トンくらいですけど。香川県丸亀《まるがめ》のドックでは十万トン、広島県の三原では十五万トン、隣の西条《さいじょう》では三十万トンクラスの船を造っているそうです」

「ほんとに？……」

そういう巨大船は佐世保《させぼ》や長崎でしかできないと思っていたから、これはちょっとしたカルチャーショックだ。

「すごい会社のオーナーなんですね」

思わず、見直した——という目になったらしい。咲枝はつまらなそうに「でも、祖父と父の会社で、私には関係ありません」と言った。その感覚は理解できる。浅見も父親が大蔵省の高級官僚だったし、現にいまは兄が警察幹部だ。それと比較されるのも辛いが、親や兄の七光と思われるのもかなわない。

「しかし、世間の人はそうは思わないんじゃないかな。たとえば僕だってそうだ。やっぱり大会社の社長令嬢って思いますよ」

「そんなふうに思われるのが、いちばんいやです。前に仲のよかった友達のお父さんが、父の会社に勤めてる人だって分かって、私は気にしなかったんだけど、友達のほうが急によそよそしくなってしまって、とても悲しかったことがあります。その逆に、金持ちの娘だからって、近づいてくる子もいるし。そうじゃないのかもしれないのに、私のほうがヘンに意識してしまったり……だから、本当に親しい友達って、いないんです」

「なるほど、その気持ちよく分かるなあ、同情しますよ。だけど、そういう家に生まれたのも一つの宿命なのだから仕方がありませんね。むしろその幸運を感謝すべきです。だってそうでしょう、天皇家に生まれたお子さんは、全国民からそういう目で見られつづけるんですからね。それに較べれば……」

「そんなの、オーバーですよ」

「ははは、たとえばの話です。しかし、きみのお母さんの場合だって、きみにとってはただのママかもしれないけど、世間一般から見ればそうじゃなかったのですよ。事件の本質を追求する時には、そういうことも受け入れて考える必要があります」

「えっ、それってどういうことですか？」

「お母さんが大会社の社長夫人だったということが、事件の一つの原因になっているのかもしれないでしょう。もちろん、それはあくまでも、お母さんの死が自殺でないと仮定した場合のことですけどね」

「ああ……そう、ですね」

咲枝は頷いた。

「警察はそれをあっさり、自殺として処理してしまった。だから、事件の本当の原因を探るところまでいかなかったのです。ただ、保険金目当ての自殺という考え方はきっぱり否定しています。それにしてもそこまでで捜査を打ち切ってしまったのは問題でした。ひょっとすると、事件の原因は、お母さんが富豪の若奥様であることと関係があるのかもしれないのに……です」

「じゃあ、母を殺したのは、お金目当てだったってことですか？」

咲枝の声がつい大きくなるのを、浅見は唇に指を当てる仕種《しぐさ》でセーブした。ここは壁際の席だから、お客やウエートレスに聞かれる心配はなさそうだが、用心するに越したことはない。

「たぶん、それも一つの有力な考え方だと思いますよ」

「でも、母にはそんなお金はなかったはずですけど。だから悩んでいたんですから」

「最初からそんなふうに否定するのでは、警察と同じ結論しか出ない。一見、ありそうにないことも含めて、すべてを疑ってかからなければ、新しい道は開けません」

黙って頷く咲枝のつぶらな瞳に、浅見に対する信頼感が宿るのが分かった。

「お母さんが亡くなる少し前、島崎先生に、お金のことはなんとかなるっておっしゃったという話、その話にも重大な意味があるのかもしれません。もしそれが事実だとしたら、犯行動機にお金の問題がからんでいた可能性も出てくるでしょう」

「でも、母が大金を持っていたとは考えられないし、もしあったとしても、なぜ来島海峡大橋で？……とか、いろいろ矛盾があると思うんですけど」

「お母さんを最後に目撃したのは、伯方島の女の人でしたね」

「ええ、その人が来島海峡大橋の上で、通りすがりに母を見たって言っているんです」

「ところがね、その目撃談だって、真実かどうかは疑わしいかもしれない」

「えっ、そうなんですか？」

「あくまでも可能性の問題ですけどね。もしそれが間違っていたとしたら、それじゃその前にお母さんを目撃した人は誰かということも調べなければならないでしょう。しかし実際は、警察はその女性の目撃談を信用するに足るものと判断したから、それ以前の、ひょっとするとそれが本当の『最後の目撃者』であったかもしれない人を探す作業を、放棄してしまったのですね」

「警察の仕事って、そんなにいい加減なものなんですか？」

「いい加減ということはないけど、殺人事件であることがはっきりしているならともかく、自殺という先入観があると、わりと簡単に処理したがるものです。といっても、一応はマニュアルどおりに進めているから、落ち度があったわけではありませんけどね」

警察庁の兄に義理があるから、多少はフォローしておかなければならない。

「われわれは警察と違って、先入観に惑わされないようにしなければならない。あらゆる可能性を視野に入れて、真相を追求する。いいですね」

「はい」

浅見は「それじゃ」と手を差し出した。咲枝もすぐに反応して、テーブルの上で握手を交わした。

「世界最小の探偵団の誕生ですね」

浅見が言って、二人は声を抑えながら笑った。

「そこで、早速だけれど、お宅の人で最後にお母さんを見たのはどなたですか？」

「お手伝いの明子さんです。玄関先をお掃除していて、母が車で出掛けるのを見送ったそうです」

「あ、そうそう、その車だけど、どこで見つかったのか、知ってますか？」

「来島海峡展望館の駐車場です。来島海峡大橋の付け根近くにあって、そこからの眺めがとてもいいんです。私も母と一緒に何度も行きました。そこからだとしまなみ海道の歩行者道路へも近いし、駐車場に車を置いて歩いて行ったのだろうって、警察はそう言ってましたけど……」

さすがに、その話をする時の咲枝の瞳は潤んでいた。

「展望館から目撃された場所まで、距離はどのくらいあるのだろう？」

「三キロか四キロか、そのくらいです」

「一時間近い行程ですね。その間、伯方島の女性以外に一人の目撃者もいなかったというわけですか」

「目撃者がいたとしても、名乗り出てこないってこともあるのでしょう？」

「それはそうだけれど……それにしても料金所の職員とか、展望館の人とか、誰も見ていないのは不自然じゃないのかなあ」

「歩行者は無料で、フリーパスだから、職員の人も気がつかなかったのじゃないでしょうか」

「そうなの、無料なの。ふーん、それはいいですねえ。僕も歩いてみようかな。橋の上からの風景はすばらしいだろうなあ」

「ええ、でも、その割に歩く人って少ないんですよね。だから目撃者もいなかったのだと思います」

「それとも……」と、浅見は咲枝の目を見ながら、言った。

「じつは、お母さんはそこにはいなかったのかもしれない」

「ああ、それがさっき浅見さんが言った疑わしいということですか」

「目撃談が『嘘』だとしたら？」

「えっ、嘘をついていたってことですか？　でも、何のためにそんな嘘を？」

「もし殺人事件だとしたら……わが探偵団はそう断定してスタートしたのだけど、もしそうだとしたら、その女性の証言は重要な意味を持っているわけです。彼女は『村上美和さんはその日のその時刻にその場所にいた』ということを特定したのですからね。ところが犯人はその時刻にはまったく別の遠い場所にいた。つまり、アリバイが成立するというわけです」

「じゃあ、その女の人も犯人の仲間だってことですか？」

「たぶん」

「だったら……」と、咲枝は大きく息を吸い込んで、言った。

「その女の人をすぐに調べるべきじゃないですか。そうすれば、嘘をついていたかどうか分かるでしょう。それでもまた嘘をついたとしても、徹底的に追及すれば本当のことを言いますよ、きっと。浅見さん、どうして調べないんですか？」

「調べたくても、それができないのです」

「どうしてですか？　警察じゃないからですか？　だったら警察に話して……」

「もはや警察にもできない。なぜなら、その女性は死んでしまったからです」

「えーっ……」

咲枝は驚き、それがたちまち恐怖の色に変わった。

「それって、死んだって、それはまさか、殺されたってことですか？」

「警察の調べによると、一応、事故死ということになってます」

「また警察……でも、じつは違うっていうんですね？」

「分かりません。これも仮定の上での憶測でしかないのだけれど、もし共犯関係があるとしたら、主犯の人間が口を封じるために殺したということは、当然考えられます」

「そうですよ、そうに決まってますよ。それで、その女の人が殺されたのは、いつ、どこでですか？」

「ははは、まだ殺されたと断定はしていませんが、『事故』があったのはつい五日ばかり前のことで、場所は新居浜から別子銅山跡へ行く山道だそうです。事故を取り扱ったのは新居浜警察署で、まもなく、運転を誤ったための事故――と断定したようです」

咲枝は呆れたような目で、しばらくこっちを見つめていたが、吐息《といき》を洩らすのと一緒に言った。

「浅見さんて、いつの間に、そんなことまでいろいろ調べたんですか。まるで本物の探偵さんみたい」

「ははは、大したことではないですよ。たまたま、お母さんを目撃した女性が事故死したというニュースを知ったものだから、もしかすると何かあるのかもしれない――と思っただけです。ただ、伯方警察署で両方の事件について聞いてみて、これはやはり相当怪しいと確信を得ました。きわめて手掛かりの乏しい事件なので、殺人事件であることを証明するのは容易ではない。ごく些細《ささい》なことにも注意しなければなりません。たとえば、お手伝いさんの最後の目撃談が、いまは唯一の手掛かりになるのかもしれない。一度、会って話を聞いてみたいですね」

「でも、うちで母の『事件』のことを話すのはタブーなんです。そんなことを訊かれたら、明子さんだってびっくりして、困ってしまうんじゃないかしら」

「なるほど……それじゃどうでしょう、きみの口からそれとなく聞き出してみてくれませんか」

「聞き出すって、どんなことを訊けばいいんですか？」

「その時、明子さんが見たことすべてを話してもらいたいですね。たとえば、お母さんはどんな様子だったか。着ていたのはよそゆきだったか、それともふだんの買い物に行くような恰好だったか。バッグは持っていたか、どういうバッグだったか、たとえばブランド品だとかあるでしょう。それに顔色とか、表情とか、歩き方などから見て疲れた様子だったか、お元気そうだったか。もちろん、何か言葉を交わしたのなら、そのことも知りたいですね。要するにどんなに小さなことでも、そこに何か手掛かりがあるかもしれないと思ってください」

「分かりました、やってみます」

咲枝は右手を胸に当てて、気取ったポーズを作ってみせた。いっぱしの少女探偵にでもなったつもりかもしれない。

いつの間にか日がとっぷり暮れて、中庭の向こうにある、料亭らしい純和風の建物に灯がともった。

「あ、来ました来ました」

咲枝は浅見の肩ごしに玄関のほうに手を振った。村上勘太郎を中心に初代夫人と、たぶん咲枝の父親と思える紳士の三人がやって来る。ホテルの従業員はオーナー一家の到来に緊張した様子だ。フロントマネージャーが三人を先導して、ラウンジへ向かってきた。浅見は立ち上がって迎えた。

紳士はやはり咲枝の父親だった。「村上造船株式会社　社長　村上康彦」の名刺には重みがある。肩書のない浅見光彦の名刺はいかにも安っぽい。

「いやあ、鉄板焼きがいいと思うたんじゃが、今夜は予約で満席じゃいうんで、仕方がない、会席料理に変更しました。珍しくもないが、それでええじゃろうか」

勘太郎が言った。いいも悪いもない、浅見はただただ恐縮するばかりだった。

料亭の建物には、敷石を辿って、庭を横切ってゆく。途中に池や灯籠《とうろう》などを配して、外国人客には最高のもてなしになりそうな造作である。料亭には部屋が大小いくつかあるらしい、五人には少し広すぎるほどの和室に案内された。長細い卓子《テーブル》の下に、掘《ほ》り炬燵《ごたつ》が切ってある。

「どうじゃった、咲枝、浅見さんをあんじょう案内でけたんか？」

勘太郎老人が訊いた。

「はい、しっかりご案内しましたよ」

咲枝はすまして答えている。

「城下堂さんへも行って、母に土産を送りました」

浅見は何の気なしに言ったのだが、村上家の人々の表情をみるかぎり、あまり歓迎される話題ではなかったようだ。咲枝は「だからタブーだって言ったでしょう」と言いたげな、困った顔をしている。

しかしその中から勘太郎が取りなすように、「そうじゃ、せっかくじゃから羽二生のばあさんも呼ぶか」と言った。

「だめですよお父さん、もう料理の支度が出来上がっているんだから」

康彦が難色を示し、「そうか、そうじゃな」と勘太郎もあっさり撤回した。

料理は瀬戸内の新鮮な魚介類が次々に出てきた。昨日の千歳松の料理は豪快だったが、今夜のは繊細な日本料理の神髄をきわめたような内容で、同じ日本料理でもずいぶん違うものだと、あらためて思わせる。

咲枝はジンジャーエールを飲んだが、ほかの四人はビールと日本酒を飲んだ。浅見はあまりいけるくちではないのだが、村上親子は明日が日曜ということもあってか、じつに感心するほどよく飲んだ。とくに康彦はいささかも乱れる気配がない。

「浅見さんは、しまなみ海道と今治周辺の取材に見えたのじゃそうですな。ひとつ、愛媛県のために、不況を吹っ飛ばすような景気のいい話を、よろしゅう書いてください」

真顔で頭を下げられ、浅見も「かしこまりました」とお辞儀を返した。

「いまの知事さんは、なかなかの才人でしてね、町おこし村おこしのアイデアをどんどん出して、県の活性化を図ろうとしとるんです。各市町村でも独自にイベントを企画して実施してますが、しかし、成功させるとなると、難しいようですなあ。内子座《うちこざ》の芝居じゃとか、松山の句会なんかは毎年のことで、比較的うまく行っているが、最近は各地にテーマパークができて、そっちに引っ張られるせいか、観光客の足も鈍りがちじゃそうです。かえって、テレビの『全国お宝捜査隊』いう番組の収録なんかだと、どっと人出があったりして、今治でも誘致したらどうじゃいう話になっておるそうです」

康彦が言うと、勘太郎は「いかんいかん」と手を横に振った。

「そんな安直なもんで人集めしても、その場かぎりじゃ」

「しかし、『瀬戸内しまなみ海道開通記念』いうて大三島で番組収録をやった時は、県内ばかりでなく、大阪や東京など、遠いところから来た人もおったそうですよ。そういうチャンスを捉えて、今治の見どころを全国ネットで放送してもらうのは、悪い話じゃないと思いますけどなあ」

「いかんて。テレビ局じゃて、取材先を選ぶじゃろ。大三島は宝物が仰山《ぎようさん》あるからええけど、今治には大したもんもありゃせんがな」

「そんなことはやってみんことには分かりゃせんでしょう。なあ浅見さん」

いきなりふられて、浅見はうろたえた。

「はあ、そうですね。案外の掘り出し物があるかもしれませんね」

「そうじゃろう。そうなんですよお父さん、蔵の中に眠っているお宝があるかもしれんのですよ」

「あほらし……」

勘太郎は相手にもしたくない——という顔になった。

「そんなことより咲枝、ピアノのほうはしっかりやっとるんか?」

「やってますよ。ねえ、浅見さん、島崎先生もそうおっしゃってるでしょう?」

「えっ、ああ、もちろんですよ。いつも褒めていますよ」

まだ演奏を聴いたこともないのだが、島崎香代子が称賛しているのは事実だ。

「それじゃったらええが、一日も早く松山で咲枝の演奏会を開かんと、わしじゃてなかなか死ぬわけにいかんけんな」

「そんな、死ぬなんて、縁起の悪いこと、言わないでよ」

咲枝は泣きそうな声で言った。

3

その夜の小宴は終始、和やかな雰囲気だった。料理も美味《おい》しかったけれど、何よりも浅見光彦というゲストがよかった——と咲枝は思っている。こんなに優しくて、思いやりがあって、それでいて強くて、率直な生き方をしている人は初めてだ。

咲枝から勘太郎まで、年齢差が六十歳もあって、男も女もいるのに、誰とも打ち解けて話す。控え目だが、妙な遠慮はしない主義らしい。話題も豊富で、これまで歩いてきた日本中のあちこちの話を、面白おかしく聞かせてくれる。

「浅見さんはおいくつですの?」

初代が訊いた。

「三十三です」

「あらぁ、お若く見えますなあ。まだ二十六、七じゃ思うてました。それでお独りじゃ言うんよねえ。まあ、もったいない。この子がもうちょっと歳いっとったら、お嫁さんにしてもらいますのになあ」

「やめてよ、お祖母ちゃん」

咲枝は慌てて初代の袖《そで》を引っ張った。たぶん赤い顔をしているにちがいないと思い、浅見が「あはは……」と、面白そうに笑っているのが憎らしかった。

そうして、和やかなうちにお料理もデザートのメロンが出て、お開き——となるはずだったのだが、それからちょっとした騒動が持ち上がった。咲枝が心配していた母親のことを、浅見からではなく、父の康彦のほうから切り出したのである。

「浅見さんはすでにご承知かと思いますけんどな」

それまでの笑顔を収めて、酔いも醒めたような顔であった。勘太郎がいち早くそれと察して、「やめとかんか」と窘《たしな》めたが、康彦はそれを無視して言った。

「咲枝の母親は一昨年の春、亡くなりましてな。それもいささか不名誉な亡くなり方やったのです」

（違うわ！——）と、咲枝は背筋が凍るような思いで、胸の中で叫んだが、声にはならなかった。しかし、その咲枝の気持ちを代弁するように、浅見が言った。

「それは違うと思いますが」

「は？……」

予想していなかった反発に、康彦は驚いた目を浅見に向けた。

「違うとは、何が、ですか？」

「不名誉な亡くなり方というのは、間違っています」

「いや、そう言うてくださるのはありがたいんじゃが、しかし、現実に家内は自らいのちを絶つという、われわれにとってはまことに不名誉な死に方を……」

「それが違うと申し上げているのです。奥さんが亡くなったのを、どうして自殺だと決めつけてしまわれたのか、その根本的なところで、重大な間違いを犯しているのではないかと、僕は思っています」

「えっ、と言われると、家内はあの、自殺ではないと？……いや、何をおっしゃる。それはあなたのほうが間違っとるよ。そのことはすでに警察がですな……」

「その警察が間違ってるって、浅見さんは言うとられるんよ」

咲枝がたまらなくなって、言った。

「ん？　咲枝、おまえまで何を言うんじゃ」

「そうだけど、パパが不名誉なんて言うんだもの。ママが可哀相じゃないの」

「それはじゃね……」

「僕は驚いたのですが」と、浅見が親子のあいだに割って入るように言った。

「じつは僕は最近になってそのことを知り、その後、ある事件を新聞で知って、もしかすると――という気持ちが生じたのです。ところが、今回こうして愛媛に来ることになって、咲枝さんにお会いしたところ、何と、お嬢さんのほうから、お母さんの死が自殺ではなかったのではないか――と言われて、愕然としました」

「何を言うとられるんですか。こんな娘の言うことをまともに取ったらいかんよ。何も分かっとらんのじゃから」

「お言葉ですが、それも間違っています。子どもの言うことだからといって、軽視してはいけません。われわれ大人のほうが、よほど過ちを犯していることが多いのですから。とくに先入観で物事を判断してしまうのは、大人の最大の欠点です。残念ながら警察はその過ちを犯したのだと思います。そして、失礼ですが、ご主人であるあなたも、ご両親も、みなさんが動揺のあまり、警察の判断をそのまま受け入れ、従ってしまったのではありませんか。心のどこかで『自殺なんかするはずがない――』とお思いになっていながら、それを主張するチャンスを逸してしまわれたということはありませんか?」

勘太郎と初代と康彦は、それぞれたがいの顔を見交わした。

「そうじゃな、確かに浅見さんのおっしゃったとおりかもしれん」

勘太郎が苦しそうに言った。

「わしらも美和が自殺するなど、考えもせんかった。けど、美和が金策に苦しんでおったのを見殺しにしたいう負い目があったもんじゃから、世間が騒がんうちに早く決着をつけてしまいたい気持ちが働いたのかもしれん。警察が事故ではない、これは自殺じゃいう結論を出した時は、それもまたやむをえん思うて、そのまま受け入れたのじゃが、ほんまのことを言うたら、心の中には、何でじゃ、何で自殺せにゃいかんのじゃいう疑問は確かにありました。けど浅見さん、美和が自殺したんじゃないいうと、まさか……」

「そうです、そのまさかです。僕は美和さんは殺されたと思っています。僕だけでなく、それと同じことを、咲枝さんも考えていたのですから、これは無視して通るわけにはいかないでしょう」

「それは」と、康彦が言った。

「もしそれが事実じゃとしたら、あなたの言うとおりじゃが、しかし、何の根拠もなしにそういうことを言いだすのは、われわれ遺族の気持ちを逆撫《さかな》でするようなもんですよ。警察でさえすでに結論を出していることを、どういう根拠があって覆《くつがえ》すんですか？」

「根拠はあります」

それから浅見は、咲枝に話して聞かせたのと同じことや、それ以外のさらに詳しいことも話した。警察に『自殺』と断定させた目撃者——伯方島の女性の事故死は、祖父母や父を驚かせたが、それでもなお、康彦は完全に得心するわけにいかない様子だった。

「仮説としては、確かにいろいろなことが考えられんこともないですけどね。しかし、いま聞いたようなことは、どれも根拠というには弱いんじゃないですかなあ」

「根拠は……」と、浅見は康彦の頑迷を悲しむように眉をひそめて言った。

「もう一度、本当はどうだったのかを調べる根拠は、ほかにもあります。しかもそれはもっと重要なものです」

「ほう、それは何です?」

「信念です。ご遺族の皆さんの信念です。美和さんの死は、絶対に自殺ではない——と思う信念です。さっき会長さんが『なんで自殺をしなければならないのか』とおっしゃったような疑問は、もっと大切にしなければならなかったのだと思います。その疑問を信念として、警察が何を言おうと、美和さんが亡くなられた真相を追求するのでなければ、それこそ美和さんの不名誉や、それに無念のお気持ちは、永遠に消えることはないのではありませんか」

咲枝は驚いてしまった。浅見の目にはうっすらと涙が浮かんでいるのだ。何の関わりもない、赤の他人といっていい家族のことに、こんなにも親身になって、感情を傾け尽くすことができる、この人は何て素晴らしい人なんだろう——と、心が震え、咲枝の目にも涙が湧いてきた。

祖父も祖母も涙ぐんで、じっと黙りこくっている。

しかし、浅見のそういう誠心誠意から発する言葉も、康彦の頑なな姿勢を変えることはできなかったようだ。

「浅見さん、あなたがそうおっしゃってくれるのはたいへんありがたいが、しかし、あれはもう済んだことです。私じゃて何かの間違いであって欲しいいう気持ちはありました。けど、現実は現実として受け止め、耐えて耐えて、ようやく傷口が癒えようとしとるところです。いまさらそれを引っ繰り返して、また一から苦しみを味わい直そうとする気は毛頭ありゃせん。申し訳ないが、この話はこれっきりにしていただけませんか。ただ、不名誉じゃ言うたことだけは、美和のために撤回します。あとは浅見さん、咲枝のことをよろしゅうお頼みします。私の言いたかったのは、そのことでした。咲枝の将来だけを思って、どうぞ過去のことは忘れてください」

康彦は頭を下げた。

父がそう言う気持ちも、咲枝にはよく分かる。心の中では（違うんだけどなあ——）と思いながら、もはやそれ以上のことは何も言えなくなった。

浅見は康彦に頭を下げながら、いかにも辛そうな、悲しそうな顔をしていた。

ホテルの玄関まで送ってきた浅見に、咲枝は家族の中から一人、引き返して「ごめんなさい」と謝った。

「いや、いいんですよ。ただ、信念だけは忘れないようにしましょう」

玄関先の淡い光の中で、浅見は微笑を浮かべながら言った。

伴正之助の運転する車が、道路に出て見えなくなるまで、浅見は手を振って見送ってくれた。

「浅見さんは、ほんま、ええお人じゃねえ」

初代がしみじみと言った。

「ああ、ええ人じゃ」

勘太郎も静かに言った。

康彦は何も言わなかったが、きっと同じ思いなのだ——と咲枝は信じた。もし浅見のことを悪く言う人がいたら、それこそ、ただではおかないと思った。

帰宅したのは九時前だった。ふだんならバスを使ったあと、しばらくはリビングで寛《くつろ》いで、テレビを見たり雑談をしたりして過ごすのだが、祖父母も父親も、さっさと自分の部屋に引き揚げた。それぞれが重い感慨を抱えているせいなのだろう。

咲枝は台所の片付けがなくて、手持ち無沙汰にしている明子に話しかけた。

「ねえ明子さん、ママが亡くなった日のことだけど」

とたんに明子は肩をすくめた。わりと小柄な女性で、身長では咲枝がもう追い越してしまったほどだが、我が家ではもちろん、ご近所でも、頭がよくてしっかり者——という評判だ。

しかし美和の「事件」の話になると、自分が死にそうな顔をする。家を出る美和を最後に見送ったのが自分であることに、理由もなく責任を感じているのだ。「あの時、わたしがひと声おかけしていれば……」と、何度も繰り言を言った。

いや、実際はそれなりに声をかけてはいるのだが、通り一遍のお義理のようなものだったと悔やむのである。

「家を出てゆく時、ママの様子はどうだったん？」

「どうと言われても……」

「何か、死ぬことを予感させるような表情とか、なかった？」

「そんな……分かりゃせんですよ、警察にも旦那《だんな》様にも、何度も言うたとおりですよ」

「それじゃ、ふだんと変わらない様子だったのね」

「わたしにはそう見えましたけど」

「着ているものはよそゆき？　それともふだんの買い物に行く時みたいな恰好？」

「それは、少しよそゆきっぽかったのじゃないかしら」

「バッグはエルメスだった？」

「ええ、お気に入りのバーキンのバッグじゃった思いますよ」

「出掛《でが》けに、何か言った？」

「わたしが、行ってらっしゃいませと言うと、行ってきますとおっしゃっただけです」

「それだけ？」

「ええ、それだけですよ」

「ほんとにそれだけ? ママが玄関を出てきたところから、ずっと見ていたんでしょう。ドアを開けて、閉めて……それからこっちへ向かってきて……それでただ行ってらっしゃいって言っただけ? どちらへとか何時頃に帰るのかとか……訊かなかった?」

「それは、もしかするとおっしゃったかもしれんけど」

「ほら、そうでしょう。だから、もっと何かなかったかって訊いとるんよ。ほかにも何かなかった?」

「そう言われても……あ、あと、お荷物をお持ちしましょうかって言いましたね」

「えっ、荷物があったの?」

「ええ、バッグともう一つ、脇に抱えるようにしてられたので、お持ちしますと」

「そしたら?」

「けっこうじゃと、言われて、それで、わたしは車のドアを開けました」

「何を持っていたのかな?」

「さあ……脇に挟むようにしとられたから、長細いものじゃったことだけは間違いないですね。風呂敷に包んどられたんじゃなかったかしら……そうじゃ、大事そうに紫色の風呂敷にくるんだ、長細いものじゃったですよ」

「長細いって、ゴルフのクラブみたいな細いもの?」

「いいえ、そんなには細くないですよ。長さはちょっと憶えとらんけど、野球のバットくらいの太さはあった思いますよ。そうじゃ、角張っていたかもしれません」

「長細い、角張った風呂敷包み……」

確かめるように言うと、明子も真似して、

「長細くて、角張った風呂敷包みじゃったわ」と、自分に言い聞かせるように復唱した。

「何だろう、それ？」

「さあ、何じゃったんかしらねえ」

二人で顔を見つめあいながら、しばらく考えたが、思いつくものが浮かばない。

「そのこと、警察には話した？」

「いいえ、話しとらんですよ。だって、何も訊かれんかったし、わたしも、お嬢さんに言われたから、たったいま思い出したばかりですもの……けど、それ、黙っていたのはいけんかったんですかね？」

「さあ、たぶん問題ないと思うけど。だけどその風呂敷包み、ママの車からは見つからなかったんじゃないかなあ」

「ああ、そうですね。そのことは何も聞いとらんかったですね」

「どないしたんじゃろ……盗まれたいうことも考えられるけんどね」

「けど、奥様のお車は発見された時、ロックされていたそうですよ」

「だからいうて、盗まれたんじゃないとは言えん思うけど」

「それはそうですけどなあ……」

二人とも黙ってしまった。結局、風呂敷包みの中身が何だったのかに興味はあるが、それと事件に関係あるのかどうかも、さっぱり見当がつかない。

「明子さんはいくつ？」

咲枝がふいに訊いたので、明子は目を丸くした。

「二十九ですけど、なんでですの？」

「浅見さんてどない思います？」

「どないもこないも、東京から見えた初めてのお客さんじゃろ」

「そういうことじゃなくて、かっこいいと思わんかった？」

「それはまあ、かっこええ人じゃとは思いましたけど」

「結婚するなら、ああいう人としたらええんとちがうかしら」

「ははは、何を言われるんかと思ったら、大人をからこうたらいけませんよ」

「からかっとらんわよ。浅見さんは三十三歳だし、歳もぴったりじゃないの。絶対、アタックするべきだわ」

「そんな、あほらしいことを……」

明子は笑いながら赤くなっている。

「そうだ、浅見さんに電話しよう」

急に思いついて電話に向かった。明子はうろたえた。

「えっ、いかんよそんなことしたら。わたしはずっと結婚せん主義じゃし、こっちにそういう気があったけんいうて、浅見さんのほうがご迷惑じゃわ。やめて……」

「そうじゃないの、ほかの用事があるの。でも明子さんにはそういう気もあるんね」

「何言うとんの。違いますよ」

明子は憤《おこ》った顔を作って、小走りに行ってしまった。

（へえーっ——）と、咲枝は意外な展開にびっくりしていた。結果的にからかったようなことになったけれど、明子も浅見に、ひそかな憧れを抱いたにちがいない。

祖母の言いぐさではないが、自分がもっと大人だったら——と、咲枝は少し残念な気がしないでもなかった。これから先、結婚適齢期を迎える頃、浅見のような好ましい男性にめぐり会えるとはかぎらない。

浅見は部屋にいた。「やあ、先程は失礼しました」などと、大人扱いしてくれるので、気分がいい。

「明子さんに訊いてみました」

咲枝はたったいま、明子から聞いた事柄を細かい部分まで丁寧に伝えた。予想したとおり浅見も「長細い風呂敷包み」に関心を示した。

「そういう重大な事実も、警察は見逃してしまったのですねえ。最初に自殺の心証があると、そういう結果になるのです」

いかにも残念そうに言っている。

「その風呂敷包みって、浅見さんは何だと思いますか？」

「たぶん絵画でしょう。日本画の掛け軸ではないかと思いますよ」

「えっ、掛け軸？……」

なるほど——と思った。祖父が大切にしている掛け軸を見たことがある。蔵の中に行くと陶器などと同じ棚に、掛け軸のケースが沢山あるけれど、そのほとんどは、祖父に言わせると「どうでもいいもの」なのだそうだ。しかし、中にいくつか「これは名品」と呼べるものもあるらしい。「タンユウ」とか「ホウガイ」とかいう名前を聞いたような気がする。ものによっては何千万だか何億だかするらしいけれど、陰で父親は「本物やったらの話や」と笑っていた。

「そしたら……」と、咲枝は唾《つば》を飲み込んでから言った。

「母は掛け軸を持ち出したのでしょうか」

「その可能性はありますね。お宅の掛け軸の中で、無くなっているものがないかどうか、調べてみるといいかもしれません」

「でも、それって祖父のものですよ。母が盗んだいうことになります」

「えっ……」

浅見は絶句した。

「そんなこと、私には言えませんよ。それに母がそんなことをするはずがありません」

「そ、そうですね、それはそうです……」

浅見らしくなく、うろたえた。

「僕の早とちりでした。いや、何か別のものでしょうね。またあらためて明子さんにお聞きすることにしましょう。じゃあ、今夜は遅いから、これで、お休みなさい」

一方的に言って、こっちが挨拶を返す間もなく、電話を切った。

(違うわね――)と咲枝は悲しかった。

浅見は早とちりだなどと、これっぽっちも思っていないにちがいない。ただ、咲枝に与えたショックがきついことを思いやって、急いで自説を引っ込めたのだ。浅見の優しさを知っているだけに、かえって咲枝は、浅見が言ったことの重みを感じないわけにいかなかった。

4

浅見に対しては強く否定してしまったけれど、咲枝自身の胸の中では疑惑がどんどん膨らんでいった。

（ママが持ち出したのは、祖父の掛け軸かもしれない――）

明子が言ったような形状の風呂敷包みなんて、ほかにどんなものがあるのか、いくら考えても思いつくものがなかった。あれはやっぱり掛け軸だったにちがいない。

父は（本物なら――）と笑っていたが、掛け軸の中には何千万円も何億円もするものがあるということだ。金策に困った母が、思いあぐねた末にそれを持ち出して金に換えようとしたのかもしれない。ことによると、犯人はその掛け軸を奪おうとして、母を殺害した可能性もありうる。

考えれば考えるほど、その仮説が事実であるように思えてくる。

（どないしよう――）

咲枝は思い悩んだ。父が浅見に対してあれほど強く拒絶したものを、またぞろ持ち出すのは恐ろしい。それに、母が祖父の掛け軸を盗み出したなどと、それこそ「不名誉」の上塗りのような疑惑である。ただの邪推だとしたら、母に対するひどい冒瀆《ぼうとく》だし、万一事実だとしたら、それはそれで母の汚名にまた一つ汚名を重ねる結果になる。

（できない――）

（でも、確かめなければ――）

その自問自答をどれほど繰り返したことだろう。咲枝はついに決意した。

次の日、咲枝は勘太郎と二人きりになるチャンスを作って、さり気なく言いだした。

「お祖父ちゃんは掛け軸を沢山持っているじゃない。あれ、すごく高価なものなん？」

「そうじゃのう、まあ、そこそこの物もないわけではないがの」

「いちど見てみたいんだけど」

「ふーん、咲枝は絵のほうにも興味があるんか」

「ていうか、美術の先生がいい絵をじかに見るのがいちばんいい言うとったから」

「そうじゃな、それは確かにええことじゃな。そしたら、見てみるか」

勘太郎はあっさりと言って、すぐに蔵へ向かった。咲枝はドキドキしながらその後をついて行った。蔵の入り口は板の間を挟んで母屋と同じ屋根の下にある。母屋の一部のように見えるが、屋根も壁も分厚いコンクリートで固めてある。二重扉も頑丈なものだ。温度と湿度を一定に保つ工夫もされている。母屋から蔵に入ると、ひんやりした空気で、思わず首をすくめた。これから始まろうとしている「悪事」への後ろめたさがあるせいかもしれない。

蔵の中には日頃あまり使わない道具類を入れてあるが、その一角の棚に美術品や骨董《こっとう》価値の高いものが仕舞われている。掛け軸は桐《きり》の箱に入っていて、棚のかなりの部分を占めている。何十本もあるように見えた。全部揃っているかどうか、咲枝の緊張は極限状態だった。

「ずいぶんいっぱいあるんやね」

「ああ、数だけはの。けど、ええもんはあまりないんじゃ。ここに積んである七本だけは、まあまあいうところかの」

確かに、七本のケースは別扱いで棚の一隅に重ねてある。ひと目で、いかにもこっちのほうが高価なんだ——と見分けがつく。

「見てみるか？」

勘太郎はその中の二本を取り出して、箱を開いた。桐の箱の中には袱紗《ふくさ》で包んだ掛け軸が入っている。慎重な手つきで袱紗をひろげ、掛け軸の端にある紐《ひも》を棒の先に引っかけるようにして壁に吊《つ》るした。

「これは狩野芳崖《かのうほうがい》いうて、明治時代の初期に活躍した人じゃな」

もう一つのほうは、より慎重に扱った。

「それからこっちのは狩野探幽《たんゆう》いう、江戸時代初期の最も有名な絵描きさんじゃ。京都二条城の襖《ふすま》絵なんかも描いとる」

「高いもんなん？」

「うーん……そうじゃの、高いんじゃろのう」

自信なさそうな答えだ。

「本物だったら、いうこと？」

康彦の言葉を引用して、訊いた。

「ははは、そうじゃのう、本物じゃったら間違いなく億がつくじゃろのう」

「じゃあ、贋物《にせもの》？」

「そないにあっさり言うてしもたら、身《み》も蓋《ふた》もないことになる。贋物かもしれんし、本物かもしれん。わしは本物じゃ思うとるが、他人に見せるもんじゃないし、そう信じておればそれでええんとちがうかの」

「ふーん、そういうものなん」

しげしげと眺めてみたが、値打ちのあるものかどうか、咲枝には分からなかった。

それよりも、祖父が「七本」だけを「まあまあ」だと言い、その七本がちゃんとそこにあったことで、肩の力がスーッと抜けてゆくような思いだった。

「こっちの沢山あるほうの掛け軸は、あまり値打ちはないものなん？」

念のために確かめた。

「ああ、そっちのは大したもんじゃないのう。そじゃけど、床の間に飾って楽しむのは、そういうもののほうがええんじゃろ」

「本物かどうか、値打ちがあるかどうかは、どないして調べるん？」

「専門の鑑定家に見てもらうんじゃのう。けど、専門家でも分からんいうのがほんまのところと違うかの。あとは紙じゃとか絹布じゃとかの材料や顔料を科学的に調べて、年代を特定する方法もあるけど……しかし、そんなことをしてもしようがないじゃろ。自分が気に入っておれば、それでええんじゃ」

「ふーん、そういうこと……」

「なんじゃ、納得いかんみたいじゃのう。そじゃけどええもんじゃろ、日本画も」

「うん、あっさりしとって、きれい」

「ははは、それは褒めたんかいの」

「もちろんよ、ほんとにきれいだもの」

「そうか、それじゃったら咲枝がお嫁にゆく時に、この探幽を持たせてやるわい。誰にも言わんと、そっと仕舞っとって、何かの時に役立てるとええ。まあ、ちょっとした山内一豊《やまのうちかずとよ》の妻いうところじゃの」

「何なの、それ？」

「なんじゃ、知らんのか。よぉでけた奥さんのことをそういうんじゃけどの」

「私はお嫁になんかゆかんもん」

「ははは、そう言うとって、ええ男と会えばさっさと行ってしまうもんじゃ。そん時は忘れんで、これを持って行けぇや」

「うん、ありがとう」

祖父の温かい言葉で、咲枝は母に抱いた疑惑が氷解してゆくように思えた。

その報告をしようと、浅見に電話してみたが、ホテルのフロントによると、すでにチェックアウトしたとのことだった。

（なんだ、もう帰ってしもうたんか——）

咲枝はなんだか裏切られた気分だった。ひと言の挨拶もなしにいなくなってしまうなんて、冷たい人やな——と思った。

ところが十時ごろ、浅見がひょっこり村上家に現れた。「これから取材に回りますので、すぐに失礼しますから」というのを、勘太郎が「まあ、そう言わんと」と強引に応接間に通ってもらった。

「じつは、フロントで、宿泊代がお支払い済みになっていると言われまして、それでびっくりしてご挨拶にきました。ご馳走までしていただいて、その上にそれでは、あまりにも申し訳ありません」

「何をおっしゃいますか、気にせんとってください。あそこはうちの部屋同然と思うてもろてけっこうです。遠慮せんと、もう何泊でもしてくれる思うてましたのにのう。ほんまに行ってしまわれるんかいの？」

「はい、新居浜を取材して、その後、大三島など、しまなみ海道を何カ所か取材して帰るつもりです」

「そうですか、それは残念じゃけど、お仕事いうことであれば、お引き止めしてもなんやしなあ。息子は生憎《あいにく》、所用があって外出中じゃけど、またお越しの節は必ず寄ってやってください。咲枝もせっかく仲良うしてもろとったのに、寂しいじゃろ」

「ええ」と、咲枝は素直に頷いた。

「もう少しドライブしながら、いろいろお話を聞きたかったのに」

「そうですか……」

浅見は咲枝の顔色を見て、すぐに意図を汲み取ってくれたらしい。

「じつは僕もこの辺りを一巡りしたかったのです。それじゃ、ほんのちょっとでいいですから、付き合っていただけますか」

「ええ、もちろん。嬉しい！」

咲枝は大げさに喜んでみせて、部屋に戻って外出着に着替えてきた。

勘太郎と初代に「すぐに戻ります」と言い置いて、浅見は車のドアを開けてくれた。車が走り出すとすぐ、咲枝は祖父の掛け軸を見せてもらった話を持ち出した。

「えっ、そう、それでどうでした？」

なみなみならぬ関心を露《あらわ》にして、浅見は訊いた。その様子で、彼が「疑惑」を捨ててはいなかったことが分かった。

「祖父が大切にしている七本の掛け軸は全部ありました。ほかの安物の掛け軸の数は確かめなかったけれど、そっちのほうはお金にはならないものばかりだから、持ち出しても意味がなかったと思います」

「なるほど、つまりお母さんは掛け軸を持ち出してはいなかった。そう考えていいということですね」

「ええ、たぶん」

「それはよかったですね。いや、そんなことを疑ったりするのはお母さんに失礼だとは思いましたが、正直なところ、もしかするとという気持ちはありました。それがぜんぜん的外れであることがはっきりして、安心しました」

浅見は本当に安心した——という明るい口調で言ったが、一転、気掛かりそうな声でつづけた。

「しかし、そうだとすると、お母さんが持っていたのは、何だったのかなあ？」

「さあ……」

それを言われると、とたんに咲枝は不安になった。明子が見間違えたのでなければ、母がバッグのほかに「長細い」ものを持っていたことは事実なのだ。

「母が亡くなった時、車にはそういう物はなかったんですから、あの時に一緒に……」

持って海に飛び込んだ——と、そう思っただけで言葉にはならなかった。しかし、その思いはすぐに浅見に伝わった。

「橋の上で目撃された時、お母さんがはたしてそれらしい物を持っていたかどうか、それを確かめてみましょうかね」

「確かめるって、どうやってですか？」

「あとで電話で、伯方警察署の刑事さんに聞いてみます」

「電話だったら、携帯でかければ……あれ、浅見さんて、ルポライターなのに、携帯を持ってないんですか？」

「ははは、そうなんですよ。うちには携帯を持ってはいけないという、先祖代々の家訓があるのです」

「えっ、ほんとに？」

マジで聞き返してから、ジョークだということに気づいて大笑いになった。しかし、信じられないことだけれど、浅見が携帯電話を持っていないのは事実だった。

「じゃあ、私の携帯を使ってください」

「へえーっ、きみは携帯を持っているんですか。すごいなあ」

「いまどきは珍しくないですよ。何か事故とかあった時は便利でしょう。けど、うちもほんとは許してくれなかったんです。携帯を持つと友達同士のくだらない電話だとか、メールだとかに使うやろって言って。だから友達には絶対に教えないことを条件に、買ってもらいました。余所の人に教えるのは、浅見さんが初めて」

「それは光栄ですね」

浅見は車を停めて、咲枝の手から電話をおしいただくと、伯方署に電話して「竹内部長刑事をお願いします」と言った。相手の刑事は席を外していたが、折り返し電話をくれるという。ほとんど待つ間もなく、携帯の着メロが鳴った。このあいだ入れたばかりの浜崎あゆみの曲がけたたましくて、咲枝は恥ずかしかった。

浅見は「平林啓子さんが村上美和さんを目撃した時、村上さんは何か持っていたかどうか、分かりませんか」と訊いている。「野球のバットぐらいの太さの長細い物を入れた箱を、風呂敷包みにしたようなものですが」とも付け加えた。

しかし刑事は「ノー」と答えたらしい。

「バッグは持っていたかもしれないと言ってたのですね？　つまり、それ以外には何も持っていなかったということですね。もし持っていれば、バッグよりは目立ちますから、当然、記憶に残っていたでしょう」

浅見は確認しながら、咲枝にも話の内容が分かるように配慮している。

「やっぱり持っていらっしゃらなかったようですね」

携帯を咲枝に戻しながら言った。

「じゃあ、どこかに置いて行ったんですね。車でもなかったのだから、どこだったのかな？」

咲枝は母の不可解な行動に、さらに謎が深まってゆくことがたまらなく不安だった。

「だけど、母が最後に目撃された時、何も持っていなかったということは、それを奪い取るために殺されたっていうことはなかったわけですよね」

「ほらほら」と浅見は笑ったが、なぜ笑われたのか、咲枝はピンとこなかった。

「きみもまだ先入観に囚われていますよ。来島海峡大橋で目撃されたのが事実かどうか、そこから疑ってかかると言ったでしょう。むしろ、その時、バッグ以外のそれらしい物を見ていなかったというのは、目撃情報自体が嘘であることを示していると言ってもいいかもしれない」

「じゃあ、やっぱり母は掛け軸……かどうかは分からないけど、その何かを盗む目的で殺されたんですか」

「その可能性が高いですね。しかし、お母さんの持っていた物が何なのか、それが分からない以上、はたして殺人を犯してまで盗むほどの価値のあるものだったかどうかも分かりません」

浅見はきびしい横顔を見せて考え込んでいたが、ふと思い出したように咲枝を振り向いて、「さ、そろそろお送りしましょうね」と白い歯を見せた。

第四章　宝物のある島へ

1

愛媛県新居浜市はいまから三百数十年前までは「新居浜浦」という戸数二百五十軒あまりの漁村だった。元禄三年、新居浜の南の山中で銅山の露頭が発見された時から、新居浜とその周辺は大きく様変わりする。ややオーバーな言い方をすれば、日本国の経済活動に大きな影響を与える大発見だった。

この銅山は「別子《べっし》銅山」と命名され、全国一の産出量を誇り、輸出産品のエース格となって幕府の財政を支えた。

別子銅山は当初から住友家に採掘権が与えられ、明治維新後も新政府がそれを継続させた。銅山経営はかならずしも順風満帆ではなかったが、住友家代々のリーダーがその時その時に適切に対応して、やがては住友財閥の中核的事業となる。

昭和初期、当時の住友別子鉱業所長・鷲尾勘解治《わしおかげじ》は、銅山の埋蔵量があと二十年程度であると見て、企業形態の大改革を図り、燧灘《ひうちなだ》沿岸に広大な埋め立て地を造成する計画を発表した。遠浅の海岸を浚渫《しゅんせつ》、一キロにおよぶ防波堤に囲まれた大港湾を造成して、そこに臨海重化学工業コンビナートを建設しようというのだから、当時としては奇想天外な画期的なものだったろう。

昭和四十八年、別子銅山は閉山した。その後、四阪島での精錬事業も五十一年に終結、別子銅山は三百年の歴史に幕を下ろした。

現在、新居浜には銅山時代の面影は、一部の記念碑的な施設を除くと、ほとんど残っていない。代わりに、広大な埋め立て地には、金属精錬所、機械工業、機械製作所、化学工業、火力発電所など住友系列の事業所が林立し、かつて鷲尾勘解治が思い描いたとおりの世界を現出している。

今治から新居浜までは今治小松自動車道と松山自動車道を経由して四十分あまり。この日は梅雨晴れで快適なドライブだった。

浅見には「銅山の町」というイメージがあったから、新居浜市街がさわやかな空気に包まれていることに、むしろ驚いた。遠くの臨海工業地帯には淡い蒸気のような煙も立っているが、インターを出る辺りは植栽もよく整備されて気持ちがいい。背後に濃密な緑に覆われた山が迫り、前方に瀬戸内海を望む風景からは、ここが公害問題に揺れた歴史のある土地だとは思えない。

この街のどこかで、東京生まれの須山隆司と、大三島で生まれ育った平林啓子が出会い、結ばれた。その二人がやがて伯方島に住み着き、奇妙な「結婚生活」の果て、啓子が不慮の死をとげたというのだから、人の運命とは分からないものである。またしても「人に歴史あり」という感慨が浮かぶ。

インターチェンジの職員に道を尋ね、平林啓子が死んだ現場を見にゆくことにした。新居浜インターの少し西から山に入って行く道があり、三十分ほど登ったところに「マイントピア別子」というのがある。事故現場の「鹿森ダム」はそのさらに先になるので、そこで訊けば分かるだろうという。

谷川沿いの道だが、「マイントピア別子」まではさほどの悪路ではなかった。森を抜けるとふいに開けた土地に出た。この辺りは銅山華やかなりし頃はさまざまな施設が点在していた。「マイントピア」はその跡地を利用して建てられたものだ。

須山は啓子と連れ立って二、三度、ここを訪れているそうだが、山の中の施設だから、大したものではないだろうと浅見は思っていた。しかし、「マイントピア別子」は変則的ながら四階建ての堂々たる建物だった。一階がショップとファーストフードの店、二階はレストランと大宴会場、そして四階には温泉がある。隣接するテーマパークでは、日本第一号の鉱山鉄道が観光用に復活して、坑道までの四百メートルを走る。休日のせいか家族連れが多く、かなり広い駐車場が満杯近い状態だ。

　案内係の職員に近づくと、愛想のいい笑顔で迎えてくれた。施設のことか、名所や史跡などを質問されるものとばかり思っていたらしい。「事故」の現場を教えて欲しいと言うと、とたんに妙な顔をされた。

「この先に小さなダムがあります。その少し手前の辺りでした」

　道は右手に谷を見下ろしながらの、かなりの上り坂だ。言われたとおりに車を走らせると、道路脇に花束が置いてあるのに気がついた。ここが事故現場なのだろう。そこだけがガードレールがなく、運転を誤れば転落しても不思議はなさそうに見える。とはいえ、どういう具合に運転を誤ればそうなるのか——は問題がありそうだ。

　浅見は車を降りて花束のある傍《そば》に立った。確かに、谷へ向かって草木がなぎ倒された痕跡《こんせき》が車の転落を物語る。路肩を踏みはずして転落したというより、ある程度の角度をもって谷側に突っ込んだようにも見える。谷底を覗いてみたが、車は引き揚げたのか、藪《やぶ》の中に沈んでいるのか、ここからでは見えない。

　花束は、ついいましがた置かれたように瑞々《みずみず》しい色をしていた。こういうものを供えに来る知人が平林啓子にもいたということで、多少は救われる思いがする。

　坂の上のほうから車のエンジン音が近づいてきた。道路の真ん中に車を停めていた浅見は、急いで車に戻った。

下りてきた車は赤いＢＭＷだが、やはりこっちの車が動くのを待って、停まった。運転しているのは若い女性で、鋭い眼差しでこっちを睨《にら》んでいる。「邪魔な車ね」と言いたげだ。浅見は手を挙げて挨拶して、車を道路脇に寄せた。女性は手も振らずにさっさと坂を下りて行った。

浅見は少し先まで車を走らせ、空き地を利用してＵターンしてきた。もう一度車を降り、谷に向かって掌《て》を合わせて祈った。

「マイントピア別子」まで戻ってレストランで遅い昼食にした。伯方島で味をしめた塩らーめんを注文したかったのだが、この店にはなかったので、カレーライスにした。カレーなら全国的にほぼ共通していて安心だ。

それにしても、平林啓子はこの道をどこへ向かっていたのだろう。地図で見ると、この先を南の方角へどんどん行くと、大永山トンネルというのを抜けて、別子山村に入る。別子銅山の初期はここが中心だったそうだ。

大永山トンネルを抜けた辺りからは、道は九十度左へ、真東の方角へ向かい、別子山村を通過するとやがて伊予三島市へ到達する。新居浜から伊予三島までは、松山自動車道で一直線で行ける。わざわざ十倍は時間がかかりそうな回り道をする理由もなさそうだから、目的地がそこだとは思えない。だとすると、平林啓子は別子山村へ行こうとしていたのだろうか。

そうとしか考えられない。

須山は啓子の行く先や目的については、何も思い当たることがない、別子山村に知人がいると聞いたこともないし、行く用事があるとも思えないと言っていた。確かによほど重要な用事でもないかぎり、行く気にはなれないだろう。旅なれた浅見でさえ、地図を見ただけでしり込みしたくなるほど、とにかく屈曲の多い坂道ばかりなのだ。

それはそれとして、何よりも気になるのは事故現場の様子だ。あえて谷の方向へハンドルを切らなければ、あの道を踏み外すとは考えにくい。もし対向車があってすれ違うためハンドルを切りすぎたのが転落の原因だとすると、啓子は坂を下ってきつつあったことになる。ところが、なぎ倒された草木の感じからいうと、登り方向に斜めに角度をつけて落ちた痕跡が残っている。

その点を警察はどう解釈しているのか興味を惹かれた。

(もし、意志をもって車を谷へ向けたとしたら——)

浅見はそう仮定してみた。

意志を持ったのが平林啓子自身であったのか、それとも第二の人物が介在していたのか、それによって、自殺か他殺かのセンが分かれる。そういう仮説について、警察はどう考えたのか——も聞いてみたいものだ。

(そうだ、警察へ行こう——)

そう思い立って、大急ぎでカレーライスをかっこむと、浅見は山を下った。

松山自動車道を潜《くぐ》った出口にパトカーが停まっていて、警察官が二名、立っていた。警察官の姿を見ると、浅見は条件反射的に「しまった」と思う。しかし、落ちついて考えると、スピード違反もしていないし、シートベルトもちゃんとしている。

警察官は赤い制止棒を突き出して、浅見の車を停めた。二人のうちのやや年長らしい巡査部長が手帳を見て、ナンバープレートを確かめてから、挙手の礼を送ってきた。

「お急ぎのところ申し訳ありません」

マニュアルどおりの挨拶だ。最近の警察はむやみに丁寧な言葉を遣い、慇懃《いんぎん》無礼《ぶれい》に違反者から罰金を巻き上げる。

「免許証を拝見できますか」

浅見は窓から免許証を差し出した。警察官はもっともらしく免許証を眺めた。しかし目的がそれではないことは分かっている。その証拠に、「ちょっとお借りしますよ」と、部下に免許証を渡した。部下はパトカーにもぐり込んだ。コンピュータで前科の有無でも調べるのだろう。

「えーと、浅見さんは東京からですか」

巡査部長はニコニコ顔で言った。

「そうです」

「こちらには何をしに来ました？」

「観光半分、それに仕事半分といったところです」

「お仕事は何をしているのですか？」

「ルポライターです」

「ふーん、マスコミの人ですか」

「マスコミというほどのことはありません。雑誌に記事を書いている程度です」

「ところで、浅見さんは平林啓子さんをご存じですね」

いきなりズバッときたので驚いた。

「どういう意味ですか？」

「いえ、とくに意味はありませんが、浅見さんと平林啓子さんのご関係を聞かせてもらえませんか」

「関係はありません」

「嘘をついてもらったら困りますね」

「嘘じゃありませんよ」

「そしたら、さっき、平林さんが亡くなった事故現場で、何をしていたのです？」

「えっ……」

なるほど——と気がついた。最前の女性が通報したにちがいない。いまいましいが、あの短時間でこっちの車のナンバープレートを読み取ったのは、敵ながら天晴《あっぱ》れだ。もっとも、広島ナンバーとレンタカーであることを示す「わ」ナンバーがあっては、識別も容易だったかもしれない。

「それはあれです。花束がありましたから、ああ、ここが事故現場なんだなと思って、谷底を覗いてみたのですよ」

「目的は何ですか？」

「べつに目的というほどのことはありませんが、覗いてはいけませんか」

「いけないことはないですがね。しかし、そのために東京からわざわざ来たわけではないのでしょう」

皮肉っぽい言い方に、浅見は「ははは」と笑った。

「もちろん谷底を覗くために来たわけではありませんが、谷底を通して事件の謎を覗いてみようとは思いました」

「は？……」

浅見の謎めいた言葉が気に入らなかったのか、巡査部長は目を剝いた。慇懃無礼もかなぐり捨てて、「ちょっと署まで来てくれませんか」と言った。

「いいですよ、僕のほうも、もともとそのつもりでしたから」

事実そうなのだが、これがまた相手を刺激した。巡査部長は居丈高になって、「それじゃ、あのパトカーの後について行くように」と言い、部下に指示を与えに行ってから、こっちの車の助手席に乗り込んだ。逃走を警戒するのかもしれない。

「通報した女性は新居浜の人ですか？」

運転しながら、浅見は訊いた。

「ん？　女性？　何です、それは？」

巡査部長はとぼけて見せたが、いかにも見え見えだ。

「いや、べつに彼女に文句を言うつもりはありませんが、なかなか鋭い人だと思ったものですからね。もし可能なら、いちど会ってみたいものです。それに、彼女のほうこそ、平林さんとどういう関係なのか、そのことも聞いてみたいですしね」

「何でです？」

「いや、事故現場に花束を供えたくらいだから、よほど親しい関係があるのでしょう。警察ではその点を確認しましたか？」

「もちろん……」

言いかけて、語るに落ちることに気がついたのか、巡査部長は口を閉ざした。

新居浜署はまだ新しく、なかなかスマートな建物だ。二人の警察官に前後を固められて署内に入ると、そのまま二階の刑事課の部屋に連れて行かれた。刑事課長にはすでに無線で報告済みとみえ、待機していた私服の刑事に免許証ごとバトンタッチされた。

刑事は浅見よりいくらか年長と見える、よく肥えた男だ。「行きますか」と顎《あご》をしゃくって、後をついて行くと取調室に入った。

スチールデスクを挟んで、刑事は向かいあいに坐り、名刺をくれた。「巡査部長　陣在《じんざい》実《みのる》」とある。

「珍しいお名前ですね」

お愛想で言ったのだが、陣在部長刑事はニコリともしない。

「えーと、おたく、浅見光彦さん。住所はここに書いてあるとおりですな」

免許証の住所氏名を調書に書き写しながら言った。

「年齢は、ほう、三十三歳ですか。自分と同じじゃね」

「えっ、そうなんですか」

老けてる――と思った。もっとも、向こうから見ると、こっちがむやみに青臭いのかもしれない。

「職業は何です？」

「フリーのルポライターです」

「ああ、テレビで事件やスターのスキャンダルを説明する、あれですか」

いくぶん軽蔑《けいべつ》したニュアンスがこもった口ぶりだ。そういうのが嫌いなのだろう。

「いや、あれはレポーターです。僕はルポライターで、主に雑誌などに記事を書いています」

「似たようなもんやないのかね」

「違いますよ、ぜんぜん」

「まあ、そんなことはどうでもよろしい。それで、あの事故を取材に来たんかね」

「そうではありませんが、こちらに来てから興味を惹かれました」

「ふーん、何でやね？」

「あれを、警察があっさり事故で片づけたのはなぜなのか、です」

「あっさり片づけたわけやない。ひととおり調べた結果、事故と判断したんや。それよりあんた、事故死した平林啓子さんとはどういう関係かね？」

「またですか。そのことはさっきの巡査部長さんに話しましたよ」

「自分はまだ聞いとらんのでね、あらためて聞かせてもらいましょうか」

「関係はありません」

「しかし、それやったらなぜ事故現場を調べたりしとったんで」

「だから、それは、警察がいち早く事故で処理したのはなぜなのか、興味を惹かれたと言ったでしょう」

「ということは、つまり事故ではないんやないか、いうことかね」

「そうです」

「事故でないとするると殺しかね」

「その可能性があります」

「可能性やのうて、あんたが殺したんとちがうのか」

「えっ？……」

「犯人は現場に戻る言いよるから。あんたも気になって、現場を見に来たんじゃないんで？　それとも殺《や》ってしまったものの、申し訳ないと思って、ホトケさんを供養しに来たんかね？」

「冗談じゃありませんよ。供養しに来ていたのは、僕のことを通報した女性のほうでしょう。わざわざ花束を供えているくらいですからね、よほど申し訳ないと思ったにちがいない。僕なんかより先に、まず彼女を調べるべきですよ」

「いや、あの人やったら身元もちゃんと分かっとる」

「なんだ、分かってるんですか。さっきの巡査部長は知らないって言ってましたがね。それはいいですが、誰なんですか彼女は」

「ほんなことは、あんたに話すわけにいかんだろう」

「しかし、僕にこういう迷惑をかけているんですからね、ちょっと話を聞くぐらいならいいでしょう」

「だめだって。ほれより、あんたの容疑を晴らすほうが先やろが」

「僕の容疑って……驚いたなあ、いつの間に容疑者扱いになったんです？　だいたい、警察はあれは事故だと思っていたはずでしょう？　それをいきなり容疑とは何ですか？」

「いや、警察としては事故と断定したが、ほうではないという意見もあったんや」

「ほうっ、ぜひそのご意見を聞いてみたいものですね。会わせてくれませんか、その意見の持ち主に」

「ほれやったら、いま会うとるよ」

「えっ、あなた……陣在さんですか」

「ほうや」と、陣在部長刑事は澄ました顔で、そう言ってのけた。

2

警察の中に「他殺説」があったというのには浅見も驚かされた。しかもその提唱者が目の前にいる陣在部長刑事で、彼の容疑を受けているのが、ほかならぬ浅見自身だというのだから、二重三重の驚きだ。

「つまり、平林啓子さんの『事故』は殺人事件であるという見解に関しては、陣在さんと僕の意見は一致しているわけですね」

「いや、自分のは意見やが、あんたの場合は実体験やろ」

「ははは、面白いことを言いますね」

浅見は笑ったが、陣在は面白くもなさそうな顔である。

「で、陣在さんはどうして殺人事件だと考えたのですか？」

「ほんなことは言えんよ。ほれより、あんたのほうこそ、どうやって殺したかね」

「それ以前に、なぜ殺人事件の可能性があると思ったのかを聞いてもらいたいですね」

「ああ、よろしい。なぜ殺人事件の可能性がある、思うたんかね？」

真面目くさって言った。

「第一に、自殺の動機がないからです」

「ほうっ、あんたになんでほんなことが分かるんかね？」

「伯方島のご亭主——といっても内縁だそうですが、須山隆司さんに聞きました。確か遺書もなかったそうですね」

「ああ、遺書はなかったな。ほうか、あんた須山にも会うたんか……」

顔をしかめて、いよいよ不愉快そうだ。

「まあええやろ。それで、殺しいう理由は何でー？」

「あの事故現場の状況です。警察では平林さんがどっち方向へ向かっていたと考えているのですか？」

「坂を登っとったと思うとる」

「だとすると、あの場所に限っていえば、ほぼ真っ直ぐの道でしたから、よほど意識してハンドルを切らないかぎり、谷へ向かって落ちるとは考えられません。たとえば本人に死ぬ気があったとか、何者かが故意にハンドルを切ったとかです。ところが、平林さんには自殺の動機がないのですから、消去法からいって殺されたと思うしかありません」

「ほしたら、坂を下っとったとすればどうなんぞ。すれ違いか何かで、ハンドルを切りすぎて転落したいうのは」

「その場合は転落した角度が問題でしょう。草木の倒れ具合から見て、明らかに登り方向へ向かって斜めに落ちた形跡があります。もっとも、バックで落ちたのなら別ですが」

「ははは、同じや、同じ」と、陣在は初めて笑った。

「自分もほない思って、一人だけ殺しやないか主張したんや。しかし、それでも事故説を覆すにはいたらなんだ。まあ、事故が起きる時はそんなもんやいうことやな。たとえば居眠り運転をしとったかもしれんし、何かの錯覚でハンドルを切ってしまったかもしれんいうこっちゃ」

「それはもちろん、可能性ということなら何でもありえますよ。しかし、それなら殺人事件の可能性のほうもきちんと対処すべきではありませんか。それをやらないのは、警察の怠慢というべきでしょう」

陣在の笑顔は、たちまち消えた。

「素人のあんたに言われんでも、警察はやるべきことはやっとるよ。決定的なのは、平林さんには殺されねばならんような背景が、何も発見でけんかったいうことよ」

「そこがそもそもおかしいのです」

浅見はわざと嘆かわしそうに首を振って見せた。

「おかしいとは、何ぞね？」

「陣在さんは二年前に起きた、来島海峡大橋からの投身自殺をご存じですか？」

「ん？　ああ憶えとるけど」

「自殺したとされる村上美和さんを、橋の上で最後に目撃したのが、ほかならぬ平林啓子さんだということも、ですか？」

「なに？……いや、それは気がつかんかったが」

陣在部長刑事は、忘れ物をした小学生のように不安そうな顔になった。

それから浅見は、伯方署の竹内にしたのと同じ推理を話した。村上美和の「自殺」の目撃者が消されなければならなかったという仮説は、陣在には衝撃的だったようだ。しきりに「なるほど、なるほど……」と繰り返し頷きながら、何とか咀嚼《そしゃく》しようとしている。浅見が長い話を終えると、椅子の背にそっくりかえって「うーん……」と唸《うな》った。

「いかがでしょうか、納得していただけましたか？」

「うーん……ま、確かに状況的にはあんたの言うことにも一理はあるかもしれんな。しかしなあ、ほれだけではやっぱり、単なる仮説いうことで、課長に言うても一蹴《いっしゅう》されるやろね。第一、ほやからいうて、あんたの容疑が晴れたわけやないしな」

「参ったなあ……まだそんなことを言っているんですか」

「いや、課長はあんたをキリキリ調べ上げろ言うとったよ」

「だめですよ、僕を調べたって無駄です。いまの僕の話で、それは分かってもらえたんじゃありませんか？」

「自分は分かっても、課長は頑固やしな」

言っているそばから、ドアが開いて刑事課長が入ってきた。部下を一人伴っている。課長の制服の襟章は警部だ。年齢は五十前後か。顎の張った、鬼瓦《おにがわら》のような顔で、見るからに物分かりの悪そうなタイプである。

「あっ、課長、いま事情聴取が佳境に入ったところであります」

陣在は起立して迎えた。

「ん？　あ、いや、そんなもんは佳境に入らんでもよろしい」

鬼瓦がニタッと不気味に笑って「いやあ、浅見さん、ご苦労さまです」と挙手の礼を送って寄越した。

浅見も立ち上がり、「いえ、どういたしまして」とお辞儀を返した。どうやら県警か警察庁に「容疑者」の身元を問い合わせて、浅見光彦の正体がバレたにちがいない。一人、陣在だけがこの状況を把握できずに、目を白黒させている。

「陣在君、こんなところでなく、応接室にご案内したらええやろう」

「は？　しかし、さっきは……」

「ああ、さっきは応接室が塞《ふさ》がっとった。さあ浅見さん、こちらへどうぞ」

課長が先に立って、応接室へ移動した。

「いま、署長がきますから、しばらく待っとってください」

刑事課長は陣在を促して廊下へ出た。そこで耳打ちでもしたのだろう。少し離れたところから、陣在の「えーっ、浅見刑事局長の……」という驚きの声が聞こえてきた。

それから署長が来て次長が来て、コーヒーが運ばれ、事件も容疑もそっちのけで歓談タイムになった。陣在部長刑事も陪席したが、くそ面白くもない顔で、腕組みをしたまま、会話には参加しない気でいるらしい。

「いやあ、びっくりしましたなあ。まさか浅見さんが来られたとは知らんもんで、ひょっとしたら偽者やないかいうて、一応、県警本部のほうに問い合わせしたんですよ」

嘘に決まっている。身元調べをしたら、それはたぶん、警察庁刑事局長の弟ではないかという回答があったにちがいない。それでは具合が悪いから急遽《きゅうきょ》、「偽者説」をでっち上げたのだろう。

署長はたぶん定年間近といったところだ。最後の最後にきて、厄介なお客が舞い込み、何か失点にでもならなきゃいいが——とばかりに、きわめて愛想がいい。もちろん次長も刑事課長もソツがない。

そういう扱いをされればされるほど、浅見はひたすら恐縮するばかりだ。兄の七光だと思われるのも悔しいし、これでまた兄への心理的な借りが増える。それだけならいいが、兄に迷惑を及ぼすのではないか——と、そっちのほうも大いに気にかかる。

「聞くところによりますと、浅見さんは名探偵の誉れが高いのやそうですな。何やら当地で起きた事件にも関心がおありだとか聞きましたが、じつはここだけの話ですが、その事件についても、一応は事故のセンで処理したごとく見せかけてですね、なお密《ひそ》かに捜査は継続中なのですよ。なにぶん署内には他殺の可能性を指摘する声が多いもんでしてね。いや、もちろんわれわれもそう考えることにやぶさかではありませんがね」

最前の陣在の話とはえらい違いだ。陣在は仏頂面《ぶっちょうづら》をそっぽに向けている。

「というわけで浅見さん、その事件についても、何かご意見があれば、おっしゃってください。ぜひ参考にさせていただきます」

「いえ、僕のような素人の考えはろくなものではありません。先程、陣在部長さんの卓見を聞かせて頂いて、感心したところです。僕なりの思いつきも、陣在さんにお話ししましたので、どうぞ後でお聞きください」

半分逃げ腰なのを、署長はどう対処すべきか困惑ぎみで、刑事課長に「どうなんで、ご協

力願わんでもいいのかね」とフッた。フられたほうも災難だ。

「そうですな、自分としてはぜひと言いたいところですが、浅見さんのほうもお忙しいのではないかと思いますので。いかがでしょうか、陣在君に折りにふれてコンタクトを取らせていただくいうことでは」

とたんに「えっ」と、陣在は椅子の上で飛び上がった。

「自分がですか？」

「そうや、それがええな。浅見さん、そういうことですので、ひとつ陣在君をよろしゅうお願いします」

署長は結論づけて、「そしたら今後ともよろしく」と立ち上がり、三十度の角度に折れるよう、最敬礼をした。それを潮に、陣在を残して、ほかの連中は部屋を出て行った。陣在は彼らの後ろ姿を見送ってから「なんぞー、まったく」と舌打ちをして、浅見に向けてニヤリと笑いかけた。

「おもろいですやろ。警察組織いうのはこういうもんですわ。誰も責任を取りとうないもんやから、いちばん間抜けなやつに始末させようとする。それでうまくいけば幹部の成績やし、失敗すれば部下の責任いうことになるわけですよ」

浅見は答えようがない。その警察組織の頂点近くに、自分の兄がいるのだ。

「陣在さんは間抜けどころか、新居浜署ではピカ一だと思いますが」

「ははは、そう言うてもろたのは、浅見さんが初めて……いや、うちの女房もそう言うてましたけどな」

きわどいところでのろけた。

「しかし、こういうことになって、僕としてはありがたいと思っています」

浅見は真顔で言った。

「どれだけ協力できるか、僕のやることなんて高が知れてますが、幸いというか、たまたま陣在さんがご存じないことで知っているものがあります。それが何かは、いまはちょっと申し上げるわけにいきませんが、たぶんお役に立てるでしょう。今後はそれこそ折りにふれて、よろしくお願いします」

「いや、そういうことであれば、自分のほうこそよろしゅう頼みます。何しろ、さっきも言うたとおり、署内で他殺説を主張したのは自分一人でしたのでね。ほんま、頼もしい味方がでけたいう気分です。何かあったら、言うてきてください。パトカーの二台や三台はすぐに出動させますから」

「ははは、それはすごい」

「いや、笑い事やありませんで、署長があ言うたのやから、自分としてはそれなりの権限を与えてもろたつもりですよ。大いにやったろうやないですか……とはいうものの、自信のほうはさっぱりないですけどね。とにかくよろしゅう頼みます」

「こちらこそ、くれぐれもよろしく」

二人は頭を下げあった。

浅見が帰るのを、陣在は駐車場まで送ってくれた。車のドアを開けてから、浅見はふと思い出したように振り返って言った。

「あ、そうそう、一つ、肝心なことを忘れるところでした」

「は？　何でしょう？」

「平林さんは殺された可能性があると考えたのは、陣在さんと僕以外にも、もう一人いるのでしたね」

「え？　いや、自分以外には一人もおらんですよ」

「それは新居浜署には、ほかにいないということですね。そうでなく、もう一人いるじゃないですか」

「いや、誰もおらんです。課長が何人もおるかのように言いよったんは、あれは嘘っぱちです」

「ははは、それは分かってますが、そうじゃなくて、ほら、もう一人いたのを忘れてはいませんか」

「さあなあ……いや、誰のことを言うとるのか、さっぱり分からんが」

「あの人ですよ、僕をサした、赤いＢＭＷの女性」

「えっ？　ああ……しかし、彼女はべつに殺人事件やとか、ほんなことは考えとらんのと違いますか」

「それでは訊きますが、彼女の通報は一一〇番でしたか？」

「ん？　いや、直接、新居浜署のほうに電話してきよりました」

「それも、陣在さんを名指しで、ではありませんか？」

「ほう、よう分かりますなあ。そのとおりです、自分のところにかかってきました」

「それはなぜでしょう？」

「ほれは……まあ、自分が署内で一人だけ殺人事件やないか言うて、聞き込みをしとったから、ほれでやろ思いますけどな」

「それはつまり、彼女自身も殺人事件だと思っているからですよ。だから、怪しげな男が現場をウロウロしているのを見て、すぐにご注進に及んだのでしょう」

「うーん、いや、まったくそのとおりです。前々から自分のところに継続捜査を進言してきよる女性でした」

「その彼女の名前と住所を教えてくれませんか」

「えっ、ほれはできませんな、なんぼ浅見さんであっても」

当然のことながら、陣在は頑固に、その点だけは譲れないと主張した。

「それじゃ、こうしましょう」

浅見は提案した。

「彼女のほうから僕に連絡してもらうというのはどうでしょうか。連絡してくれるかどうかは彼女の自由意思で選択してくれればいいのです。ただ、平林さんが死んだ事件の真相を追求するという、根本的なところでは一致しているのだから、きっと理解してくれると思いますよ」

「なるほど、ほれやったら構わんでしょう。ほんなら浅見さんの携帯の電話番号を聞いておきましょか」

「いや、残念ながら僕は携帯を持っていないのです」

「へえー、ルポライターが携帯を持っとらんいうのも珍しいですなあ」

陣在にも呆れられた。我が家の家憲だなどと説明すると、また笑われそうだ。

「今晩は大三島に宿を取る予定ですので、宿が決まったら電話を入れます」

「えっ、大三島へ行かれるんですか」

「平林さんは大三島の出身で、大山祇神社の巫女さんをやっていたそうですから」

「ああ、それはまあ、ほうやけど……」

陣在はなぜか浮かぬ顔をしている。こっちが独走して「捜査」を進めることを警戒しているのか、それとも……と、浅見は陣在の表情を読んで（そうか――）と思った。その女性はおそらく大三島在住なのにちがいない。

3

しまなみ海道（西瀬戸自動車道）は伯方島から大三島橋を渡ると、大三島の東端に沿って北上、次の生口島に渡る多々羅大橋へと抜けてゆく。島内を走る距離は約四キロ。浅見はその途中の大三島インターを出た。

大三島は「神の島」である。島のほぼ中央に位置する大山祇神社は「日本総鎮守」と号され、農業、漁業、鉱業、航海、軍など、ありとあらゆる人間の営みの守護神として、全国に一万一千の分社があり、広く崇敬を集めている。

「オオヤマヅミ」は『古事記』には「大山津見」、『風土記』には「大山積」、『日本書紀』には「大山祇」と表記されている。日本で最も格の高い神は、もちろん伊勢神宮に祀られている天照大神《あまてらすおおみかみ》だが、大山祇神はその天照大神の兄だから、本来ならその上であるべき存在といっていいのかもしれない。

ちなみに天照大神の弟は須佐之男命《すさのおのみこと》で、これが大変な暴れん坊だったことから、天照大神が怒って天岩戸に隠れた——という神話がある。

『古事記』によると、須佐之男命はその罪によって下界に追放されるのだが、その放浪の途中、出雲国《いずものくに》で足名椎《あしなずち》・手名椎《てなずち》という老夫婦と、その娘・櫛名田比売《くしなだひめ》に出会う。その娘が八つの頭を持った大蛇の生贄《いけにえ》になるといって嘆き悲しんでいるので、須佐之男命は大蛇を退治して、櫛名田比売を娶《めと》ることになる。この足名椎がじつは大山津見神の子だった——という。

ところが、『古事記』や『日本書紀』には次のような話がある。天照大神の孫瓊瓊杵尊《ににぎのみこと》が高天原《たかまがはら》から日向《ひゅうが》の高千穂峰《たかちほのみね》に降り立ち、九州の南端まで行き、そこで美女に会った。名前を聞くと「私は大山祇神の娘で木花開耶姫《このはなのさくやひめ》といいます」と答える。

瓊瓊杵尊と木花開耶姫は結婚して三人の子を成す。末弟が彦火火出見尊《ひこほほでみのみこと》といい、「海幸山幸」の物語で知られる山幸彦のことだ。山幸彦は海神の娘である豊玉姫《とよたまびめ》と結婚して鸕鷀草葺《うがやふき》不合尊《あえずのみこと》を成す。この鸕鷀草葺不合の息子が、初代天皇の神武《じんむ》天皇である——というわけで、大山津見あるいは大山祇神は、日本中いたるところに住んでいたことになるが、大山祇神は単独の神格ではなく、国津神（天孫降臨以前から日本の国土に住んでいたとされる神々）の総称のようなものと考えていいのだろう。いずれにしても、神話の世界はへたなミステリーより、よほど面白い。

浅見が初めて大三島を訪れた頃、大山祇神社へのルートは、神社の正面にある入り江に着くフェリーや連絡船がすべてだった。鏡のような——という表現がぴったりの波静かな入り江に、厳島神社の宮島とそっくりの船着き場がある。現在、参拝者や観光客の多くは、西瀬戸自動車道を通ってくるが、いまでも船便を利用するお客は少なくない。

港から参道を進むと、正面に大鳥居が聳《そび》えている。その当時は気にも留めなかったが、何気なく見た鳥居の付け根の辺りにある寄進者の名前が、なんと「村上造船」であった。村上造船がこの地方を代表する企業であることを物語るものだ。

大山祇神社のすぐ近くに金福《かなふく》旅館というのがあったので、浅見はとりあえずそこに投宿することにして、新居浜署の陣在部長刑事に電話を入れた。

「ああ、浅見さん、さっき例の女性と連絡が取れましてね。ほれで、なんとか説得したんやけど、なかなか信用してくれんで苦労しました。しかしまあ、気が向いたら電話する言うとった。宇高《うだか》いう名前やけど、今夜の宿は決まりましたか？」

「ええ、たったいま、金福旅館というのにチェックインしたところです」

「ああ、金福旅館やったら知ってます。そこの魚料理は旨い。そしたら、宇高さんにそこへ電話するよう伝えておきます」

その電話はなかなかこなかった。「気が向いたら」というのでは頼りない。とにかく待つしかないのだが、電話は結局、陣在ご推奨の料理に、浅見がまさに箸《はし》をつけようとしている時にかかってきた。

「陣在さんから聞いたのですが、浅見さんは平林さんが亡くなったのは、ただの事故ではなかったと思っているというのは、本当でしょうか」

宇高は挨拶もそこそこに、いきなり、切り口上で言った。わずかにイントネーションに違和感がある程度で、ほとんど訛《なま》りを感じさせない共通語だ。

「本当ですよ。詳しい理由は陣在さんからお聞きになったと思いますが」

「ええ、聞きました。けど、私から何を聞きたいのかは分からないっておっしゃってました。私も事件のことは分かりませんけど、何を話したらいいのでしょうか」

「電話では長くなりますから、いちど会いませんか」

「えっ……そうですね。それじゃ、明日の九時に、宝物館で待ってます」

そう言って、「では失礼します」と、あっさり電話を切った。

宝物館とは、大山祇神社の宝物館のことなのだろう。浅見は「ＢＭＷ」の女性はおそらく大三島の人間だと思っていたから、そのこと自体は意外ではなかったし、確かめる必要もないと思った。

翌朝、少し早めに宿を出て、大山祇神社に参拝してから宝物館へ向かった。神社の広い境内には樹齢二千六百年といわれる神木の大楠《おおくすのき》が大きな枝を広げている。その脇から石段を上がって行ったところに宝物館がある。ここには日本全国の国宝級の武具のうち、およそ八十パーセント近くが収納されているといわれている。

大山祇神社の歴史は古く、『風土記』（七一三年に元明《げんめい》天皇の勅命によって撰進《せんしん》された地誌）の逸文に「乎知《おち》の郡《こおり》。御嶋《みしま》。坐《いま》す神の御名《みな》は大山積の神、一名《またのな》は和多志《わたし》の大神なり。是の神は、難波《なにわ》の高津《たかつ》の宮に御宇《あめのしたしろ》しめしし天皇《すめらみこと》の御世に顕れましき」とある。

「乎知の郡。御嶋」とは現在の「愛媛県越智郡大三島」、「和多志の大神」は航海の神、「難波の高津の宮に御宇しめしし天皇」とは仁徳《にんとく》天皇のことで、四世紀の頃だと推定されている。

その当時から、大三島は瀬戸内海を往来する船の風待ち、潮待ちの島であったと見られるが、同時に信仰の島でもあったのだ。当然、奉納品も質量ともに群を抜いていて、神宝には日本最古の伝世品である、景行《けいこう》天皇奉納と伝えられる「柊《ひいらぎ》の八尋鉾《やひろほこ》」、応神《おうじん》天皇奉納と伝わる「重圏文鏡《じゅうけんもんきょう》」、斉明《さいめい》天皇奉納と伝わる国宝「禽獣葡萄鏡《きんじゅうぶどうきょう》」などがある。

しかし、大山祇神社の宝物館で特筆されるのは、何といっても武具類だろう。日本最古の国宝「沢瀉威《おもだかおどし》鎧兜（延喜時代）」を始め、源義経が戦勝を感謝して奉納した国宝「赤絲《あかいと》威胴丸鎧」など館内に収まりきれないほどの武具は圧巻だ。浅見は前回の訪問でも、半日近く眺めていて、飽きることはなかった。とくに刀剣類の美しさは、背筋に戦慄《せんりつ》が走る。

一九四五年八月の敗戦の時、占領軍がこれらの武具を押収するという情報がもたらされ、当時の宮司たちは必死になって宝物を裏山に隠した。占領軍ばかりか、同胞である日本の警察も探索にやってきたが、辛うじて守り通したというエピソードがある。事実、全国にあった日本刀のほとんどがアメリカ軍に持ち去られたことを考えると、大三島の宝物が守られたのは奇跡に近い。

宝物館の入り口を入ると、ひんやりした空気が漂っている。もちろんエアコンのせいなのだが、それだけではない、何か歴史の息吹のようなものを感じる。

ロビーには「宇高」らしい女性は見当たらなかった。時刻は約束の九時まで少し間がある。入館者はまだない。浅見は所在無く、素通しの玄関ドアの前を、動物園のクマよろしく、行ったり来たり歩いた。

「失礼ですが」と、背後から女性職員が声をかけてきた。

「よろしければ、館内をご案内しますが」

「はあ、どうもありがとう。ちょっと人と待ち合わせしているもので……」

言いながら「あっ」と思った。例のＢＭＷの女性であった。色白で目の大きな、文句なしの美人だ。

「どうぞチケットをお求めください」

宇高はすまして言い、さっさと背を向けて奥へ向かった。浅見は慌ててチケットを買い後につづいた。ロビーを離れると、宇高は歩きながら小声で「宇高希美《きみ》といいます」と、名刺をくれた。浅見も名刺を渡して名乗り、「フリーのルポライターをやってます」と自己紹介をした。

「何かご質問がありましたら、どうぞ」

宇高は、あたかも案内をしているような硬い姿勢と表情を保ちながら、言った。館内はいたるところから防犯カメラが睨んでいる。入館者と個人的な会話をするのは、あまり好ましいことではないのだろう。

浅見も、さも展示物を鑑賞しているようなふうを装った。

「あなたと平林さんとのご関係は?」

「私が巫女になった時の先輩です」

「えっ、あなたは巫女さんなんですか?」

思わず顔と全身に視線が向いた。宇高は館員の制服姿である。巫女さんといえば、白衣に緋袴《ひのはかま》を想像してしまう。宇高は笑いだしたいのを堪《こら》えている。

「いまは卒業してしまいましたが、かつては巫女をしていました」

卒業したということは、それなりの年齢に達したからなのだろうか。宇高希美は見た目には浅見と同年輩か、それより若く見えるのだが、女性の歳は分からない。

「宇高さんもあの事故を、単なる事故でないと主張しているのだそうですね。その根拠は何ですか?」

「平林さんが事故を起こすなんて、考えられないからです」

「うーん、それだけですか? それだけではちょっと弱いと思いますが。誰にしたって、事故を起こすつもりで車を運転している人はいないでしょう」

「でも平林さんは違うんです。ご両親を事故で亡くしているせいもあって、あの人は運転に関しては正確で、とても用心深くて、決して無理はしない主義でした」

「なるほど……」

一応、頷きはしたが、やはり説得力のある理由づけとは思えない。その表情を読んだのか、宇高はむきになった口調で言った。

「それだけじゃないんです、死ぬことを予感させるようなことを言ってましたから」

「えっ、本当ですか？」

「ええ、亡くなる少し前ですけど、こんなことを言ってました。『つまらない人生は送りたくなかった』って」

「つまらない人生は送りたくなかった――ですか」

浅見は反芻《はんすう》して、その言葉を胸の内に刻みつけた。

「それはどういうシチュエーションで言った言葉ですか」

「べつにどうっていうこともなかったんですけど、久しぶりで会って、喫茶店でお茶を飲んでいて、少し話が途切れて……」

宇高はその情景を思い出すように、遠くを見る目になった。

「それから、ふいにそう言ったんです。『つまらない人生は送りたくなかった』と」

「前の話の内容とは関係なく、ですか」

「ええ、唐突な感じでした。だから記憶に残ったのだし、その時も『どういう意味？』って聞き返しました」

「それで？」

「笑って『何でもない』とはぐらかされました。なんだか、自分でも無意識に言ってしまったっていう感じでした」

「つまりそれは、つい本心を洩らしたということでしょうか」

「そうですね、そうだと思います」

目の前には源義経の奉納した刀がある。本来なら目はそっちのほうに釘付けになるところだが、いまはそれどころではなかった。宇高の語った平林啓子の「その時」の様子を、浅見はありったけの想像力を駆使して思い描こうとしていた。

「それって、何気なく聞き過ごしてしまえば何のこともないけれど、後になって考えるとおかしいでしょう。過去形で喋っているんですもの。やっぱり死ぬことを予感していたんじゃないかって思いますよね」

浅見の沈黙が物足りないのか、宇高は反応を催促するように言った。

「そうとも言えますね」と浅見は頷いて、訊いた。

「その喫茶店というのは、どこですか？」

「えっ？」

思いがけない質問だったらしく、宇高は少し面食らった様子だ。

「松山です。偶然、街中でバッタリ会ったんです。私は気がつかなかったんだけど、平林さんのほうから声をかけてきて、お茶を飲もうということになったんです」

「伯方島に住む須山さんという、平林さんの実質的な夫である人から聞いた話によると、平林さんは確か、大三島では、あまりいいことはなかったのでしたね」

「ええ、ご両親の事故の時から、親戚関係なんかで、いやなことがあったみたいです。それで島を出て行ってしまったんです」

「それなのに平林さんのほうから声をかけてきたというのは、宇高さんに対してはわだかまりはなかったということですか」

「もちろんです。私にかぎらず、ほかの島の人たちには悪感情はなかったと思いますよ。たまたまご親戚とのあいだで金銭トラブルみたいなことがあって揉《も》めただけで、それも、もしかすると親御さんのほうにご親戚からの借金があって、それを清算する時に何かの行き違いみたいなことがあったのかもしれません。でも、ご両親が亡くなって悲嘆にくれている平林さんにしてみれば、泣き面にハチっていうか、二重のショックだったのでしょうね。島を出て行く時、二度と島には戻りたくないって、そう言ってましたから」

「では、大三島にはそれっきり?」

「そんなことはありません。私が知っているだけでも、二度は島に来ています」

「ほう、そんなにいやだったのに、何をしに帰ってきたのですかね?」

「一度はお祭りの時です。大山祇神社のお祭りの時に、ご主人と一緒に来ていて会いました。むかしは平林さんも巫女として参加していたお祭りですから、すごく懐かしそうでしたよ。

ああいうことがなければ、やっぱり大三島が好きだったんでしょうね」

宇高は「少し移動しません？」と言った。そう言われて、さっきからずっと義経の刀の前を動かないでいたことに気がついた。

ここには平重盛《たいらのしげもり》や平重衡《しげひら》の刀、元寇《げんこう》の役の英雄・河野通有の鎧や本邦唯一の女性用鎧といわれる「鶴姫《つるひめ》の鎧」など、国宝・重文クラスの伝世品がゴロゴロしていて、ゆっくり見て歩いたら一日では見切れないほどだ。

「もう一度は何の時ですか？」

しばらく経っていたので、宇高は質問の意図をすぐには理解しなかった。

「あ、平林さんのことですね。えーと、もう一回は何の時だったかしら……ああ、そうそう、テレビの収録があった時です。ほら『全国お宝捜査隊』っていう番組があるでしょう。あれが町の公民館であって、それに出演したんです」

そういえば「お宝捜査隊」の話は、村上家でも出ていた。

「確か、しまなみ海道開通記念とかいう企画でしたね」

「ええそうです。ずいぶん前なのに、よく知ってますね。ご覧になったんですか？」

「いや、見てはいませんが、そういうのがあったということをたまたま聞きました。それに平林さんが出演したのですか？」

「ええ、出演といっても、お宝を鑑定してもらうというだけですけど」

「というと、お宝があったんですか」

「お父さんの遺品の中にあったという、土器の壺《つぼ》か何かだったと思います。お父さんは中学の社会科の先生で、考古学に詳しい人だったのです。この宝物館にもよく見えて、夏休みなど忙しい時には、ボランティアで手伝ってくれたりしてました。そのお父さんが大山祇神社の裏山で発見した土器や石器がいくつかあったのを、『お宝捜査隊』に鑑定してもらったんです」

「で、どうでしたか、結果は？」

「けっこう値打ちがあったんじゃなかったでしょうか。何万とか何十万とか。はっきり憶えていませんけど、会場がドッと沸いたと思いますから」

「その土器や石器はどうしたんでしょうか、売っちゃったんですかね」

「さあ、そこまでは知りませんが、お父さんの遺品をそんなに簡単に手放すとも思えませんけど。でも、本当にお金に困ったら売ってしまうかもしれませんね。もし売っていなければ、平林さんが亡くなった時にご主人が気づいたでしょうね」

その話は須山の口からは出ていない。平林啓子が亡くなった時にはすでに何もなかったのか、それともあったけれど、須山は知らなかったのか、知っていたが黙っていたことも考えられる。ただ、須山が平林啓子にはときどき収入があって、食い扶持を入れていたと言っていたのが、土器を売ったことによるものだったかもしれない。

「まさか、浅見さん、その土器なんかが、殺人の動機になったってことですか?」

宇高は勘よく察知して、言った。

「どうですかね、何万か何十万かで、殺人まで行くかどうかは疑問ですが」

「でも、ありうるってことでしょう?」

「それは確かに、ないとは言い切れません。世の中にはもっとひどい事件がいくらでもありますから」

「じゃあ、やっぱりご主人だった人が犯人ですか?」

「ははは、そんなに短絡的に決めないでください。警察だって最低、その程度の確認はしているでしょう。もし事件性があるとすれば、最も疑わしいのは須山さんですからね。一応、動機やアリバイの有無ぐらいは確認した上で、事故と断定したはずですよ」

「でも、警察はあてになりません。浅見さんだってそう思っているからこそ、調べ直してみようと思ったんでしょう? 現に陣在さんの意見なんか、ぜんぜん通らなかったみたいだし」

「かりに殺人事件だったとしても、もう少しよく調べてから、仮説をいくつか作らなければいけませんよ」

最後は少し、宥《なだ》めすかすような口調になった。

4

いったん金福旅館に戻り、東京に電話をかけた。須美子《すみこ》が出て浅見の声を聞くと「ああ、やっと……」とため息をついた。

「坊っちゃまはどうして鉄砲玉なんでしょうねえ。もう四日目ですよ。一日一度は必ずお電話くださいって申し上げているのに」

「分かった分かった、悪かったよ」

須美子の愚痴も無理がない。分かっているのだが、つい億劫《おっくう》になる。

「何かあった？」

「ございましたとも。『旅と歴史』の編集長さまから四度と、それにハカタ警察署の竹内さんとおっしゃる方から電話が……大奥様は『また警察？』っておっしゃって、ご心配のご様子でした。それに、坊っちゃまは福岡へ行ってらっしゃるのですか？　愛媛っておっしゃっていたんじゃないんですか？」

「ああ、愛媛にも伯方があるんだ、字は違うけどね。で、竹内さんは何だって？」

「お電話をいただきたいっておっしゃってました。それと、ピアノの島崎先生からも、とくにお急ぎではないけれどとおっしゃって電話がありました」

「ありがとう、お土産買って帰るからね」

「そんな、お土産などより坊っ……」

話の途中で電話を切った。竹内部長刑事からの電話が気になった。何か新たな展開があったのだろうか。伯方署に電話を入れると、外出中で午後一時に帰庁の予定だという。まだ時間はたっぷりある。

浅見はチェックアウトして車で大三島町役場へ向かった。神社も旅館も役場も同じ集落の中、歩いて行ける程度の範囲内にある。

商工観光課を訪ねて、三年ほど前に催された「瀬戸内しまなみ海道開通記念」の「お宝捜査隊」を、ビデオ録画していないかどうか聞いてみた。

「ああ、ありますよ」

職員はあっさり言った。放送当日は一般家庭でもかなり録画していたらしいが、役場としても記録用に録画したのだそうだ。

「拝見できませんか」

「いいですよ、貸し出しはできませんが、視聴覚コーナーいうのがありますから、そこで観てください」

小部屋まで案内してくれた。古い機種だが、一応のＡＶ機器は揃っている。放送時間はおよそ一時間の番組だが、正味は五十分足らずだという。「終わったら教えてください」と言い残して、職員はデスクに戻った。

番組はタイトルやコマーシャルなどがあって、派手な衣装の、コメディアンの司会者がステージで「お宝捜査隊！」と宣言するところから始まった。しまなみ海道の風景を紹介しながら「今回、捜査隊が向かったのは、瀬戸内海の真ん中に浮かぶ大三島。しまなみ海道と呼ばれる、西瀬戸自動車道の開通を記念しての大イベントです。大三島は昔から『国宝の島』として知られているので、どんなすばらしいお宝が眠っているか、期待十分！」などと、盛り上げる。

カメラが会場風景をナメると、広い公民館ホールが埋め尽くされるほどの盛況だった。ステージには三人の審査員の「先生」方が並び、秋祭りに登場するという、「獅子舞《ししまい》」の獅子踊りの面面が待機している。出場者が持ち込んだ「お宝」に、本人が予想した価格を上回る値がついた時は、獅子舞が披露されるのだそうだ。

さすがに「国宝の島」と言われるだけあって、持ち込まれた「お宝」には見るべきものがあった。鎌倉時代のものと言われる武具や調度品類。戦国時代の鎧など、大山祇神社の宝物館を彷彿《ほうふつ》させるような品物も出て、審査員もたじたじといった様子を演出している。もちろんその多くは価値の低いものだが、比較的近年のもの、たとえば歌人の吉井勇《よしいいさむ》の色紙などは間違いなく本物で、それなりの値がついていた。吉井は「義経の鎧まばゆし緋縅《ひおどし》の真紅の糸もいまか燃ゆがに」と、流麗な筆致で書いている。宝物館で見た鎧の印象が彷彿としてくる。

大三島には文人墨客が訪れることが多く、それだけに、紛《まが》い物《もの》を含めて、かなり著名な人物の書画が出るらしい。横山大観《よこやまたいかん》の掛け軸も出たが、程度のいい模写であるとして、それでも十五万円と評価された。「本物なら一千七百万で、いますぐでも買います」と、審査員の一人が真顔で発言して、大いに受けていた。

そうして問題の平林啓子が登場した。浅見はもちろん初めてみる顔だが、ごく平凡な中年女性という印象だ。緊張しているのか、それとも地なのか、笑顔がなく、ややとっつきにくいような感じである。

平林啓子は亡き父親が大山祇神社の裏山から発掘したものとの触れ込みで、破片を成形・復元した壺を五つ運び入れた。

その中の一つについて、評価が分かれた。三人の審査員の意見はかなり割れているようだった。演出なのか、実際、難しい対象なのかは分からないが、結局、三者三様の価格をつけるという、異例のことになった。最低は五万円から最高が七十万円という、バラつきのある結果だ。最も力を入れた審査員は「精査してみないと何とも言えないが、ン百万円の値打ちがあるかもしれない」などと発言して会場を沸かせていた。

その時、平林啓子が初めて笑った。

それまでがずっと、怖いほどの真剣な表情だっただけに、カメラも満足したのか、かなり寄ったアップにした。彼女の目に涙が浮かんでいるのが映って、番組的には盛り上がっただろう。司会者もぬかりなくそのことを指摘して、笑いのネタにしていた。

観終わって、浅見はほうっと気《け》だるいような気分だった。それは番組の内容とは無縁のものだった。

人の運命とか人の一生とかいうものを、あらためて考えさせられる。源義経であれ、横山大観であれ、吉井勇であれ、それぞれの時代を生きて、そして死んだ。平林啓子も生きて、死んだ。自分もいまを生きて、やがて死ぬ。鴨長明《かものちょうめい》ではないが、「よどみに浮かぶうたかたは、かつ消え、かつ結びて、久しくとどまりたるためしなし」である。

その流れに浮かんだうたかたのような、はかないあいだに、泣いたり笑ったりするのはまだしも、殺したり殺されたりして、愚かなことだ。しかもそれを性懲りもなく、何百年も何千年もつづけてきている。動機や理由があってのことならまだしも、社会に対して何も行動していない子供や幼児や、アフガニスタンの山村でひっそり暮らしている老人や女子供でさえ、ある日突然、理不尽な暴力で殺される。

いったい人間とは何者なのか――。

そう考えると、人間として生きている自分までが、疎ましい存在のように思えてくる。とはいえ、現実の世界に生きている以上、そういう理不尽をも含めて現世のこととして受け入れながら生きなければならない。

「つまらない人生は送りたくなかった」

平林啓子が言ったという言葉が、ふっと脳裏に浮かんだ。流れに浮かぶ「うたかた」として生きているだけでは、あまりにも悲しすぎるということなのか。

それは分かる。誰にしたって、生まれたからには、この世にいるあいだに何かを残したいと願うものだろう。どうあがいても、それが結果として「うたかた」でしかないと分かっていても、そうしないではいられないのが、また人間の性《さが》というものである。

ただ、平林啓子はそれを「送りたくなかった」という過去形で言っている。単なる願望ではなく、述懐である。すでに「つまらない人生は送りたくなかった」から、何かをしてきた――という意味である。しかも、そこには自分に対して、あるいは他人や社会に対しての言い訳のニュアンスが感じ取れる。贖罪《しょくざい》の思いをつい洩らしたといってもいいかもしれない。

宇高希美はそれには気づいていない。友人である平林啓子の不幸への同情と、その不幸を与えたであろう犯人への憎しみはあるけれど、平林啓子が犯したであろう過去の罪のことにまでは思いが及んでいない。

平林啓子の過去にあるものが何なのか、彼女が「つまらない人生」から脱却しようとして犯した罪とは何なのか――。

浅見は頭をひと振りして、まとわりつく不快な思いを払《はら》い除《の》けた。

ビデオを返しにゆくと、職員は廊下まで出てきて、「どないでした？」と愛想よく話しかけた。浅見が東京から来たルポライターというので、特別な関心を抱いたようだ。

「なかなか盛り上がっていましたね。記念イベントとしては大成功だったのでしょう」

「まあ、そういう意味では成功しましたが、ひどい目に遭いました。ああいうものは、もう二度とやりたくないですね」

「えっ、どうしてですか？」

職員は周囲を見回して、浅見の腕を取ると廊下を歩きだした。ロビーの片隅に、喫煙所なのかちょっとしたテーブルと椅子が用意されている。そこに坐って、煙草《たばこ》を出した。浅見にも勧《すす》めてくれたが、ちょっときつそうな銘柄なので辞退した。

職員はそこで初めて名刺を出した。「商工観光課　係長　松本有二《まつもとゆうじ》」とある。

「じつはですね、あのイベント企画は地元テレビ局から話が持ち込まれたものですが、われわれは東京のキー局が直接制作するものとばかり思っておったのです。ところが、実際は下請けの番組制作会社が完パケにして、放送局に売るのじゃそうですな。その制作会社の人が来て打ち合わせた結果、大三島町としては公民館を会場として提供するとともに、宿泊施設の提供や出場者集め、会場整理などの便宜を図るいうことで実現しました。そうして番組収録は無事終了したのですが、その後、制作会社の担当者が、請求書をもってやってきましてね、協賛費として百五十万円を要求するんです。これは事前にはまったく聞いていなかったことで、当町としてはそんな予算は組んでおりませんでした。しかし、どこの自治体でもそうしていると言われ、いまさら番組を下りるいうわけにもいかんもんですから、仕方なく課長から収入役にまで頭を下げて、緊急に稟議《りんぎ》なしの決裁をもらいました。いやあ、参りましたよ」

三年ほど前のことだが、松本係長は当時のことを思い出すのもけったくそ悪い——という顔で語った。

「それだけじゃないのです。お宝を持ち寄った出場者の中には、時間内に収まらないいう理由で、出場できなかった人がかなりおりました。その人たちも含めて、出場した人のほとんどが、収録後に審査員の先生に鑑定を依頼したのです。そこでは鑑定しただけでなく、個別に売買も成立しておりました。もちろん町のほうとは直接も間接も関係ないといえばないのですが、そこでいろいろと不愉快なことがあったみたいでしてね。先祖代々の家宝を二束三文に叩かれたとか、あとで苦情が持ち込まれたりしました。先方の審査員はベテランの骨董屋さんみたいなもんでしょう。こっちはズブの素人ですけんね。赤子の手をひねるみたいに、適当にあしらわれたのとちがいますかなあ」

「制作会社は東京の会社ですか」

「会社は東京ですが、地方で番組を作る時には、その土地その土地のプロダクションみたいのが、根回ししたり下準備をするみたいですよ。まあ、下請けの下請けみたいなもんじゃないでしょうか。事前の打ち合わせには、地元局の人とそのプロダクションの人が来てました」

「そのプロダクションはどこですか？」

「松山です」

「松山……さっきおっしゃった収録後に協賛金を要求してきたのは、そこの人ですか」

「そうです。まあ、考えてみれば、根回しやら下準備やらしているわりには、表立った制作費は取れない立場なのかもしれませんが、何かすっきりしないやり方でした」

松本係長は煙草をもみ消して、これでようやくすっきりしたと言いたそうな顔で立ち上がった。

「その買い叩かれた人の中に、平林啓子さんはいましたか？」

浅見は訊いた。

「平林さんいうと、ああ、土器を出した人ですか。いや、あの人は壊れ物の土器だったもんで、大事に持って帰ったのとちがいますかな。はっきり憶えてはおりませんが」

松本は平林啓子の事故死を知らないのか、その件については何も言わなかった。

「松山のプロダクションと、担当者の名前を教えていただけませんか」

「ああ、いいですよ。と言っても、雑誌に何か書くのでしたら、うちのほうとは関係のないように書いてください」

松本は念を押してから、手帳を開いた。

〔ナミマプロ　代表　田替好美《たがえよしみ》〕

「珍しい名前ですね」

「そうでしょう、下の名前も女みたいだし、ユニークな恰好をしたけったいな男です」

恨み骨髄に徹しているのか、松本はいかにも憎々しげに言った。


大三島から伯方警察署までは約二十分、一時前に着いて、玄関に入ろうとした時、奥から竹内部長刑事が飛び出してきた。

「浅見さん、めし、まだですじゃろう。『潮風』へ行きましょう」

追い立てるようにして、須山の喫茶店へ向かった。

「いま課長とやりおうたところです。平林啓子の事故をほじくっとるのがバレて、余計なことをするな、言うんですよ」

須山の店はこのあいだと同じ作業員風の男が二人で、焼きそばを食っていた。なんだか時間が三日前に逆戻りしたような風景だ。

竹内は浅見の希望も聞かずに「焼きそばセット二つ」と注文しておいて、ぐっと前かがみになって、声をひそめた。

「浅見さんが言うたとおり、Nシステムに平林啓子の車が通過したいう記録はありませんでしたよ。やっぱり、あれは虚偽の供述やった可能性が濃厚いうことですな」

浅見はチラッと須山を見た。ここは店の中で最も遠い場所だから、須山に聞かれるおそれはない。ジュウジュウと焼きそばを作る音が店内を圧している。

やきそばセットが運ばれる頃には、作業員風の男二人は店を出た。

「須山さんにお聞きしたいことがあるのですが」

浅見は須山がテーブルを去らないうちに言いだした。

「啓子さんが亡くなった後、遺品は整理したのでしょうね？」

「もちろん、整理しました」

「どうなんでしょう。めぼしい遺産はあったのですか」

「いや、大したものはありませんでしたね。現金も預金も、微々たるものでした」

「それ以外の、たとえば骨董品だとか、そういうものはどうでした？」

「ありませんでした。じつは、啓子は父親の遺品という、古い土器なんかを持っていたはずなのですが、それもすべてなかったです。いつの間にか売り払っちゃったのですかね。かなりいい品もあったと思うのだが」

「大三島の『お宝捜査隊』に出品したやつですか？」

「そうです、よくご存じですね」

それは竹内も同じ感想だったとみえる。やきそばを口に運びながら、驚いた目を浅見に向けた。

「須山さんがおっしゃっていた、時々、啓子さんがお金を入れてくれたという、そのお金の出所《でどころ》がそれだったのでしょうね」

「そうだと思いますが、どこでどうやって売ったのでしょうかなあ。あれは親父さんが掘り出した貴重な遺品だったはずなんですがねえ。私に黙ってそうやって金を工面していたのかと思うと、不憫《ふびん》な気がします」

須山はしんみりとした表情になった。そういうのを見ると、この男は本当に善良な人間なのだ――と思えてくる。

「しかし、その土器もすべて売り払ってしまったとなると、それから先、啓子さんはどうやってお金を工面するつもりだったのでしょうか？」

「いや、べつに金の心配なんかしなくてもよかったんです。私は何も要求したわけではないし、贅沢さえしなければ、こんなちっぽけな店でも、何とか食っていけました」

「啓子さんはそうは思わなかったのでしょう。亡くなる少し前、ある古い友人に出会った時、『つまらない人生は送りたくなかった』とおっしゃっていたそうですよ」

須山の顔から、完全に笑いが消えた。胸の中で、啓子の言った言葉を反芻しているようだ。

「そうですか、そう言ってましたか……つまらない人生と、ね」

頭を振り振り、カウンターの中に戻って、洗い物を始めた。

第五章　海賊のいた島

1

今治を過ぎる頃から雨になった。そう強い雨足ではないが雲は低く、前方の石鎚《いしづち》山系の山々はすっぽりと隠れている。左手を過ぎてゆく今治ワールドホテルも、上層階は雲がかかったように霞《かす》んでいた。

今治から松山インターまではおよそ四十五分の距離である。市街地に入ってもあまり渋滞はなかった。ナミマプロが入っているビルは、松山城のお堀に面していて、すぐに分かった。七階建ての三階の窓に「ナミマプロ」と洒落たロゴで書いてある。

ビルはワンフロアはあまり広くなく、フロアを二社で分けて使っているようだが、それでも目抜き通りに面した側にオフィスを構えるくらいだから、それなりに景気もいいにちがいない。ドアを入ったところは、広告やイベントに使ったと思われる制作物などが置いてあって、やや雑然としているが、正面の窓の向こうに、緑濃い城山が見えるロケーションは気分がいい。デスクの数からいって、社員はせいぜい七、八人いるかいないか。在席者は女性が二人だけだった。

電話でアポイントを取っておいたので、田替好美はすぐに会ってくれた。アクリル板の間仕切りの向こうから現れた男は、大三島町役場の松本が言っていたとおり、ユニークな恰好をしている。紫の縁の眼鏡《めがね》をして、黄色いシャツに緑の蝶ネクタイという、一度見たら忘れられない強烈な印象だ。

田替は間仕切りの奥の小さな応接セットに案内して、女性にコーヒーを頼んだ。

名刺を交換すると、肩書が「社長」でなく「代表」となっている。その理由を訊くと、

「実質は同じなんですがね」と、半オクターブは高そうな声で、照れたように言う。

「当社は最初、三人の発起人が寄り集まって作ったようなプロダクションなのです。社長いうほどの内容はないじゃろいうことで、持ち回りみたいにチーフを決めて、何となく『代表』と呼んだのが、七年経ったいまでも通用してます」

浅見の訪問の趣旨は、雑誌『旅と歴史』の企画で、「文化回廊としてのしまなみ海道」の取材ということになっている。地元にスタンスを置くプロダクションとして、しまなみ海道の歴史的、あるいは文化的な価値をどのようにとらえ、愛媛県や四国地方の活性化にどう結びつけるのか——といったテーマでお話をお聞きしたいと申し入れた。

「『旅と歴史』はときどき読みますが、うちみたいなところに取材に見えるとは、思ってもいませんでした」

田替は不思議そうに首を傾けた。

「しまなみ海道に連なる瀬戸内の島々は、村上水軍の本拠であった時代はもちろん、大三島の宝物など、神武《じんむ》東征以来ともいえる史跡の魅力に溢れています。しかも風光明媚で、新鮮な海の味覚も豊富です。そこへ直接、車で乗り込んで行けるのですから、遠く無縁の世界のように思っていた東京人の僕なんかにとって、まったく夢のような話です。ところが、存外その魅力が伝わってきていません。明石大橋や瀬戸大橋に次ぐ三番目の橋——ぐらいにしか受け取っていない人が多いのですが、じつはぜんぜん違うでしょう。単に本州から四国へと海を渡る架け橋というだけでなく、その途中、いくつもの島に立ち寄れる楽しさがある。これは他の二橋にはない魅力です。そのあたりのことを、愛媛県としてはどのように情報発信しているのか。あるいは今後どういう方向でプランニングを進めるのか、地元で活躍するナミマプロさんの実務を通して、潜在的な旅人である、当誌の読者に伝えることができればと考えているのですが、いかがですか？」

浅見は一気にまくし立てた。日頃考えていることを話すだけだから、べつに嘘や出任せというわけではない。ただし、『旅と歴史』の取材というのは、渡した名刺だけが本物で、話のほうは嘘だ。

「いや、おっしゃるとおりですよ。よく調べておられますなァ」

田替は手放しで褒めた。

「まさにわれわれの思いもそこにあります。しまなみ海道がもたらした恩恵——とくに観光にかかわる経済効果は当初、期待し予測したものよりも、いまいち物足りないことは事実です。未完成部分があるからいうのは、必ずしも理由にはなりません。まだまだ、しまなみ海道本来の魅力について、PR不足であることは否定できません。浅見さんが言われたように、単に交通機関が便利になったいう以上に、島の観光そのものを楽しんでもらういうアピールがですな。県も関係市町村もその部分を浸透させねばならんいうことは分かっとって、うちらみたいな企画・制作会社にアイデアを求めてくるんじゃけど、現実には相当難しい。うちの最近のオリジナル企画としては、地元テレビ局のほうに『湯けむりドライブ』いうのを持ち込んで、これはしまなみ海道とは関係ありませんが、なかなか好評でした。しかし、そういう成功した場合でも所詮《しょせん》はローカルでしてね、東京や大阪へは届かんのです。うち辺りは、東京の制作会社から頼まれる、県内ロケの仕事を請けるいうのが、仕事の大半を占めているような状況です」

しまなみ海道振興策は中途でトーンダウンして、最後は何となく愚痴のようなことになってしまった。

「以前、確か『瀬戸内しまなみ海道開通記念』と銘打って、『全国お宝捜査隊』の番組収録を大三島でやったのを見た記憶があるのですが。あれなんかは、かなり効果があったのではありませんかねえ」

浅見はさり気なく、話題を問題の核心の方向へ向けた。

「ああ、浅見さんもあれを見ましたか、もう三年も前のことですけどね。あれはうちで請けて、段取りから収録までやらせてもろたんですが、大成功でしたなあ。視聴率もよかったし、地元の宣伝にもひと役買ったんと違いますか。町や県の観光課に問い合わせが殺到したいうて、喜ばれました。ああいう企画はなかなかできませんなあ。そうですか、浅見さんも見てくれましたか」

「ええ、面白かったですよ。吉井勇の色紙とか、そうそう、大山祇神社の裏山から掘り出した土器がありましたね。確か、審査員の評価が何万円から何十万円まで、バラバラに分かれたのじゃなかったですかね」

「そうでしたな、そんなんもありましたっけな」

「ああいうお宝は、番組収録後、売買するようなこともあるのですか?」

「ありますよ。審査員の先生いうても本業は骨董屋さんとか、古美術商をやっとられる人が多いですからね。お顧客《とくい》さんから、いい出物があったら買《こ》うてきてくれと頼まれとるそうです。出場者に話をもちかけるケースもあるし、逆に出場者のほうから買ってくれいう人もおったりします」

「あれなんかはどうなんですか、例の大山祇神社の裏山から出たという土器。あれは売れたのですか？」

あくまでも雑談めいた訊き方をしながら、浅見は田替の表情を窺《うかが》っている。しかし、田替が動揺したかどうかは、顔色から読み取ることはできなかった。

「売れましたよ。というか、審査員の一人が惚れ込みましてね、出場者を口説いたんやなかったかな。売買が成立したいう話を聞いたと思います」

「審査員の誰ですか？」

「え？　いや、それは言うたらいけんことになっておるんです。番組関係のことはあくまでも番組内にとどめておくいうのが鉄則でしてね。うちも今後の付き合いが途切れてはかないませんので、仁義は守らんといけん。いや、あれでけっこう、ヤラセみたいなこともあったりするんです。正直なところ、鑑定いうても、いきなりステージの上で見ただけでは、はっきりせんのと違いますかなあ。あらかじめ下調べしておいて、値踏みをするいうようなのもあるようです。そういったことは一切、われわれは知らんことになっておるんですよ」

「なるほど、すると、その下調べの段階で、すでに商談がまとまっているケースもありうるということですか」

「ほうやねえ、どないですかなあ」

その辺のガードは固そうだ。

「僕はテレビ番組制作の裏話のようなことには、まったく無知なのですが、ああいう『お宝捜査隊』のような番組をイベントとして誘致する場合、自治体はかなりの協賛金を出すものなのでしょうね」

「まあどこのテレビ局もそうでしょうね。テレビ番組の制作予算なんて微々たるもんですからなあ。『お宝捜査隊』でも、ローカルで出張鑑定なんかをやる費用は、うちのような現地の下請けプロダクションが差配しなければならんのです。それがけっこう馬鹿にならん金額でしてね。出演者とスタッフのアゴアシ代やら機材の運搬費やレンタル料、設営にかかる費用等々、大変ですよ。現にあの時も大三島町のほうから協賛金が拠出されています。ところが、出すほうは、そういう事情が分からんもんやから、いざとなると出し渋りましてね。全国ネットの宣伝費に換算したら億単位やいうのにねえ」

まるで、大三島町役場の松本係長の不満を見抜いたような説明をしてから、田替はふと気づいて、「こんなことを話しとっていいんですか？　あまりしまなみ海道とは関係なさそうやけど」と言った。

怪しまれてはいけないので、それから浅見は軌道修正をして、しまなみ海道の今後あるべき方向性、大三島の大山祇神社のような、超弩級《ちょうどきゅう》を誇るに足る目玉を持たない伯方島や大島の観光開発——等々について型通りの質問をした。

さらには、観光を中心とした地場産業振興に対するナミマプロの役割や理念といったことにも踏み込んで、何やら本格的な取材になってきた。

田替はさすがに小なりといえどもプロダクションの代表を務めるだけあって、語らせてみると、なかなか端倪《たんげい》すべからざる理念の持ち主でもあった。長引く不況の中で、愛媛県経済の冷え込みを打破するには――といったことを、熱っぽく語った。

嘘から出た真《まこと》というが、これはこれで真っ当な記事になりそうな気もしないではない。『旅と歴史』の藤田編集長にかけあえば、旅費分程度の原稿料は出してもらえそうだ。

帰りがけに浅見は、ドアまで送ってきた田替に、思いついたように言った。

「さっきの土器の件ですが、審査員はだめだとして、出場者の女性に話を聞くぶんには問題ないでしょうか？」

「いや、それはいかんですな」

「どうしてですか？」

「聞きたくても、彼女はもうこの世にはおらんのですよ」

「えっ？　ということは、亡くなったという意味でしょうか？」

「そういうことです。つい最近ですがね、交通事故で亡くなったいうニュースを見て、びっくりしました。人の運命いうのは分からんもんですなあ」

「そうだったんですか……」

浅見は暗澹《あんたん》とした表情を演出して、「ありがとうございました」と頭を下げた。

雨の街に出て、ともかくも車に戻ったものの、浅見は今後どうするべきか、途方にくれた。田替好美との話を通じて、彼からは疑惑を抱かせるようなものは感じ取れなかった。例の不明朗とも思える協賛金に関しても、いとも明快に説明している。包み隠すような後ろめたさはなさそうに見える。

平林啓子との関わりがあるとすれば、「お宝捜査隊」に出演していた三人の審査員の誰かかもしれない。平林啓子の土器の価値に目をつけて、売買の仲介をしたということはありうる。それが彼女の「事故死」に、何らかの形で繋がっている可能性も考えられないことではない。

思いついて、浅見は公衆電話から大三島町役場の松本に電話して、「お宝捜査隊」の三人の審査員の名前を聞いた。松本は「ちょっと待ってください」と古い資料を探している様子だった。「ちょっと」がかなり長く感じられ、百円玉の残りが心配になった頃、松本は電話口に戻った。

「小松牧俊さんと木川佳樹さん、それに鈴木翔一さんです」

「その中で、土器に造詣《ぞうけい》が深いひとは誰でしょうか？」

「誰やったかな……えーと、確か木川さんだったと思いますが、それが何か？」

「もしかすると、番組の収録を終えた後に、例の出場者の平林啓子さんから、その人が土器を買っていたと考えられるのです。お会いした時にもお訊《き》きしましたが、それらしい様子はなかったんですね？」

「番組収録を終えた後ですか……いや、会場では平林さんは見かけませんでしたよ。そしたら、宿に入ってから売買の交渉をしたいうことですかね。私には分かりませんが」

「その時の宿は、やはり金福旅館ですか」

「いや、あの晩は、テレビ関係者のほとんど全員が、大島の千歳松いう旅館に泊まるいうので、私を含めて役場と観光協会の者が何人か手分けして、車で送って行きました」

「千歳松ですか。料理旅館ですね」

「知ってますか？」

「ええ、三日前にそこに泊まりました。その時、千歳松に平林さんがいたかどうか、憶えていませんか」

「いや、われわれは送って行っただけで、すぐに帰ってきましたので、その後のことはちょっと分かりませんなあ。あそこの女将さんに聞いてみたらどうです？」

「そうですね、それじゃ、これから千歳松に行ってみることにします。どうもお世話になりました」

先方の挨拶が最後まで聞こえないうちに、コインが落ちて電話が切れた。

ちょうど今夜の宿をどこにするか、決めなければならないと思っていたところだ。予約なしだったが、ウィークデーでお客は少ないらしく、千歳松は部屋が取れた。女将が浅見の顔を見て「あらァ」と満面に笑みを浮かべた。「どこへ行っとられたんですの？」と、まるで家の人間の帰宅を迎えるようなことを言っている。

まだ夕飯には間がある時刻だ。女将はお茶を運んできて、そのまま坐り込んで話し相手になってくれた。

「三年ほど前、大三島で『お宝捜査隊』のロケがあったのを憶えていますか？」

浅見は訊いてみた。

「ええ、もちろん憶えてます。ロケ隊の人らはうちにお泊まりでしたよ」

「やっぱりそうでしたか。その中にお宝の審査員がいたでしょう」

「ええ、おいでました。小松先生と木川先生と鈴木先生でしょう」

「さすが、よく憶えてますねえ」

「そりゃあ商売ですもの」

「その中の木川さんのところに、番組に出場した人が一人、女性ですが、会いに来ませんでしたか？」

「さあ、どうじゃったですかねえ。あの時はいろんな人が出入りしてたから、どなたがどなたやら、さっぱり分からんようになってしまいました。そうじゃ、プロダクションの人に訊かれたらどうじゃろうね？　松山のナミマプロさんの人が世話してられましたから。知っとられると思いますけんど」

「いや、それがだめなんです。きょう、ナミマプロへ行って田替さんと会ったのですが、番組の楽屋裏のことは企業秘密だとか言いましてね。教えてくれません。それじゃ、木川さんご本人に当たるしかないですかね」

「あら、それはだめです」

「ほう、やっぱり企業秘密ですか」

「そうじゃなくて、あの先生、亡くなられたんですよ、去年」

「えっ……」

浅見は唖然《あぜん》とした。

「亡くなったというと、死因は何だったのでしょう?」

「死因じゃなんて、そんな事故か何かみたいなものと違いますよ。あの先生はうちに泊まりなさった頃から糖尿病のケがあって、カニやとかエビ、イカ、ウニ、トロのたぐいは食べられんかったんです。せっかく瀬戸内に来たのに、残念や残念や言うとられました。それが原因やったのと違いますか。それにもう、ええお歳でしたしねえ」

手掛かりがどんどん遠ざかるような、挫折感に囚われた。

2

浅見の落胆ぶりは女将にも伝わったのか、女将は不思議そうに言った。

「その女の人と木川先生と、なんぞスキャンダルでもありましたん？」

「えっ？　どうして？」

「そじゃけど、そがいなことをお訊きんさるんじゃから、また何かスクープみたいなことがあるのかな、思って」

「ははは、そんなことじゃないですよ」

「ほうじゃわいねえ。あの先生は糖尿やったし、そんな元気はない思いますもの。けど、それじゃったら何ですか？」

「その女性は『お宝捜査隊』に土器の壺を持って出場したのです。それを木川さんが買ったらしいという噂があったものだから」

「ふーん、その土器の壺みたいのを、浅見さんも欲しかったんですか？」

「いや、そういうわけじゃないですが、じつは、その女性が最近、自動車ごと崖《がけ》から落ちて亡くなりましてね」

「へえーっ、それは壺の祟《たた》りですか？」

「えっ、ははは、まさか……」

浅見は思わず、飲みかけたお茶を吐き出すところだった。

「いやじゃねえ、そんなに笑わんかってもよろしいじゃないですか」

言いながら女将も笑っている。

「そじゃけど、先祖代々伝わる壺を売ったりしたら、やっぱりご先祖様の祟りがあるのんと違いますか」

「その壺は彼女のお父さんが、大三島の大山祇神社の裏山から掘り出したものですよ。先祖代々というわけじゃないんです」

「ほんなら、神様の罰《ばち》が当たったたんじゃわ」

「なるほど……」

その説には浅見も頷いて、わざと怖い顔を作って言った。

「確かにそうかもしれない。彼女のご両親も自動車事故で亡くなってますからね」

「えーっ、ほんまですか。恐ろしいわァ」

「ははは、祟りだとか神罰なんてあるはずがないでしょう。偶然ですよ」

「いいえ、私は祟りはある、思います。神様の罰だってありますよ、絶対に。そうでなかったら、真面目に正直に生きとる人はアホみたいじゃないですか」

「いや、真面目に正直に生きていたって、不幸な目に遭う人は少なくないですからね。たとえば村上造船の社長夫人だってそうだったでしょう。優しくていい人だったって、女将さんもそう言ってたじゃないですか」

「ああ、ほんま、そうですなあ……」

女将は急にしんみりした顔になった。

「あの奥様がなんでああいう亡くなり方をせにゃならんかったのか、人の運命いうのはほんま、分からんもんですなあ。このあいだの三回忌には宮窪《みやくぼ》まで行って、海にお花を流して差し上げてきましたけど。その時もしみじみそう思いました」

「宮窪と言いますと？」

「宮窪町ですけど……あら、ご存じなかったですか？　ここは吉海町《よしうみちょう》やけど、大島の北半分は宮窪町。村上水軍のあった能島は宮窪町で、港のすぐ目の前です」

「あ、そうだったのか。僕は伯方署の竹内さんの案内で、伯方島のほうから船を出してもらったのです」

「ああ、警察署は伯方じゃもんねえ。けど、村上さんの奥様のご遺体が上がったんは宮窪ですよ。考えてみると、村上さんは水軍の子孫じゃわ。何やら不思議な因縁ですね。やっぱりご先祖様が呼んだんじゃろうかね」

「ははは、どうしてもそっちのほうに行きたがりますね」

「ほじゃけど、あんな立派な奥様が不幸せになられるんも、きっと何かあるとしか思われんでしょう。村上造船さんは大きな会社じゃけど、ご実家の城下堂さんじゃって江戸時代から三百年もつづく老舗ですよ。それがお隣からの貰《もら》い火で、お店やお宅のほうの被害は軽かったそうじゃけど、土蔵が壊れて、火が入ったとかいう話でした。そんなんがなければ、それこそ先祖代々のお宝が仰山あったんじゃないですか。そこへもってきて、しまなみ海道がでけたお蔭で、今治港がさびれてしもうて……うちらは恩恵に感謝してますけど、港周辺のお店はお気の毒ですなあ」

「詳しいですね、よく知ってますねえ」

浅見は感心した。

「そら、こういう商売ですけん、いろんなお客さんが見えますでしょう。お給仕させてもろうているうちには、しぜんと耳に入ってくることもあります。村上さんのご家族じゃって、主人が元気な頃からご贔屓《ひいき》いただいて、若奥様ともお話しさせていただきました。そういえば可愛らしいお嬢ちゃんがおいでたけど、お母さんが亡くなってしもうて、どがいにしょるかしら」

「ああ、彼女は元気ですよ。月に二、三度、東京へピアノのレッスンに行ってます」

「えっ、浅見さんは村上さんのお嬢ちゃんとお知り合いですの？」

「ええ、そのピアノの先生とご近所だったものですからね」

「なんじゃ、そうでしたか。それじゃったらうちより詳しいんじゃないですか」

「いや、そういう、貰い火の被害とか、詳しい事情は何も知りませんでしたよ。大いに参考になりました」

本心からそう思った。東京辺りと違って、地元の大会社の経営者や老舗の名家については、人々の関心が集まるのだろう。内証のことであっても、噂の端々に上るのは仕方のないことなのかもしれない。

女将からはまだまだ何かが聞けそうだったのだが、その頃からお客が到着し始めて、女将は「本業」に戻って行った。

女将が去った後、浅見は自宅に電話を入れた。須美子が「あら坊っちゃま、一日に二度もお電話して下さるなんて、どうかなさったんですか？」と、電話をすればしたで怪しまれるから敵《かな》わない。

「ちょうどいましがた、坊っちゃまにお電話がありました。村上康彦さまとおっしゃる方からです。ご都合のよろしい時で結構ですので、社のほうにお電話をいただきたいとおっしゃってました」

いったん置いた受話器をすぐに取って、村上造船に電話を入れた。

「あ、浅見さん、お忙しいのに、申し訳ありませんな」

康彦は丁寧に挨拶した。

「じつは、浅見さんに折り入ってお願い申し上げたいことがありまして。いまはもう東京にお戻りでしょうか？」

「いえ、まだこちらです。大島の千歳松に着いたところです」

「あ、そうでしたか、それはありがたい……と申しても、浅見さんのご都合次第ですが、いかがでしょうか、明日のご予定は」

「とくに予定はありません」

「それでは恐縮ですが、当社のほうにお越しいただけませんか」

「承知しました」

午前十一時に村上造船本社を訪ねることになった。村上家の中で康彦だけが浅見と咲枝の「捜査」に難色を示していただけに、用件が気にかかる。


翌朝、浅見は千歳松を出ると、女将から聞いた宮窪町の港へ行ってみることにした。しまなみ海道は大島南インターから大島北インターのあいだが未完成で、一般道を走るのだが、北インターの入り口を素通りして坂を下ったところが宮窪町の中心街。町役場があるし、そこからは港も近い。

浅見はそもそも大島に「吉海」と「宮窪」の二つの町があることも知らなかったくらいだから、村上水軍の本拠「能島」が宮窪町の町域にあることも初めて知った。いつだったか、テレビで「水軍レース」という、和船による競漕《きようそう》大会を見たことがあるが、あれはじつはこの港で行われるらしい。

役場の隣りに「能島村上水軍資料館」というのがあって、海賊時代からの村上一族の栄枯盛衰を見ることができる。大三島の宝物館のように国宝級のものはないが、「海賊」とも呼ばれた水軍の実態をつぶさに見ることができて面白い。

一通り見学を終えた後、そこの職員に、一昨年に起きた村上美和の自殺事件のことを訊いてみた。職員は水軍の「村上」とごっちゃに受け取ったのか、一瞬「は？」という顔をしたが、すぐに思い出してくれた。

「ああ、あれじゃったら、『浜芳《はまよし》』さんいう釣り宿のおやじさんが第一発見者ですよ。そこへ行って聞いてみてください」

教わったとおりに行くと、港に突き当たって右手へ曲がったところに「浜芳」の看板があった。民宿と遊漁船をやっているらしい。この時間は船が出払っているだろうから、留守かなと思ったが、店先で道具の手入れをしている七十歳前後かと思える老人がいて、その人が「発見者」だった。東京から来たというと、「へえ、そりゃ大変やな」と、自分でお茶をいれて、饅頭をご馳走してくれた。

「きょうはお休みですか？」

「いや、船は息子と孫に任せたんじゃ。わしは隠居」

老人は嬉しさ半分、不満半分という顔をしている。

「能島のところで遺体が上がった時は、おやじさんが第一発見者だったそうですね」

「ああ、ほうじゃ」

「亡くなった女性は、発見される三日前に来島海峡大橋から落ちて、能島に漂着したということですが、そんなことがありうるのでしょうか」

「いや、そんなことはありゃせん」

「えっ、ありゃせんといいますと？」

「来島海峡で落ちたもんがのう、なんでここまでくるんじゃ。あほくさ」

「しかし、事実はそういうことになっているようですが」

「何が事実なもんか。わしは七十年も船に乗っとるが、なんぼ潮が動きよったてて、来島海峡で落ちたもんが能島に流れてくるいうことは、見たことも聞いたこともないがのう。そりゃ、何カ月もかかるとか、魚みたいに泳いでくれば話はべつじゃけどな。けど、何カ月もかかったら、死体は骨になって沈んでしまうじゃろ。ほじゃからありえんちゅうんじゃ」

浅見は思わず拍手を送りたくなったが、努めて冷静を装って言った。

「ただ、警察はそのように断定しているのではありませんか」

「そうじゃ、わしがなんぼ言うても信じんのじゃ。まあ、わしとしてはどうでもええことじゃけん、最後は黙っとったけどな」

どうでもよくはないのだ。

「そうすると、おやじさんとしては、どこから落ちたと考えたんですか」

「そこの伯方・大島大橋か大三島橋か、どっちかじゃろう」

地図で見ると、確かにその二つの橋が架かる海峡は隣接している。素人考えでも、海峡を西に抜けたところで、潮流が、一つに混じり合い、また上げ潮に乗れば能島付近にくる可能性はありそうに思える。

「浜芳」のおやじの話が正しければ、平林啓子は虚偽の証言をしたことになる。それはNシステムに平林の車が記録されていなかったのにつづく、二重の嘘ということになる。

それにしても、平林はなぜそのような嘘をつく必要があったのだろう？　同じ嘘をつくにしても、おやじが言ったように、伯方・大島大橋か大三島橋の名を挙げれば、まだしも信《しん》憑性《ぴょうせい》はありそうなものではないか。どっちにしても、時間さえずらして証言すれば、アリバイ工作の目的は達成できたはずだ。

しかし、当事者心理とはそういうものかもしれない。なるべく「現場」から離れた場所を——と考えたとしても、むしろそのほうがふつうなのだろう。

問題は、いったい誰が彼女にその嘘の証言をさせたか——である。そして、その目的は何だったのか——である。

さらに、それによって平林啓子が得たメリットとは何だったのか？　はたして分け前にありついたのだろうか。

海岸に出て、能島の辺りを眺めながら、浅見は思案に耽《ふけ》った。

平林啓子が宇高希美に「つまらない人生は送りたくなかった」と語った意味が、次第に大きくクローズアップされてくる。彼女は貧しく平凡な暮らしから抜け出したかったにちがいない。「犯行動機」としてはきわめてありふれたものだが、とどのつまりはカネが欲しかったということなのだろう。

（しかし、どうやって？――）

犠牲者が村上造船の社長夫人であることを考えれば、まず思い浮かぶのは「誘拐」だ。誘拐してカネを要求しようと考えたが、思わぬ抵抗に遭って計画が狂い、弾みで殺してしまった。仕方なく海峡大橋から投げ捨てて自殺を装った――というのは、いかにもありそうな筋書きではある。

もう一つ考えられるのは強盗殺人。村上美和は何か金目の物を持っていて、それを奪われた。村上家のお手伝いが見たという、美和が小脇に抱えていたものは、やはり掛け軸か何かで、犯人はそれを奪うために美和を殺害したというケースだ。

しかし、かりにそうだとしても、それは単純な強盗殺人ではない。平林啓子のアリバイ工作などから言って、計画的な犯行と考えていい。あらかじめ美和が所持する「掛け軸」が高価なものであることを知っているのでなければ、殺人という危険を冒してまで奪い取ろうとは考えないだろう。

浅見は首を振った。そもそも「掛け軸」かどうかも、それに高価なものかどうかも分かっていない状況で推理しようというのだから、どだい無理な話ではある。咲枝のもたらした情報によれば、村上家にある高価そうな絵画が持ち出された形跡はないというし、美和がそんな盗っ人みたいなことをするとも思えない。安物を持ち出したところで、そんなものは取引相手に簡単に見破られるだろう。二束三文の物を盗むために殺人を犯すとは思えない。

予定どおりの時刻に、浅見は村上造船へ向かった。

村上造船本社ビルは、広大な造船工場を見下ろす高台に建っている。七階建てでそれほど大きくはないが、いかにも造船会社らしく、ところどころ金属をあしらった壁面が美しい、ガッチリしたビルである。見学者も多いのか、一階のフロアにはモデルシップが並び、来客の目を楽しませる。従業員もきびきびして感じがいい。

名前を告げると、すぐにエレベーターで七階の社長室に案内された。村上康彦はドアの前まで出て待っていて、自ら室内へ招じ入れた。

「しばらく電話も取り次がないように」

秘書にそう命じて、浅見と向かい合って坐った。あらためて挨拶を交わしてから、康彦はすぐに用件に入った。

「まず、ご無礼をお詫びしなければなりません。じつは、浅見さんの身元調べのようなことをさせていただきまして、お父上がかつて大蔵省の局長さんであられたこと、それにお兄上が警察庁刑事局長であられることなどが判明しましてですね、いろいろ失礼を申し上げたんじゃないかと、恐縮しております」

「とんでもありません」

浅見はかえって身の縮む思いだ。

「父は父、兄は兄、僕は僕でして、そのようなご配慮はご無用に願います。そうでないと、今後のお付き合いは致しかねることになりますので」

「いやいや、そうおっしゃらんと、今後ともよろしゅうお願いします。と言いますのはですな、先夜はあのように申しましたが、じつは浅見さんに家内のことを弁護していただいて、たいへん感動いたしました。まあ、こういう田舎でありますので、自殺というようなことはきわめて不名誉な話でありまして、口幅ったいようですが、地場の産業界をリードする企業のオーナーとして、まことに辛い立場に立たされたことは事実なんです。ことに城下堂の苦境を知りながら、家内をそこまで追い込んでしもうた私の不明については、弁解の余地のないことであります。それだけにかえって、私自身、頑《かたく》なにならざるをえなかったわけでありまして、浅見さんのせっかくのご提言も、咲枝の気持ちにも、冷たい態度を取ってしもうたような次第です。しかし、本音を言えば、まさにおっしゃられたように、出来うることであるならば家内の不名誉を晴らしたい。少なくとも、実際は何があったのか、真相を解明したいという思いは誰よりも強いものがあるのです。そこであらためてのお願いですが、浅見さんのお力で、なんとか真相を究明していただけませんでしょうか。お聞きしたところによりますと、浅見さんは探偵としても名声を博しておられるとか。いえいえ、ご謙遜はご無用です。私といたしましても、十分に調べさせていただいた上での結論であり、お願いするにいたったことでありますので。もちろん、費用等を含めて、私にできうる限りのことはさせていただきます。とにかく、このままでは美和も浮かばれませんし、私ども家族、ひいてはわが社の汚名も雪《そそ》がれないままになってしまいますので、何とかひとつ、ここはまげて浅見さんのご出馬をお願いしたいのであります」

村上社長は深々と頭を下げたまま、しばらく元に戻らない。

「あ、あの、分かりました。お引き受けしますので、あの、どうぞそんなに……」

浅見は狼狽《ろうばい》して、テーブル越しに康彦の腕を取った。

3

その日の宿は、村上康彦が今治ワールドホテルに部屋を取ってくれて、前回、果たせなかった最上階での鉄板焼きをご馳走してくれることになった。お日柄がいいのか、結婚披露のパーティが幾組か入っているらしい。ウィークデーにもかかわらずロビーもラウンジも、着飾った人々で賑わっている。

康彦は社の用事が終わってから来るので、会食は六時過ぎから——ということになっているのだが、夕刻近くになると、ほかの村上家の人々がホテルにやってきて、ラウンジでお茶を飲んだ。もちろん咲枝がいちばん喜んでいる。

「浅見さんがおられるけんいうて、早く行こうって引っ張ってきました」

誇らしげに言った。勘太郎は苦笑し、初代は「ピアノのお稽古《けいこ》もちゃんとせんと、しようもない子じゃ」と小言を言った。

「ピアノは集中してやってるからええんよ。ほうじゃ、浅見さんは週末までおられるんでしょう？　それやったら東京へ一緒に行けるわね。今週は島崎先生のレッスンがあるので、金曜日の夜から東京へ行きます」

「さあ、それまでに用事が済むかどうか、何とも言えませんよ」

「そしたら、いちど東京へ行って、また一緒に戻って来ればいいじゃないですか」

「さあ、それはどうかな」

浅見は笑ったが、初代は怖い顔で「勝手なことを言うたらいかん」と叱った。咲枝は首を竦《すく》めた。

時間がたっぷりありすぎた。二階催し場で呉服の展示会をやっているというので、勘太郎と初代は連れ立って見に行った。

「お祖母ちゃんは、いつもあんなふうに文句ばっかり言うんです」

咲枝は祖父母の後ろ姿を見送って、小声でそう言った。

「それはきみのことが心配だからでしょう。ピアノの稽古も本気で取り組まないと、島崎先生だって怒りますよ、きっと」

「だからァ、それはちゃんとやってますって言ったでしょう。私だって、コンクールが近づいてきて、けっこうプレッシャーを感じているんやから、あまり言わんといて欲しいんです。浅見さんまでそんなふうに言ったら、悲しくなります」

本当に泣きそうな顔になった。

「そうか、コンクールですか。いいなあ、そういう挑戦する対象があって。僕なんか、何も目的意識を持たないまま、これまで生きてきちゃったようなものです」

「えっ、ほんとですか？　浅見さんのお宅はとても躾《しつ》けのきびしいご家庭だって、島崎先生がおっしゃってました」

「ああ、躾けはきびしかったけど、進路については何も言われなかったな。自分の好きな道を行きなさいという主義だったような気がしますよ」

「ふーん、つまり放任主義ってことですか。それでそんなに立派になれるんだから、よっぽど素質があるんですね」

「立派って、僕が？……あははは、そいつは愉快だ。いまの言葉、おふくろさんに聞かせてあげたいな」

「でも、本当に立派じゃないですか」

「ありがとう、そう言ってくれて。しかし冗談はともかく、つまらない人生を送らないようにはしたいですね」

　言いながら、それが平林啓子の言葉であることに、浅見は厳粛なものを感じた。

「ねえ浅見さん、女って結婚しなければいけないものですか？」

　いきなり思いがけない質問を投じられて、浅見はドキリとした。

「それは女性にかぎったことじゃないでしょう。男だって同じ問題を抱えていると思いますけどね」

「それはそうですけど、でも、男の人の場合は結婚しなくても、浅見さんみたいにかっこいいじゃないですか」

「えっ、さっきは立派で、今度はかっこいいですか。参ったなあ、どういう顔をすればいいのかな」

「そんな、ジョークにしないでください。男の人はそうだけど、女の人がいつまでも独身でいると、世間がいろいろ言うんじゃありませんか。嫁《い》き遅れっていう言葉は、女性にしか通用しないでしょう」

「いや、そんなことはない。僕だって、軽井沢にいる口の悪い作家にそう言われますよ。それに、僕の周囲には独身の女性は沢山います。ことに出版社の編集者には多いかな。それがみんな魅力的な人ばかりでしてね、僕なんかタジタジです。もちろん結婚しないことなんか、誰も文句を言いません」

「それは東京だからだと思います。この辺りでは、女はやっぱり早くお嫁に行けって、うるさいですよ。お祖父ちゃんだって、たぶんそう言うに決まってます。このあいだも山内一豊の妻って言ってましたから」

「山内一豊がどうかしたんですか?」

「知ってますか、山内一豊の妻って」

「あははは、そのくらいは知ってますよ。山内一豊の奥さんが、織田信長にご主人の晴れ姿を見せるため、鏡台に隠していたヘソクリ十両を出して、名馬を買ってあげたという話でしょう。それがきっかけで山内一豊は出世して、やがては土佐の大名になった」

「そうなんですって。それで、お祖父ちゃんも、私がお嫁に行く時は、狩野探幽の掛け軸をくれるんですって。誰にも内緒にしておいて、山内一豊みたいに、何かの時に役立てるようにって」

「へえーっ、それはすごいなあ。もちろん本物なんでしょうね」

「パパは疑ってますけどね。だって、本物だったら、億がつくとかいうんでしょう」

「そうだろうなあ、僕には見当もつかないけれど……」

そう言いながら、浅見は何かでガンと頭を殴られたようなショックを感じた。

「そうか……どうして気づかなかったのだろう……」

おそらく目が点になっていたにちがいない。ひょっとすると、阿呆《あほう》のように口を半開きにしていたかもしれない。咲枝が心配そうに顔を覗き込んで、「何かあったんですか?」と言ったので、浅見はわれに返った。

「ああ、いまふと思ったのだけれど……」

その時、勘太郎と初代がやってきた。すぐ後ろには康彦の姿も見えた。

「このことは、また後で……」

浅見はそう言って、三人を迎えるために立ち上がった。

最上階のステーキレストランからは、暮れなずむしまなみ海道が見えた。茜色《あかねいろ》に染まった空。ブルーブラックのインクを流したような海。そして岬と島の黒々としたシルエットのあいだを、綾取《あやと》りの糸のように繋ぐ来島海峡大橋に、赤い灯が点滅している。

コの字型に設《しつら》えられた鉄板のテーブルの三方に、それぞれ担当するシェフがいる。活きた車海老や白身の魚や野菜類、そしてきわめつけは伊予牛のフィレ肉。それを金属のヘラを巧みに捌《さば》いて焼いてくれる。バターやニンニクやオリーブオイル、ワイン等々、多彩な調味料の使い方を見るのも楽しい。

「この鮮やかなパフォーマンスは、いまから四、五十年も前に、日本で始まったのだそうですが、いかがですか、浅見さん」

康彦がワインでやや顔を赤くしながら、訊いた。

「おいしいですねえ、しあわせですねえ」

浅見も少しアルコールが入って、気分がよかった。内心、こんな贅沢をしていていいのかな――と、後ろめたい気持ちもあるが、率直に言えばやはりしあわせだ。

咲枝も楽しそうだが、最前の浅見の言葉が気になるのか、ときどき屈託した視線をこっちに向けてくる。あの時は「後で」と言ったものの、結局チャンスがないままで、村上家の人々を見送ることになった。

しかし、咲枝は十時近くになって電話をかけてきた。もちろん家の人たちには内緒だろう。こういう場合は携帯電話を持っている強みが発揮される。

「さっきのあれ、浅見さんが何か言いかけたのは何だったんですか？」

隣室に誰かいるのだろうか、押し殺したような声だった。

「じつはね、咲枝さんが言ったことから連想して、ふいに気がついたんですよ」

「えっ、私が何か言いました？」

「うん、言いましたよ、『山内一豊の妻』ってね」

「ああ……でも、それが何か？」

「きみがお嫁に行く時、お祖父さんが探幽の掛け軸をプレゼントして、山内一豊の妻になれっておっしゃったのでしょう。それと同じことを、お母さんのお父さん――つまり羽二生家のお祖父さんだっておっしゃったのじゃないですかね」

「あっ……」

咲枝は叫び声を洩らした。

「城下堂は三百年もつづいた老舗でしょう。しかも最盛期には五十人もの従業員がいた大きなお店です。代々のご主人は今治地方の素封家でしたから、この地を訪れる文人墨客の世話をしたりして、文化人や芸術家たちのパトロンを務めていたにちがいない。当然、書画骨董のたぐいは買い入れていたでしょう。何年だか前の貰い火で被害を受けて、土蔵が焼けてしまったそうですが、もしそういうことがなければ、それこそ探幽だとか雪舟だとかいう、価値の高い文化財が、いまでも沢山あったはずですよ。お母さんが村上家にお嫁入りする時、お祖父さんはその一つを持たせて、いつか山内一豊の妻になりなさいと諭した……どうですか、そういうことがあったと思いませんか」

「思います」

咲枝はおうむ返しに言った。少し涙ぐんだような声だった。

「いままで、お母さんが持ち出した長細い物が何なのか、その正体がどうしても分からなかったのだけれど、もしそういうことがあったと考えると、それはやはり最初に思ったとおり、掛け軸だったと思ってよさそうです。そこで咲枝さんに頼みたいのだけど、城下堂——羽二生さんのお祖母さんに、それとなく、そのことを確かめてみてもらえないでしょうか」

「それとなく、確かめるって、どうすればいいんですか？」

「うーん、難しい問題ですね。一つは、羽二生家にそういった価値のあるものがあったかどうか。もう一つは、お母さんのお嫁入りの時に、それらしい品を贈り物にしたようなことがあるかどうか。この二つのことを聞き出せればいいのだけれど……しかし、難しいかな。お祖母さんのお気持ちを害すようなことになってはいけないし……」

「やってみます」

咲枝は気張って言った。

「明日、学校の帰りにお店に寄って、祖母にこっそり聞いてみます。浅見さんは明日もまだそこに泊まっていてくれるんでしょう？　夕方、お電話しますから、待っていてくださいね」

電話を切った後、咲枝の健気《けなげ》な様子が、浅見はかえって不安な気がした。咲枝は「探偵団」の一員として、必要以上に使命感に燃えているようだ。まだ子供といっていい少女にとって、重すぎる仕事を押しつけたかもしれない。かといってほかに方法があるとも思えなかった。浅見自身が羽二生家へ行って、咲枝の祖母に質問しても、正直な答えを引き出せるとは思えない。

それはそれとして、そのこととは別に、浅見はまだほかにも、何かを見過ごしているような気分に囚われていた。「山内一豊の妻」の話にしても、もっと早くに思いついてしかるべきではないか。そこに気づくのが遅れたのと同様、何かを見落としているような気がしてならない。

4

今治一の繁華を誇っていた、港と市の中心を直結する商店街も、このところめっきり、シャッターを下ろす店が増えてしまった。人件費も出ないし、極端なことをいうと光熱費だって経営にひびくと、店主がこぼしている話を聞いたことがある。そういう中で頑張っている店を見ると、咲枝は自分のことのように嬉しくなる。

亡くなった祖父は「負けたと思うた時が負けじゃ」というのが口癖だった。「ええ時代ばかりが続くもんじゃないし、悪い時代が続くもんでもない」とも言っていた。その頃は咲枝はまだ幼すぎて、何を言っているのか理解できなかったけれど、いまにして思えば、祖父のそういう強がりが懐かしい。

もう夕方近いのに、城下堂には珍しくお客さんが七、八人も入っていた。ほとんどが観光客で、名物の鳥の子饅頭をお土産にしようと寄ったらしい。店番は祖母の弘子が一人きりだから、そのくらいお客が入るとてんてこ舞いだ。咲枝は急いでカバンを置くと、制服のまま包装を手伝った。

お客は全員が中年のおばさん風の人たちだった。中学生の咲枝が、意外に手際よく包装するのを見て、「あらぁ、偉いわねえ」と感心してくれた。「可愛いお孫さんだわねえ」とお世辞を言ってくれる人もいる。

ひとしきりの賑わいが通り過ぎると、弘子は「ありがとう。ほんま、ええところに来てくれたわ」と礼を言った。

羽二生家の祖母・弘子は咲枝に対してはことのほか優しい。むろん、母親を亡くしたことへの不憫《ふびん》さもあるのだが、美和の面影を咲枝に見るからだと、これは祖母自身の口から咲枝は聞いている。

「今日は何じゃの？　東京へ行く日じゃったかいね？」

「ううん、東京は明後日。そうじゃなくて、お祖母ちゃんにちょっと訊きたいことがあって来たの」

「ふーん、何じゃろ。咲枝がそがんふうにあらたまって、珍しいなあ」

「あのね、変なこと訊くみたいだけど、笑わんと聞いてね」

咲枝は呼吸を溜めてから、思い切ったように言った。

「うちのママがパパのところへお嫁に行く時のことなんだけど、お祖父ちゃん、ママに何かプレゼントしてた？」

「えっ？……どういうこと？」

「だから、いま言うたでしょう。お祖父ちゃんはママに結婚の贈り物をしたかどうかっていうこと」

弘子は笑うどころか、何か不気味なものを見るような目で咲枝を見つめた。

「なんでそがんことを訊くの？」

「なんでかって言われると困るけど、とにかくちょっと気になることがあって、それでお祖母ちゃんに教えてもらいたいんよ。ねえ、どうやったん？」

「それはまあ、親として、咲枝のママにはそれなりのことはしたわい。お嫁入り道具一式やとか……」

「そういうことじゃなくて」

祖母がはぐらかそうとしているのを感じ取って、咲枝はつい口調が険しくなった。

「もっと特別なもの。たとえば、宝物みたいな高価なもの。掛け軸とか、そういう」

「咲枝、それ、ママに聞いたん？」

弘子はいままで見たことのない、怖いくらい真剣な眼差しで咲枝を見た。

「ううん、何も聞いとらんけど……そしたら、何かあったんやね？」

それには答えずに、弘子は店の奥の様子を窺いに行った。いつものことだが、そこには誰もいなかったらしく、すぐに引き返してきた。それから咲枝を手招いて、耳元に口を寄せるようにして、「このことは誰にも喋ったらいかんよ」と言った。

「うん、喋らん、絶対」

咲枝は宣言して、口を真一文字に結び、しっかりと頷いた。

「ほんま言うとな、美和がお嫁に行く時、お祖父さんから掛け軸を贈ったんじゃ。いつか何かあった時には、これを売ってお金に換えるとええわい、言うてな」

「それ、高いものなん？」

「そうじゃね、わたしは詳しいことは知らんかったけど、後で聞いたら有名な絵描きさんやそうじゃ。狩野探幽いうて江戸時代の……」

「えっ、探幽？……」

咲枝が驚きの声を発したので、弘子は慌てて手で孫の口を覆った。

「大きな声を出したらいかんよ」

「ごめんなさい、あんまりびっくりしたもんやけん」

「びっくりしたって、咲枝は狩野探幽を知っとるん？」

「うん、ちょっと……それ、本物？」

「当たり前じゃが。お祖父さんは、ご先祖様から代々伝わってきた、家宝みたいなもんじゃ言っとった。うちには古い掛け軸じゃとか壺じゃとか、いろんなもんがあったけど、その中でいちばんええもんじゃって。それを美和にあげたんじゃから、お祖父さんも美和がいちばん可愛かったんじゃろなあ。ほじゃけど、土蔵に仰山残っとったんが、お隣さんから出た火事で焼けてしもうて、そんなんじゃったら、もっと沢山あげておけばよかったわ」

火事に遭ったのは、どうにもならない災難だけれど、弘子は残念そうだ。

「やっぱりそうだったんやね」

「ん？　やっぱりって、咲枝はそのこと知っとったんか？」

「ううん、知らんかったけど、ある人がそうやないかって言ったの。山内一豊の妻みたいに、将来何かあった時に役立てるように言うて、きっと贈り物があっただろって」

「えっ、そんなん言う人がおったんか？　誰じゃそれは？　なんでそんなことを知っとるん？　うちに狩野探幽の掛け軸があったことじゃって、誰も知らんはずじゃのに」

「それは、その人だって探幽かどうかまでは知らんかったけど、たとえば探幽や雪舟のような高価なものって言いよったよ。それがズバリ当たったから、びっくりした」

「じゃから、誰ぞね、その人いうのは？」

「お祖母ちゃんも知ってる人よ。ほら、このあいだ私と一緒にここに来たじゃない。あの男の人、浅見さんいう」

「ふーん、あの人かね……けど、なんでその、浅見さんいう人が知っとるんじゃ？　気色悪いわねえ」

「そんな悪い人じゃないわよ。立派ないい人なんだから」

「そりゃまあ、確かに見た目にはよさげな人じゃったけど、人は見かけによらんいうけん、気ぃつけないかんよ」

「大丈夫だって」

「そやけど、その人、なんで知っとったんじゃろうねえ？」

「そのことだけじゃなくて、浅見さんて、何でも知っとるみたいな人よ。ほんまのこと言うとね、浅見さんは、ママは自殺したんじゃないって言うとられるんよ」

「えっ？……」

それから咲枝は、いっそう声をひそめるようにして、これまでのことを、差し支えない程度にかいつまんで話した。美和の死が「自殺」という、遺族にとっては不名誉なレッテルを貼《は》られていることに疑問を抱いたこと。その汚名を晴らすために、真相を究明しようとしていること。

弘子は話の途中でハンカチを出して、涙を拭《ぬぐ》った。こんな時、お客さんが入ってきたらどうしよう——と思ったが、さっきの賑わいが嘘のように、一人のお客も現れなかった。もっとも、ふだんの夕方時分は、いつもこんな状態なのだ。

「咲枝にまでそんな心配させて、ほんま悪いママじゃねえ」

「違うって。私はママのこと悪いと思ってないし、恨んでもないけんね。ただ、このままだとママも可哀相やし、お祖母ちゃんやほかのみんなだって、あまりにも悲しすぎるって思っていたら、浅見さんも同じ気持ちだっていうことが分かったの」

「そう、ほんまに？……」

「うん、本当よ」

「それじゃったら、いまじゃから言うんじゃけど、美和が亡くなった時、うちからお金のことで心配かけたせいじゃ言われたじゃろ。あれはほんまのことじゃったし、申し訳ないことした思って、何も言えんかったんよ。ただなあ、お祖母ちゃんだけは、さっき言うた探幽の掛け軸のことを知っとったけん、美和はなんであれを売って、お金に換えんかったんじゃろうと、それだけが腑《ふ》に落ちんかったんじゃ。ほじゃけど、そんなこと誰にも言えんじゃろ。潤平も浩平も知らんことじゃしな。そうかいうて、村上さんのお宅にそんなこと言うたら、ものすごい失礼じゃないの。それに、もしかしたら美和は、もう掛け軸を売ってしまっとったのかもしれんしな。まだ売ってなかったとしても、それをこっちから催促するいうわけにもいかんし。いまさら何を言うても、もう美和は戻って来んしなあ」

娘の霊に詫びるのか、二度三度と頭を下げるようにして、また涙を拭った。

「そうだったんやね……」

咲枝も急に涙がこみ上げてきた。

「ママはきっと、最後の最後まで、お祖父ちゃんからのプレゼントを売りたくなかったんよ。けど、最後にはほかに仕方がなくて、売って城下堂を助けよう思って……それなのに誰かがひどいことをして……」

涙の中から、憎い犯人の影を求めて、きつい視線をあてどのない空間に向けた。

「まさか、咲枝、美和は自殺じゃないいうのは、そしたら、まさか……」

「そうなの、そうだと思うとる。浅見さんも同じだけど、ママは誰かに殺されたにちがいないって」

「そんな……」

弘子はそのことよりもむしろ、咲枝のただならぬ様子のほうが恐ろしげだった。


遅くなったので、咲枝は正之助に車で迎えに来てもらうことにした。迎えが来るまでのあいだに、ホテルにいる浅見に電話した。浅見は約束どおり待機していて、「やあ、正確ですね」と言ってくれた。その声を聞くと、咲枝は勇気が湧いてくる。

咲枝の報告を浅見は静かに聞いている。あまりにも反応がないので、信じてくれているのかどうか、咲枝が心配になったほどだ。

「そう、それではっきりしましたね。犯人の目的はその探幽にあった。あとは誰と誰が、いつ、どこで、どうやって……ということを考えればいいでしょう」

「だけど浅見さん、そんなことをどうやって調べはるんですか？」

「それもこれから考えます。きみはしばらくそのことを忘れて、勉強とピアノの稽古《けいこ》に励んでください」

「だめですよ、忘れられっこないわ。一日も早う犯人を捕まえて、ママの恨みをはらさないと、勉強もピアノもぜんぜん手につきません。私が何をすればいいのか、ちゃんと言ってくれなかったら、絶交ですから」

「ははは、絶交は困るな。探偵団は早くも解散っていうことですか？」

浅見は笑っているが、咲枝は真剣だ。

「もし浅見さんが教えてくれんのなら、私は自分で犯人を捕まえますからね。私にだって探偵の才能があるんだから」

半分以上、本気でそう思った。明子に問いただした時も、それにいま祖母から「秘密」を聞き出したのだって、立派に探偵の仕事を果たしているではないか。浅見は優秀な探偵かもしれないけれど、咲枝の情報がなかったら推理も何もできなかったはずだ。

「それはだめですよ」

浅見は真面目な口調で言った。

「これから先は殺人事件の犯人を追い詰めてゆく作業ですからね。きわめて危険だし、きみの手に負える相手ではないかもしれないでしょう。お母さんでさえ、ああいう目に遭ってしまったほどなんだから。くどいようだけど、きみは本業に戻りなさい。また何か進展があったら、その時は知らせます」

それ以上、咲枝からの反発を封じ込めるような、いままで聞いたことのない高飛車な語調だった。

電話を切ってから、咲枝には不満な思いばかりが募った。浅見の危惧《きぐ》は理解できるけれど、やっぱり子供扱いされた疎外感のほうが勝った。かといって、それではどうすればいいのかは分からない。浅見が言った「殺人事件の犯人を追い詰めてゆく作業」なんて、見当もつかないし、確かに危険な仕事であることは間違いなさそうだ。

弘子は「たまにはうちで晩ご飯を食べて行かんか？」と誘ってくれたが、咲枝は「ううん、帰る。マサが迎えに来てくれるし」と断った。

その正之助はツルツルの坊主頭に汗を浮かべてやって来た。「どうも、お久しぶりで」と弘子に挨拶している。

「マサさんもご苦労さんじゃのう、わがままな子ぉですじゃろ、この子」

「とんでもありません、嬢ちゃんはええお子です。嬢ちゃんじゃったら、お婿さん候補はなんぼでも出てきよるわい」

「やめてよ、マサ。じゃあ、お祖母ちゃんさよなら」

咲枝はカバンを摑んで店を出た。

車が走りだしてから、ふと思いついた。

「ねえマサ、私が探偵になったら、助手を務めてくれる？」

「は？　何の話ですかい？」

「そやから、もしもの話だけど、私が探偵になって、犯人を追い詰めたとするやろう。そうして危険が迫ってきたら、ボディガードになって、守ってくれるかいうこと」

「そら、もちろん、守ります。じゃけど、探偵って、何のことです？」

「何でもいいの、仮定の話やから。そやけど、もしそうなったら、ほんまに守ってね」

「はあ、分かってます。探偵じゃなくても、嬢ちゃんのことはしっかり守りますけん。たとえ火の中水の中、矢でも鉄砲でも持ってこい言うてやりますけん」

「おおきに、ありがとう」

礼を言いながら、咲枝は（古いなあ――）と、こっそり首を竦めた。

第六章　全国お宝捜査隊

1

村上康彦は日当を払う契約をしたつもりのようだが、浅見にはそれを受ける気はさらさらなかった。べつに私立探偵を生業にしているわけではない。趣味でやっているようなことをメシの種にしては申し訳ないと思っている。今治ワールドホテルの宿泊費を肩代わりしてもらうだけで十分。

とはいえ出費ばかりで無収入であっては具合が悪い。毎月のソアラのローンは待ったなしにやってくる。そこで、藤田編集長に交渉した結果、今回の「しまなみ海道」取材を、なんとか記事にさせてもらえそうだ。しまなみ海道を巡る、地元・愛媛県の悲喜こもごもや栄枯盛衰を、庶民生活の視点から描く——という、なんとなく分かったような分からないようなコンセプトを提示したら、引っかかってきた。

もっとも、引っかけたのはいいが、浅見のほうも何をどう書けばいいのか、確たる腹案があるわけでもない。藤田が乗り気になった最大の要因は、しまなみ海道には大三島という目玉があることらしい。藤田のような古い人間は源義経の鎧だの、河野通有の刀だのといった勇ましい話題に弱いのだ。おまけに村上水軍が活躍した舞台ときては、ミミズを目の前にしたハゼみたいに飛びつきたくなるのだろう。そういえば彼の顔は、どことなくハゼに似てないこともない。

「それじゃさ浅見ちゃん、プロット的なものを二枚ぐらいにまとめて、今日中にファックスしてくれないか」

というわけで、ほんの思いつきを言った結果、予定外の急ぎの仕事が発生した。浅見は朝から構想を練り、とりあえず大まかな筋立てを書いてファックスしておいた。

作業のほうは午後三時には終わったが、それから夕刻までのあいだ、咲枝からの電話を待つ約束になっている。浅見は珍しく暇を持て余して、部屋でテレビをぼんやり眺める時間を過ごした。休日でもないかぎり、午後のひとときを、こんなふうにしてテレビを見て過ごすことは本当に稀だ。

番組はあまり予算を使わないものが多く、リピートのドラマやトーク番組、料理番組、それにニュースワイドショー的なものが中心らしい。ＮＨＫの定時ニュースのような短いニュースは、各社とも入っている。

相変わらず不愉快な出来事ばかりだ。同僚を殺してキャッシュカードを奪い、死体を山林に埋めたとか、交際相手の少女を殺害、遺体を港の岸壁から捨てたといったたぐいの、きわめて短絡的でインテリジェンスのかけらも感じられない事件が多い。

毎日必ずといっていいほど、そういう殺人事件が何件か発生している。自殺や交通事故死を合わせると、おそらく五、六十人以上の人がふつうでない死に方をしているのだろう。テレビも新聞も、自殺はおろか、殺人事件であっても、ニュースバリューに乏しい小さな事件では、取り上げるスペースもないにちがいない。

愛媛毎朝新聞に平林啓子の「事故死」の記事が載ったのは、地元紙だからであって、中央の大新聞では編集部内の話題にも上らないのだろう。地元紙でさえほんの十数行の小さな記事でしかなかった。新聞記者歴の長い濱田義之の炯眼をもってしなければ、「伯方町在住の無職・平林啓子」が、二年前に来島海峡大橋上で村上美和を目撃したあの女性と同一人物であるなどと、絶対に気づくことはあるまい。

その濱田にしても、たまたまその直前に浅見の訪問があって、神経を尖らせていた状態だったからこそ気がついたのだ。それがなければ、浅見が事件にタッチすることも、こうしておぼろげながら、事件の真相が浮かび上がってくることもなかった。そういう意味では幸運だったといえる。

テレビを眺めながら、とりとめもないことを思い浮かべ、思い捨てしているうちに、浅見はふと、小石に蹴躓《けつまず》いたような、軽いショックを覚えた。

(彼はなぜ分かったのだろう?――)

昨日から、頭のどこかに引っ掛かっていた霧のようなものが、ゆっくりと形になってきた。そうなのだ、二年前のことでさえ記憶の中から拾いだすのは難しそうなのに、三年前の出来事と結びつけたというのは、不自然ではなかったか。

〔つい最近、交通事故で亡くなったというニュースを見た――〕

その事故で死んだ女性が、三年前にテレビの「お宝捜査隊」に出場した女性だと分かってびっくりしたというのである。

浅見は急いで、資料の中から例の新聞記事を引っ張りだした。

鹿森ダム付近の山道で転落事故死
伯方町の女性運転ミスか

昨日午前八時頃、新居浜市の鹿森ダム付近の県道脇の谷に軽自動車が転落しているのを市職員の男性が発見一一〇番した。新居浜署で調べたところ、この車は伯方町在住の無職平林啓子さん(41)所有のもので、車内から平林さんが発見されたが、すでに死後十時間程度を経過していた。現場付近は山道で、平林さんは運転を誤ったものと見られる。

たったこれだけの記事である。もちろん写真はない。「平林啓子」は平凡な名前だ。この記事を読むこと自体、相当に物好きなこだわり屋だと思うが、かりに新聞の隅から隅までを精読する主義の人間だとしても、これを読んで、この平林啓子なる女性が、三年前の「お宝捜査隊」に出場した女性と同一人物だとピンとくるものだろうか。

答えは「ノー」だと思った。濱田のような特殊事情でもないかぎり、そんなことは考えられない。

それとも、「彼」には何らかの特殊事情があったというのだろうか。

浅見はあらためて、あの時の「彼」・田替好美の表情と口調を思い出そうとした。

〔つい最近ですがね、交通事故で亡くなったいうニュースを見て、びっくりしました。人の運命いうのは分からんもんですなあ〕

(そうか、彼は「ニュースを見た」と言っていたのだ――)

ということは新聞ではなくテレビで見たのかもしれない。テレビニュースなら、ひょっとすると平林啓子の顔写真も出て、そこから三年前の出来事を想起できたかもしれない。プロダクション経営の田替のことだ、テレビを見るチャンスは多いのだろう。

浅見は伯方署の竹内部長刑事の携帯に電話した。

「やあ浅見さん、今、どちらです？」

「今治のワールドホテルです」

「ほう、ええホテルに泊まってますな、どないです、その後？」

「少しずつ進展しつつあります。そちらはいかがですか？」

「いやあ、こっちはさっぱりですな。手掛かりも何も調べようがない。浅見さん待ちいうところです。何か協力できることがあれば、指示してくれませんか」

「それでは、お言葉に甘えて、早速お願いしたいことがあるのです」

浅見は平林啓子の「事故死」が、当日か翌日のテレビニュースになったかどうか、調べることは可能か、訊いた。

「それはまあ、ニュースで流れたとしても、ローカルでしか放送されんかったんじゃけん、愛媛県内の各テレビ局に問い合わせれば分かると思いますけど。しかしどうかなあ、あんな程度の事故では、なんぼローカルでもニュースにはならんのと違いますか」

それでもとにかく、調べるだけは調べると言ってくれた。

「お願いついでに、もう一つ頼みたいことがあるのですが」

「何です？」

「松山にあるナミマプロの代表をしている田替好美という人物のことを、少し調べていただきたいのです。前科の有無等ももちろんですが、その人となりというか、交友関係に故買をやりそうな人物がいないか。とくに美術品関係を扱っている人ですね。それも相当高額なものですから、かなり名の通った人物でしょうね。たとえば、東京の小松牧俊氏とか鈴木翔一氏とか……」

「ちょっと待ってくれませんか。それはいったい何ですか？」

「その二人は例の『お宝捜査隊』の審査員を務めている美術商です。そのどちらかと田替氏との接点がないかどうか。とくに二年前の村上美和さんの『自殺』前後のことが分かるとありがたいのですが」

「故買いうて、何を売買したんです？」

「たぶん、日本画の掛け軸です。村上美和さんが亡くなった時、確かに持っていたはずの掛け軸が箱ごと無くなっているのです」

「ということは、それは『自殺』じゃなくて、盗み目的で殺されたいう意味ですか？」

「そうです。その可能性が強いと思っています。そして、その事件の共犯者が平林啓子ではないかと」

「なるほど、そういうことですか。さすがに名探偵じゃねえ、平林啓子の『事故』にはそういう背景があったいうわけですか。ということは、その事故じゃてておおいに疑わしいいうことですな。なるほどなるほど、自分にもようやく分かってきました。しかし浅見さん、よお調べられたもんですなあ」

「といっても、まだ仮説の段階ですから、これから先は専門家の竹内さんに、その裏付けをぜひやっていただきたいのです。そういう実務となると、僕のような素人にはまったく手も足もでませんからね」

「承知しました、任せてください。それにしても、その掛け軸いうのはよっぽど値打ちのあるもんなんじゃろねえ、誰の描いたもんですか？」

「これは絶対に秘密にしておいていただかないとまずいのですが……おそらく探幽とか、そのクラスの掛け軸です」

「タンユウ……自分にはさっぱり分からんけど、それは高いもんじゃろか。なんぼくらいするもんです？」

「僕にもよく分かりませんが、狩野探幽だったら億のつく金額でしょう」

「億、円……ですか？　掛け軸みたいなもんがですか？　ふーん億ですか。それじゃったら殺しても奪いたくなるかもしれんな」

部長刑事は物騒なことを保証した。

「それ以外にも何かやっとくことはありませんか？」

「そうですね、あとはむしろ、竹内さんのほうが本職ですからお任せしますが、たとえば平林啓子さんの『事故』当時の田替氏のアリバイだとか、もし故買が行われていたとすると、二年前に田替氏の銀行口座にかなり多額の入金があったはずです。そこ辺りをなんとか調べられるといいのですが」

「うーん、難しいことは難しい。ことに銀行さんは守秘義務やとかうるさいが、まあ何とかなるでしょう。いざとなったら、税務署に知り合いもおるけん、査察だとか言うて脅せばよろしい。何かあったら連絡します。えーと、今治ワールドホテルですな。そしたらまた」

竹内はそう言って電話を切った。

その電話からしばらく経って咲枝の電話が入った。やはり美和の嫁入りの時に、父親からの贈り物があって、それもズバリ「探幽」だったというのだから、何か不可思議な力に導かれているようなものを感じる。

母親の「秘密」を自分の手で明らかにしたことで、咲枝は勢い込んでいた。

これからも捜査に協力すると言うのを、宥めすかすのに苦労した。しかし、咲枝のあの激しい気性からいくと、あのまま引っ込むとは思えない。「絶交」だとか、「自分で犯人を捕まえる」とかいうのも、単なる強がりばかりではないのかもしれない。

（やれやれ――）と、浅見は事件とは別に、咲枝の暴走に気を遣わなければならなくなりそうで、漠然とした不吉な予感を抱いた。

その夜のうちに竹内からの連絡が入った。とりあえずテレビ局関係だけは調べがついたということだ。

「愛媛県にはＮＨＫと民放が四局ありますけど、予想したとおり、あの平林啓子の転落事故はどこの局もオンエアしとらんということでした。浅見さんに頼まれたもんで、間違いないか確かめてもろたんじゃが、やっぱり間違いなくオンエアしとらんのです。けど、それを調べると、何か分かることでもあるのでしょうか？」

「じつは、さっきお話しした田替好美氏ですが。僕が話を聞きに行った時、『あの事故のニュースを見て驚いた』と言ったのです。その時は何気なく聞いていたのですが、ちょっと気になったもので、念のために確かめていただいたというわけです」

「なるほど……要するに、そいつは嘘をついとったというのですな。見とらんもんを見たと言ったか……」

「それよりも、見てもいないで、なぜ事故のことを知っていたのか、そっちのほうがよっぽどおかしいでしょう」

「そうか、そうじゃね、それはおかしい。知っとるはずのない事故を知っとったいうことは、つまり当人がやらかした事故……いや、事故に見せかけた殺人じゃけん、知っとったんじゃ。そういうことですね」

「断定はできませんが、その疑いが濃厚だと思います」

「うーん……これはえらいことになってきましたなあ。いよいよ本腰を入れて捜査に入らんといかんですな。これまでの状況を課長に報告してもかまわんですか？」

「もちろん、竹内さんのご判断にお任せします。ただ、警察が動いていることを、しばらくのあいだ、相手に悟られないようにできればいいのですが」

「は？　それは何でです？」

「いえ、理由は僕自身、はっきり説明できないのですが、何となく……一種の勘のようなものと言ったら笑われるかもしれませんが、結論を急ぎすぎると、何か悪いことが起こりそうな予感がするのです。しかし単なる杞憂《きゆう》にすぎないのかもしれません。あまり気にしないでください」

「いや、そういうことであるならば、浅見さんの勘を尊重して、当分は内偵を進めることにします。状況は逐次報告しますけん、何か注文があったら言うてください」

竹内はそう言ったが、警察の捜査が始まれば早晩、田替は勘づくだろう。証拠隠滅に動くことも予想される。しかし、自分が漠然と抱いている危惧はそれとはべつのところにあるような気が、浅見はしてならない。

暗い窓の遠くに、来島海峡大橋の赤色灯が霧に煙っている。明日は雨になるらしい。

2

木曜日――咲枝にとっては一週おきに何かと気ぜわしい日である。明日は東京へ行くというので、宿題や予習を週末に繰り越すことのないよう、今日中に段取りをしておかなければならない。勉強に差し障りがないことというのが、咲枝の東京行きを認めてもらう条件になっている。

しかし、今週の木曜日にかぎって、咲枝は何も手につかない、すべてが上《うわ》の空《そら》のような状態だった。授業中に先生に名前を呼ばれたのにも気がつかなかった。大好きな「はるひ」先生の国語の授業で、こんなことはかつてなかった。

「村上、どないしたん？」

はるひ先生がすぐ脇に立って、心配そうに覗き込んで、咲枝はようやくわれに返った。はるひ先生は名字の「権田《ごんだ》」で呼ばれるのが嫌いで、必ずファーストネームで呼ぶよう、年度の最初に宣言する。「早く名前が変わるといいのやけど」と言うのが口癖だが、そのわりに結婚する気配はない。

「具合悪いんやったら、早退したら」

「いえ、大丈夫です、ちょっと祖母の容体が気になっていただけです」

「そうお祖母さんが……そら心配やねえ」

はるひ先生は簡単に信じて、「お大事にしてや」と教壇に戻った。

それがあったので、放課後は部活もサボッて真っ直ぐ帰途についた。弱い雨が小やみなく降っている。急いで帰らなければならない理由はないけれど、なぜか気が急《せ》いた。学友たちとは別の世界の人間になったような気分がしていた。

咲枝は松山にある大学の附属中学に通っている。松山から今治までは、ＪＲ予讃線《よさん》の特急に乗れば約四十分だが、一時間に一本だから、乗り遅れると、四、五分後に出る各駅停車に乗るか、それも遅れると次の列車まで、時間をつぶすのに苦労する。

タイミングが悪く、特急も各駅停車も出た直後に松山駅に着いた。咲枝は帰宅時間を連絡しようと、カバンから携帯電話を出した。学校では携帯電話は所持してもいいが、緊急時以外、使用することは許されない。着信音が鳴らないよう、必ずマナーモードにしておかなければならない。

伝言メモが入っていた。「０９０」で始まるから携帯電話からの着信だが、見たことのない番号だ。

ちょっと気味が悪いけれど、ともかく伝言メモを再生してみた。知らない男の声が飛び出してきた。

「……ナミマプロの周辺を調べたところ、やはりタガエは来島海峡展望館で村上美和と接触していた可能性が出てきました。詳しいことは連絡……」

あまり携帯を使い慣れていないのか、早口で喋ったわりに前後が切れている。

それより何より、咲枝は男が「村上美和」と母の名前を言ったことに驚いた。

（何なの、これ？――）

男が誰なのかはもちろん、どうしてこんな男からこの携帯に電話がかかってきたのかもまるで分からない。(間違い電話?――)と一瞬、思ったが、なぜ母の名前が?――と考えると、ただの間違いではなさそうだ。まさか悪戯《いたずら》電話だとも思えない。咲枝の携帯の番号を知っている人の中に、こんな悪質な悪戯をする人がいるはずもない。

(第一、〔ナミマプロのタガエ〕って、誰のことなの?――)

そう考えながら、「ナミマプロ」をどこかで見たことがあるような気がしていた。

「あっ……」

思い出した。確か堀端《ほりばた》のビルの何階だかの窓に、「ナミマプロ」と書いてあった。学校の帰りに寄り道をした時か何かで、たぶん何回か見ているはずだ。おかしな名前――と思った記憶もある。

電話は「ナミマプロのタガエ」という人物が、母と「接触していた可能性がある」と言っているのだ。

(なんだか警察みたい――)

そう思った瞬間、(あっ、そうだ――)と記憶が蘇《よみがえ》った。四日前、浅見が咲枝の携帯を借りてどこかの警察の竹内とかいう刑事に電話して、折り返し電話が入ったことがある。先方の携帯に着信記録が残っただろうから、その刑事はこの電話が浅見のものだと勘違いしているにちがいない。

(どうしよう――)

浅見宛の警察からの連絡となると、重要な用件にちがいない。しかも母の名前を言っているのは、「事件」と密接な関係があると思うべきだろう。竹内刑事も浅見からの連絡を待っているのかもしれない。

着信時刻は二時四十二分だった。それから二時間ほど経過している。

咲枝はともかく今治ワールドホテルに電話してみた。

浅見は部屋にいなかった。フロントで訊くと「キーをお預かりしてますので、外出しておられるようです」とのことだ。

（どうしよう——）

また思いながら、何となく歩きだした。足はしぜん、堀端へ向いている。

（ママがタガエという人物と「接触」していたとは、どういうことなのだろう——）

それが咲枝には一番気になった。「接触」という言葉から、なんだか母親が不倫していたようなニュアンスにも聞き取れる。もっとも、タガエという人が男なのか女なのかも分かっていない。もしかすると「多賀江」とかいう女性の名前なのかもしれない。（そうよ、その可能性のほうがあるわ——）と思うことにした。

刑事が母の名も相手の人の名前も呼び捨てで言ったのは、警察の世界ではそれが常識なのかもしれないけれど、浅見への電話でそう言っていたのが、何だか許せない気がした。浅見もまた刑事と同じように、母の名を呼び捨てにしているのだろうか——。

足元の濡れた舗道ばかりを見つめて、トコトコとひたすら歩を運んだ。

気がつくとあのビルの前に来ていた。三階の窓にやはり「ナミマプロ」のお洒落な感じのロゴがあった。

そのことを確かめるだけのつもりで、だからどうするという考えもなかったのだが、こうなってみると、このまま帰ってしまうのが惜しくなった。咲枝のことを子供扱いしていた浅見を出し抜くには、絶好のチャンスでもあるのだ。

浅見は「これから先は殺人事件の犯人を追い詰める作業だから、きわめて危険だ」と言っていた。

だけど、ここは街の中心だし、七階建てのビルにあるオフィスだ。そんな危険があるとも思えないし、タガエという人だって、悪い人かどうかも分からない。

(ちょっと覗いて見るだけ――)

咲枝は自分に言い訳して、ビルの透明なドアを押した。乾いた、ほどよい温度に調節された空気が心地よかった。最後の踏ん切りを促すように、ちょうどエレベーターが下りてきて、感じのいいお姉さんが二人、笑いながらビルを出て行った。

三階で降りると、すぐ目の前のドアに「ナミマプロ」のロゴがあった。かすかなエアコンの音がするほかはシーンと静まり返っていて、中の様子は分からない。

思いきってドアをノックしてみた。すぐには応答がないので、もう一度、今度はやや強めにノックした。「はい、どうぞ」と男の人の声がした。おそるおそるドアを開けて、首から先に突き出すようにして、部屋の中に足を踏み入れた。

声がしただけで、そこには男の人どころか誰の姿もない。「ごめんください」と声をかけて、ようやく奥から男が現れた。少し派手めのシャツを着ているけれど、中年の紳士風の男だった。

「誰もおらへんのか、あ、もうこんな時間か……えーと、何か用？」

意外なお客に戸惑っている。

「あの、タガエさんていう人、いらっしゃいますか？」

「田替は僕やけど、どちらさん？」

「あ……」

咲枝は唾を飲み込んだ。「タガエ」は多賀江ではなかったのだ。

「あの、私は村上といいます」

「村上さん？」

「はい、村上美和の娘ですけど」

「えっ……」

男は驚いたらしく、一瞬、目が点のようになった。

「そう、あんた村上美和さんの娘さん」

復唱するように言って、誰もいない部屋の中を見回した。

「さっき、女の人が二人、エレベーターで下りて行きましたけど」

「あ、そう、しようがないな……じゃ、こっちに入って」

間仕切りの奥に入って、応接セットに案内してくれた。

「そう、あんたがねえ」

照れ臭いのか、眩《まぶ》しそうに視線をはずしながら言った。

「あの、母をご存じなんですか？」

「えっ、ああ、それはあの村上造船の社長夫人ですからね、存じあげていますよ」

「母と、あの……お知り合いだったのではないのですか？」

危うく「接触」と言いそうになった。

「まあ、お知り合いというほどのことではないけど、一度か二度お会いしたことがあるかな……それで、何か？」

「いえ……」

用件を尋ねられて、咲枝は急に心臓がドキドキしてきた。何をどう言えばいいのか、思いつかない。

「すみません、タガエさんて、女の人だと思っていました」

あらぬことを口走ったようで、自分に「アホッ」と罵《ののし》りたかった。

「ははは、そうなんだよね、よく間違えられる。下の名前のほうも女みたいじゃしね」

笑って名刺をくれた。「田替好美」という名前だった。変なことを言ったのに、気を悪くした様子には見えない。存外、いい人なのだろうか。

「あんた、一人で来たん？」

訊かれて、咄嗟《とっさ》に「いえ」と答えた。

「父の秘書と一緒です。車で待ってもろうてます」

「そう……」

田替は窓を覗きに行って、「ああ、あれかな」と、勝手に決めつけて戻ってきた。ちょうどうまい具合に、道路に駐車している車があったらしい。

「あの、田替さんは探幽のことをご存じないですか？」

「えっ？　探幽？」

「ええ、狩野探幽ですけど」

「いや、それは狩野探幽くらいは知ってますけどね。それがどうかしたん？」

「母が探幽の掛け軸を持って出たまま、亡くなったんです」

「えっ……」

田替は驚いて、真っ直ぐこっちを見た。いままでとは違う、鋭い目つきになっている。咲枝はずっと田替の顔から視線を外さずにいたけれど、慌てて目を逸らした。

「亡くなったのは、ああいう亡くなり方だったから、新聞で見てびっくりしたけど……その探幽のことはどこにも出てなかったんじゃないかな？」

「ええ、いままで、そんなもんがあるなんて、誰も知らんかったからだと思います」

「ふーん、そう……だけど、あんたはどうしてそのことを？　いや、それと、どうして僕のことを知ったのかな？」

「それは……」

心臓の鼓動が、いっそう大きく早くなってきた。

「母のメモがあったからです」

「どんなメモ？」

「探幽のことが書いてありました」

「何て？」

(ああ、心臓が破裂しそう――)

「持って行くこと……って」

「どこへ？　誰のところへ？」

「それは書いてありませんでしたけど、あの日の日付になっていました」

「あの日、というと？」

「母が死んだ……いえ、殺された日の日付です」

咲枝は昂然《こうぜん》と胸を張って、言った。心臓の高鳴りがピタリと止んだ。

「殺された？……」

田替は悪魔でも見るような怯《おび》えた表情になって、スッと体を反らした。

「それ、あんたの勘違いと違うんか？　お母さんはその、アレでしょう」

「自殺と違います、殺されたんです」

「……驚いたなあ。いや、驚きましたね。もう二年も前のことやろ。警察がちゃんと調べて、それで自殺や言うとるのを、何でまたあんたがそんな……」

「メモが出てきたからです。持ち出した掛け軸が見つからないんだから、それを奪う目的で殺されたんや思います」

「うーん……そうじゃや、僕の名前もそのメモにあったわけやないでしょうな」

「それは、別のページでしたけど」

「ふーん、名前と、何て？」

「会ういうことが書いてありました」

「日付は？」

「日付は……忘れました」

「おかしいな……そんな約束、した覚えがないんじゃけどねえ。いちどそのメモいうのを見せてもらえんかな」

「いいですけど、でも、大事な証拠ですから、持ち出すのは……」

「それはそうじゃね。そしたらお父さんに言うて見せてもらうかな」

「父は知りません」

「えっ、お父さんはご存じないの？」

「ええ、母と私だけの秘密でしたから」

「ふーん……」

疑わしい目でジロッと見られた。嘘が見破られるかな——と不安になった。

「母は、父には内緒にしとったんです。そのメモに書いてあること。だから誰も知らんかったんです。警察も」

「ああ、なるほど、そういうことね」

これが妙に説得力があったらしい。田替の目の中の疑念の色が消えた。

「お母さんがその探幽を持ち出したのが、間違いないとして、それをどうするつもりやったのかな？」

「売るつもりだったと、思います。母の実家がお金に困っていて、それを助けたい思って、祖父からもらった探幽を……」

あやうく涙ぐみそうになるのを堪えた。

「そう、そういうこと……だとすると、あれかな？……」

「あの、何か心当たりがあるんですか？」

「ああ、ちょっとね、そういう物を欲しがっている人がおって、そういえば村上夫人と話していたかしれんな」

「誰ですか？」

「ん？　そうじゃね……言うていいかどうか分からんが、東京の美術評論家で小松いう人がおるんや。小松牧俊いうて、ほら、あんたは知らんかな。『お宝捜査隊』いうテレビ番組があるやろ、あれの審査員をやっとる」

「ああ、知ってます。『魂が入ってる』いう人ですね」

「そうそう」

小松牧俊は出品された物がいい品だと、必ず「魂が入っている」と褒めて、それが一種の流行語にもなっていた。

「あの人が欲しがっていたんですか？」

「いや、直接聞いたわけやないから、僕にも分からんけどね。ただ、松山のギャラリーで日本画の展覧会があった時、二人が立ち話しとるのを見た。あの時、そういう話が出ていたとすれば、その可能性はあるな。ただし僕がそんなことを言うとったなんて、誰にも言わんとってもらわんと困るよ」

「ええ、それは言いませんけど。それで、東京の小松さんの住所、分かりますか？」

「えっ、住所って、まさか訪ねて行くんやないやろね」

「行こう、思います。明日の晩から東京へ行きますので、その時に」

「ふーん、ほんまかいな……」

田替は目玉をクルッと回した。その瞬間に何かを思いついたようだ。

「そしたら教えるけど、くれぐれもこのことを誰かに言うたらいかんよ。この業界は秘密にしとかにゃならんことが多いんや。僕のことが知れたら、業界から締め出されて、どこととも取引停止いうことになるけん、そうなったら、あんたに膨大な損害賠償を請求せにゃならんけんね」

「わかりました、秘密にします」

田替はメモ用紙に住所を書いてくれた。

咲枝は礼を言ってオフィスを出た。傘を開いて、ビルを出ると、駐車している車を一つ一つ確かめながら歩いた。たぶん田替もビルの窓から、どの車が「秘書」のものなのか、注目しているにちがいない。しかし、当然のことながら、駐車中の車には人が乗っていない。

(まずいなあ――)と思い始めた時、白いセフィーロの運転席に人の姿が見えた。

咲枝は助手席の側のドアを叩いた。三十歳前後の男が、びっくりした目をこっちに向けて、ウィンドウガラスを下げた。

「すみません、そこまで乗せて行っていただけませんか?」

「えっ？」

男はヒッチハイクかと思ったようだ。チラッと時計を見て、「いま、人を待っとるんやけどな」と当惑げに言った。

「すみません、すぐそこの角を曲がったところまででいいんです」

「そう、それじゃったらええけど」

腕を伸ばしてドアを開けてくれた。咲枝が乗り込むと、「きみみたいな可愛い子が、見ず知らずの男の車に乗ってええのか？」と、お説教じみたことを言いながら、それでも嬉しそうにハンドルを握った。

3

浅見がホテルに戻ったのは夕刻近かった。

『旅と歴史』の藤田に企画を売り込んだばっかりに、本気で取材に励まなければならなくなった。藤田はプロットを気に入って、すぐに原稿を書けと言ってきた。「来月号の目次に組み入れたよ」と、勝手に確定的なことを言っている。

そうなると浅見は慌てた。思いつきはよかったのだが、よく考えると、しまなみ海道を走り回っているわりには、じつは事件にばかり気を取られて、歴史や文化や民俗、それに現在の社会の様子などについては、ちっとも分かっていなかったのである。

そもそも村上水軍のことにしたって、海賊の成り上がりだろう——ぐらいの認識しかなかった。村上家との繋がりができて、一宿一飯の恩義みたいなものが生じたいまとなっては、まさか「お宅は海賊の出ですか？」などと訊くわけにいかない。

今治市立図書館で調べたところによると、ひと口に村上氏と言っても、その系譜はおおまかに、因島、能島、来島の三つに岐《わか》れていて「三島《さんとう》村上氏」と呼ばれたのだそうだ。そもそもの出自は源頼信の次男・頼清の嫡男・仲宗に始まり、仲宗の次男・顕清が信濃国に配流され、村上郷に住み村上姓を名乗ったとされる。海のない信濃から瀬戸内海の海賊になるまでには紆余曲折があったのだろう。一説によると保元の乱の後、村上定国という人物が海賊の頭領となったのが、村上水軍の系譜の最初らしい。

その後、瀬戸内海を西へ進んで、越智大島（現越智郡宮窪・吉海町）に定住。やがて前記三島に岐《わか》れていったという。そのうち、能島に本拠を置いた村上氏が最も正統のものといわれ、毛利元就を助け、陶晴賢二万の大軍を、僅《わず》か四千弱の軍勢で撃破した村上武吉が出たのも能島村上氏である。今治の村上氏はその末裔《まつえい》というわけだ。

村上水軍の海賊ぶりは凄《すさ》まじいものがあって、要するに瀬戸内海を航行する船から、積み荷の一割に相当する関税を巻き上げていたらしい。支払いに応じた船には通行証になる旗を掲げさせ、支払いに応じない船は襲撃して徹底的に叩き伏せた。

この村上水軍が戦国時代には毛利方の武将として猛威をふるうのだが、それに終止符を打ったのは織田信長であり豊臣秀吉だった。信長は大坂木津川河口の戦いに、伊勢水軍の九鬼《くき》嘉隆《よしたか》に命じて作らせた「安宅船《あたけぶね》」と呼ぶ大型の装甲船で村上水軍を蹴散らした。信長の死後、秀吉は「海賊禁止令」を出して、ついに村上水軍は海賊を廃業せざるをえなくなった。

こういう戦国史を読み始めると面白くて、ついつい時間の経つのも忘れるあたり、われながら、やっぱり男の子なんだな——と浅見は思う。

ホテルに戻ってすぐ、伯方署の竹内に電話を入れてみた。

「浅見さん、遅かったですな」

竹内はいきなりそう言った。

「ずっと図書館にいたものですから」

「あ、そうじゃったんですか。いや、あれからさらに展望館の周辺での聞き込みをしてみたんじゃけど、売店のおばはんがやはり、村上美和らしい女性がもう一人の女と男と三人で駐車場を歩いているのを見た言うとるんです。そのおばはんは村上造船でパートで働いとった時期があるもんじゃけん、美人の社長夫人のことは何度も見て知っとったんですな。それで……」

藪から棒のような話に、浅見はついて行けなかった。

「ちょっと待ってください、展望館というのはどこですか？」

「えっ？　ほじゃけん来島海峡展望館や、言うたじゃないですか」

「ああ、村上さんの車が発見された」

「そうです、そう言うたでしょう」

来島海峡展望館の駐車場に村上美和の車が放置されていたことは知っているが、それを竹内から聞いたのかどうか、記憶になかった。浅見の戸惑いを無視するように、竹内は勝手に話の先をつづけた。

「おばはんに田替の写真を見せたところ、やっぱり二年前の記憶なのではっきりせんのですが、派手な恰好から言うて、どうやら田替に間違いないらしい。女のほうはパッとしない恰好で印象は薄いんじゃが、おそらく平林啓子ですじゃろね。どっちにしてもあの時にきっちり調べとったら、いまごろ苦労せんでもよかったんじゃ。返す返すも自殺の断定が早すぎたいうことですなあ」

慙愧《ざんき》に堪えない——という口ぶりだ。

「それは平林啓子さんの目撃証言があったせいですから、やむをえないでしょう」

浅見は竹内を慰めた。

「まあそういうことじゃけど、しかし調べが杜撰《ずさん》やった言われても仕方ないです」

「それはともかく、田替氏と平林さんの接点は『お宝捜査隊』の収録やリハーサルの際にはあったはずですね。たぶん、その前のオーディションの時にも顔合わせしているのでしょう。

その後、平林さんが土器を売った時には、田替氏が仲介の労を取っている可能性もあります。大山祇神社の巫女さんをやっていた女性が、平林さんと松山市内で偶然出会ったそうですから、平林さんはナミマプロにも出入りしていたかもしれません。そういう付き合いを通じて親密の度合いを深めていったと考えられます」

「ほうじゃろね。そいでもってやがて強盗殺人の共犯関係にまで発展したというわけじゃ」

「ははは、まだ仮説の段階です。平林さんの役割もはっきりしないし、そもそも犯人たちが探幽の存在をどうして知ったのかも分かっていません。まして殺人事件の真相がどうだったのかは、完全にこれからですけどね」

「いや、村上美和殺しは田替と平林の共謀に決まったようなもんじゃや。田替が平林を殺害したんじゃって、間違いないでしょう。動機は口封じじゃったかもしれんし、カネの分配を巡っての仲間割れかもしれんけど」

「動機はそうかもしれませんが、仮に田替氏の犯行だとしても、平林さん殺害は田替氏の単独犯行ではありえませんよ。新居浜の『事故』現場に行ったり、あるいは現場から脱出するには、もう一台の車が必要だったはずですから」

「あ、なるほど、それはそうじゃね。だとすると第三の人物がおるいうわけですか。まさか、須山じゃないでしょうな」

「分かりませんが、竹内さんは須山氏はシロだと言いませんでしたっけ?」

「いや、そうは言ってませんよ。だいたい村上美和の場合も平林啓子の場合も、殺人事件として立件はされとらんのじゃけん、容疑者も何もまったく考えとらんかったんです。須山は善人そうに見えるが、もし平林啓子が不倫でもしとったとすれば、殺害の動機は十分ある。そういう観点からいえば、村上美和の身内じゃて、全員、洗い直さにゃいかんじゃないですか。ご亭主は愛妻家じゃったというから、まさかとは思うが、実家のほうの兄弟はカネに困っとったそうじゃし……これは浅見さん、えらいことになってきましたなあ」

竹内は興奮のあまり声が震えている。

「そこまで範囲を広げる必要はないと思いますが、いずれにしても、警察の捜査は田替氏に関係する状況証拠を固めるところから始めるのでしょうか」

「そうですな、浅見さんが指摘されたように、田替の銀行口座のカネの動きをチェックするよう、すでに着手しています。捜査が本格化すれば、田替の口を割らせるのは時間の問題じゃ思いますよ」

「それは心強いですね。ただ、捜査を進める時には、くれぐれももう一人の人物の存在を意識してかからないと、第三の殺人が発生しかねません」

「は？　第三の殺人いうと、狙われるのは誰ですか？」

「もちろん田替氏でしょう」

「えっ、田替？……」

「平林さんを殺害した容赦なさから考えて、犯人は危険をもたらしそうなキーマンを、保身のためにあっさり抹殺する冷酷な性格の持ち主です。ですから、状況がはっきりするまでは、警察が田替氏をターゲットにしていることは、絶対に伏せなければならないと思います」

「そう、ですな。田替に事情聴取を行う時点では、傍証だけで容疑はかなり固まっている状況にしておきましょう」

「ぜひそうしてください。それと、新居浜署との合同捜査も視野に入れて、いまのうちから連携をしておいたらいかがでしょう」

「そうですね、いや、そこまで浅見さんに気を遣ってもらわんでもええです。警察は一体じゃけん、うまいことやります。任しといてください」

胸を叩かんばかりにそう言った。電話を切ってからも、竹内の意気込みがむしろ心配だった。電話をかけた時の、最初の様子が何かおかしかったのも気になる。妙に先走った感じで、話がちぐはぐだった。あれは何だったのか——。

気にはなるが、そっちのほうは警察に任せておくしかない。浅見は取材の記憶が薄れないうちにと、『旅と歴史』の原稿に取りかかった。この地方の膨大な歴史の、ほんの一部を齧《かじ》っただけで、針小棒大な話にでっち上げなければならないのだから、相当に厄介な作業になりそうだった。

一週間の契約で借りたレンタカーの期間を延長するよう、尾道のレンタカー営業所に電話を入れておいた。まさかこんなことになるとは思わなかったが、まったく時間というやつは人間の思惑など知らん顔で、どんどん過ぎてゆく。この調子で行くと、まださらに一週間近く滞在することになるかもしれない。

夜なべ仕事をしていて、浅見は時折、ふっと不安が胸を過《よぎ》った。何か忘れているような気がするのに思い出せない。背中がザワザワする感覚である。夢の中で誰かと待ち合わせの約束をしたような、不安定な気分——と言ったらいいのだろうか。

翌朝になってからも、その気分は治まらなかった。モヤモヤしたものを吹っ切るために、浅見は朝食後街へ出て、ホテルからほど近いところにある「タオル会館」なるものを見学した。今治地方の最も有力な地場産業だったタオル業界が、中国の安い労働力に圧《お》されて、苦戦を強いられていると聞いた。

考えてみると気の毒な話ではある。これまで長いことかけて培《つちか》ってきたタオルの技術やノウハウを、丸ごと持って行かれて、十分の一とも二十分の一とも言われる賃金で雇われた労働者に量産されたのでは、たまったものではないだろう。

もっとも、これと同じことを過去の日本はアメリカに対してやってきた経緯がある。一ドルが三六〇円という為替レートと安い労働力とでアメリカ市場を攪乱《かくらん》した。大国アメリカといえども、一部の業種に限っていえば競争力には限界がある。ただ、日本と異なるのは、大国だけに、いざとなると経済制裁をちらつかせて過度の関税をかけるなど、やりたい放題をやって日本を飼い慣《な》らしてきた。そこへゆくと日本は弱腰である。タオルに関しても、政府は一時、セーフガードを実施したが、中国に自動車などの輸入制限を持ち出されると、あっさり撤回してしまった。巨大な自動車産業を弱小のタオルマーケットの犠牲になど、できるはずもないのだ。

こういう経済摩擦も、現地にきて、この目で見ると実感できる。どこのタオル業者も四苦八苦している。これはタオル業界だけの問題ではない。あらゆる製造業界で安い労働力を求めて外国へ工場を作り、その分、日本の失業率は果てしなく上昇をつづける。とくに衣料品など、なんでも安ければいいと消費者が喜んでいるうちに、日本はどんどんデフレスパイラルの罠《わな》に嵌《は》まってゆく。

それにしても、タオル会館に出品しているおよそ四十社の「作品」は、これまで「たかがタオル」と思っていた浅見には、目からウロコの面白さがあった。タオルでこんなことまで可能なのか——と驚くような鮮やかなデザインや織り方の妙が楽しめた。しかし、こういう技術も工場建設と一緒に、すべて外国へ出て行ってしまうのかと思うと、部外者である浅見としてもやる瀬なくなる。

昼前にホテルに戻って、いま見てきたばかりのタオル業界をサンプルに、しまなみ海道が抱えている「もう一つの問題点」をクローズアップする原稿に仕立てた。誰かが得をすれば、どこかで誰かが傷を受ける。この万古不易《ばんこふえき》のような法則を、断ち切る方策はないものなのだろうか。

地階の中国料理店で、びっくりするほど安いランチメニューを食べて部屋に戻ったとたん、電話が鳴った。竹内部長刑事だった。

「あ、いたいた」

竹内は挨拶もなしに、嬉しがった。

「新居浜署のほうに連絡を取りました。先方は陣在いう人がメインで動いとるみたいですが……そうじゃ、それより浅見さん、浅見さんは警察庁の浅見刑事局長の弟さんなんじゃそうですな。ちっとも知らんかったもんで、目茶苦茶失礼なことを言うたんじゃないですかね。うちの署長たちもびっくりしとったですよ。それならそうと、早うに言うてくれたらええのに」

「済みません、隠していたわけではないのですが、兄に知られると問題が生じるのです。くれぐれも皆さんには内緒にしておいてもらうよう、頼んでおいてください」

「はあ、それはよろしいが……ま、とりあえずその陣在いう人と午後から会うことにしました。場所はそのホテルのラウンジにしたんじゃけど、それでよろしいか」

「あ、僕も参加していいのですか？」

「えっ？　何をおっしゃいますか。決まってますよ。浅見さんにおってもらわんと先へ進まんでしょう」

午後三時に集合ということになった。

伯方島と新居浜市との中間というと、距離的には今治よりもむしろ東予市辺りになるのだろうけれど、連絡船に頼っていたかつての今治——伯方島間の時間距離は、今治——新居浜よりもはるかに遠かったにちがいない。文明の発達は人々の生活習慣どころか、生活感覚も変えてしまう。

竹内も陣在も、それぞれ若い刑事を伴ってきた。両警察署とも、遅まきながら、本格的に捜査に乗り出す気になってきた証拠だ。

浅見はまず陣在に大三島の宇高希美を訪ねたことを伝えた。

彼女が平林啓子の事故を単なる事故ではないと主張してくるのには、新居浜署もいささか手を焼いていたのだそうだが、こうなってくると宇高の直感も無視できない。彼女が平林から聞いた「つまらない人生は送りたくなかった」という述懐も、犯行動機に繋がる重要な意味を持つ可能性も出てきた。

その話を聞いたのが松山市内の喫茶店だったことから、平林と田替の接点も想像の域内に入ってくる。

「浅見さんは本事件には第三の人物の存在がある、とおっしゃっていたそうですが、その人物の心当たりはあるのですか？」

陣在が身を乗り出して訊いた。ズボンのベルトが苦しそうな腹が気になる。

「まだそこまでは行ってませんが、少なくとも億に近い金を動かせる人間であることだけは間違いないでしょうね」

「ふーん、億ですか……この不景気に億のつく金が自由になるやつもおるんじゃねえ」

「いや、そんな人間はいくらでもいますよ。たとえば外国の金持ちなら、日本の価値ある美術品にその程度の投資はするでしょう。コレクターだったら、もっと大きな金額でも出すのじゃないでしょうか」

「すると犯人は外国人？」

「ははは、まさか……と思いますが、分かりません。しかし相手が日本人では換金するのが難しいという理由で、外国に流失した可能性もありますね。外国のコレクターは何年も何十年も門外不出、蔵の中に仕舞いっぱなしでいても平気だそうです。その場合、金は銀行の口座や帳簿に現れない方法で受け渡しされたかもしれません」

「そうなると、厄介じゃねえ」

陣在が言い、竹内も頷いた。

「銀行口座の動きをチェックする以外には、目下のところ状況証拠を固める方法はないんじゃけんねえ」

「いや、大丈夫ですよ。田替氏がずっと現金のまま所持しているとは考えられません。おそらく銀行に入れているか、あるいは借金の返済に充《あ》てて、すでに手元にないか、そのどちらかでしょう。どっちにしても、田替氏周辺の金の流れを辿れば、どこかに不自然さが表れてくるにちがいありません」

浅見は言って、「それに」とつづけた。

「このあいだ田替氏に会って、ちょっと刺激してきましたから、少し神経質になっているはずです。勘の鋭そうな男だから、いずれじっとしていられなくなりますよ。差し当たり田替氏の動向に注目して、動きがあったらすぐに対応できるようにするというのはどうでしょう」

「ああ、そっちのほうはすでに張り込みを始めました」

竹内が言った。

「会社と自宅の両方に張り番を置いて、妙な動きがあれば、すぐに連絡してくることになっとります」

あとは細かい連絡方法を打ち合わせて、お開きということになった。

刑事たちが引き揚げて行ったあと、浅見は部屋に戻ってからも、昨日来の何となく落ち着かない気分に囚われていた。

（いったいこれは何なのだ？――）

自分の鈍感さに腹が立ってきて、握り拳で頭をポカポカ殴った。

4

週末のせいか、ホテルは賑わっている。若いサラリーマンたちの懐には、ボーナスがまだたっぷり残っているのだろう。そういうものに縁のない浅見にとって、夏と歳末は他人が羨ましく見える季節である。

ホテルのレストランが混んでいたので、夜のとばりが下りる頃、浅見は雨の上がった街に出た。陽のあるうちは少し蒸すが、海からの夕風が吹くと、心地よい。

今治は焼き鳥の町という噂を聞いていたが、まったくそのとおりだった。その匂いに誘われるように、ホテルからそう遠くない店に入ってみた。ここも若い人でほぼ満員の盛況だったが、カウンター席の端にちょうど一席が空いていた。

メニューに品書きがズラッと並んでいる。東京の焼き鳥とは名称がかなり違う。浅見は分からないからと断って、適当に見繕って出してもらうことにした。ビールを頼んで、しばらくは待つことになるのだろうと思っていたら、三十秒と間を置かずに、できたての焼き鳥が次々に運ばれてきた。

今治の焼き鳥は炭火でじかに焼くのではなく、鉄板焼きの要領なのだそうだ。火の通りをよくするために、串に刺す具はいくぶん小振りだ。上からも鉄板で押さえるようにして焼くらしい。東京風のものとどっちが旨いのかはともかく、とにかく早い。

それにしても、こういう店に独りで来ている客は自分だけだと気づくと、さすがに寂しい気分になる。店内は焼き鳥の匂いと、声高に喋る声が充満して、ものすごい活気だ。その片隅で、忘れられたように、独り、焼き鳥の串をしゃぶっている男を、第三者はどう見るのだろう。

（忘れられた存在か――）

平林啓子はきっと、こんなふうに孤独で、世間から忘れられたような思いに囚われていたのだろう。宇高希美に「つまらない人生は送りたくなかった」と述懐した裏には、一種の被害者意識が働いていたにちがいない。それは須山という優しい男と巡り会ってもなお、癒されることはなかったのか。

人間は誰もがいちどは「生きた証《あかし》」のある人生を送りたいと考える。平凡な一生で終わりたくないと思う。ふつうの結婚をして家庭に入って、ふつうの主婦として終わることへの虚《むな》しさを訴える女性も少なくない。

しかし、ふつうの主婦であることが「生きた証」にならないと思うのは、大きな勘違いなのだ。尾張の名もない百姓の娘として生まれ、貧しくうだつの上がらない男と結婚した女が、よもや太閤秀吉の母になるとは、彼女自身はもちろん、誰も思いはしなかった。まして彼女の母親の時代はなおさらのことであったろう。食うや食わずの貧困の中で、自分の孫が日本の歴史を大転換させる英雄になるなど、想像を絶する。

人間の面白さは可能性の豊かさにある。ウマやイヌの世界では血統書が珍重され、実際に血統書どおりに才能が開花するらしい。しかし人間の能力は予測不能だ。家系図を後生大事に、自分のバックボーンにしたがる人もいるけれど、そんなものは自己満足でしかない。浅見の友人である軽井沢の作家などは、「家系なんか三代前までしか辿れない。長野のちっぽけな商店が本家だったらしいけど、いまそこへ行っても誰もいない。まあ、どこのウマの骨とも知れない出だね」と、平気な顔をしている。

誰もが成功することはできないかもしれないが、誰でも一生、夢を描きつづけることはできる。ことに女性は、わが子に、さらにその子に夢を託すことができる。その夢を大切にする思いさえあれば、「つまらない人生」などと嘆くことはない。

村上美和はピアニストになることが夢だったそうだ。学友の島崎香代子がその夢を果たした姿を目の前にしながら、自分はその道を断念したのは、さぞかしつらい選択だったにちがいない。そうして結婚して、思いがけなく、娘の咲枝に才能を見つけた。咲枝の才能は親からの押しつけによるものではなく、文字どおり天賦のものだった。その才能を産んだことで、美和の人生は十分、輝かしいものになったといえる。

しかし、咲枝の花が咲くのをその目で見ることなく、美和は死んだ。死の世界へ落ちてゆく瞬間、彼女の胸に去来し、脳裏を過《よぎ》ったものは何だったのだろう。恐怖と怒りと悲しみと憎悪が、ほんの一瞬の間に心を切り裂いてゆく——それを想像するだけで、浅見は心臓が凍りつくような思いがする。

人を殺すということは、単に物理的な生命活動を終わらせるだけでなく、その人の記憶や哀歓や、そして計り知れない「夢」を絶つことなのだ。それを知ってもなお、人は人を殺すものなのだろうか。

焼き鳥屋を出て、浅見は夜の街を少し歩いた。ジョッキ一杯の生ビールだが、ちょうどいいほろ酔い気分ではある。

港へ行く道を歩いていて、いつの間にか城下堂の前に出たことに気づいた。すでに店はシャッターを下ろしている。今治はほかの地方都市と同様、夜が早い。大方の店は七時前には店を終えてしまう。

城下堂の角を曲がってしばらく歩いたところで、ラーメン屋を見つけて少し腹拵《はらごしら》えをして、九時過ぎにホテルに戻った。

東京に電話する。須美子が「あ、坊っちゃま」と嬉しそうな声を出したが、べつに用件はなかった。せっかちな藤田編集長も、まだ催促はしてこないようだ。「いつお帰りですか?」と訊かれて、「たぶん来週の末かな」と答えておいた。

受話器を握ったついでに竹内部長刑事に電話を入れた。考えてみると、宮窪町の浜芳のおやじに聞いた話——来島海峡大橋で落ちた死体が能島に流れ着くことはない——という説を、まだ伝えてなかった。信憑性は怪しいし、そんなことはすでに警察としては織り込み済みかという気もするが、伝えるだけ伝えておこうと思った。

竹内の携帯は留守録モードになっていた。〔ただいま電話に出ることができません。ピーと鳴りましたら、二十秒以内にお名前とご用件をお話しください〕という応答文の指示どおり、用件を言おうとして、浅見は愕然とした。

（そうか——）

昨日、竹内からの電話の時、何となくちぐはぐな感じだったのは、竹内としては、その電話の前に一度、電話してくれていたからなのだ。

だから竹内は話の前段はすでに通じているものとばかり思って、やや意味不明の、はしょったことを言っていたにちがいない。

ところがそれは浅見には届いていない。なぜなら、その電話は村上咲枝の携帯電話だったからである。

（なんてこった——）

浅見は独りで笑いそうになったが、すぐに別の不安に襲われた。

（竹内はその電話で、何を伝えたのだろう？——）

昨日からの、得体《えたい》の知れぬ漠然とした不安定な気分の正体は、じつはこれだったのかもしれない。

浅見が思案に耽っているあいだに、伝言メモの録音のタイムリミット二十秒はとっくに過ぎて、受話器からは「ツーツー……」という無機質な音が流れていた。浅見はもう一度、最初からやり直して、折り返し電話をくれるよう伝言メモを入れておいた。もちろんホテルの電話番号に——である。

竹内からの電話は三十分後にきた。浅見が電話したのは、ちょうど風呂に入ったばかりの時だったようだ。

「昨日、竹内さんは携帯のほうに電話をくれませんでしたか？」

「ああ、しましたよ。ホテルのほうになんぼかけても留守じゃったけん、携帯に着信履歴があるのを思い出して、携帯のほうに電話したんじゃが……えっ？　ということは、浅見さん、あの伝言メモは聞かんかったってことですか？」

「そうなんです。じつはですね……」

浅見はその携帯電話が村上咲枝のものだった経緯を説明した。

「あ、そうじゃったんですか。自分はてっきり浅見さんの携帯や思ったのじゃが……いや、これは失礼しました。それで浅見さんはとんちんかんなことを言うてはったわけじゃね。ははは、携帯いうのは便利じゃと思うとったけど、こういうこともあるんじゃねえ」

竹内は呑気に笑っているが、それどころではない。

「それでですね、竹内さんはその伝言メモにどういう話を録音したのでしょう？」

「えーと、何じゃったかな？　忘れてしもうたけど……ちょっと待ってくださいよ、えーと、急いで知らせたいことがあったんじゃね。何じゃったかいな？……そうじゃ、来島海峡展望館、村上美和の車が放置してあった、あそこじゃけど、そこの聞き込みをあらためてやってみたのです。事件直後はほんま、何もしょうらんかったようなもんでしたからな。遅まきながら本腰を入れたいうわけです。それで、村上美和と平林啓子と、それにナミマプロの田替好美の顔写真を持って、目撃情報を求めて歩きよった。そうしたら、田替らしい男と、美和らしい女が一緒に歩いているのを見たというおばはんがおった……そのことですよ。あとでホテルに電話した時に詳しゅう話したでしょう。その第一報を留守録に入れておいたんです。何しろ録音時間が短いので、どこまで入ったかは分からんけどね」

「その伝言メモに、何を言ったか、憶えていませんか」

「ほじゃけん、趣旨としてはいま言うたようなことですが」

「しかし、短い録音に入れるために、余分な部分はカットしたでしょう」

「それはまあ、そうですが……何て言うたかな……目撃者の聞き込み情報として、ナミマプロの田替と村上美和が接触しとったかもしれん——いう風に伝えたつもりじゃけど、はっきり憶えとらんです」

「ナミマプロの田替と村上美和が接触していた——ですか」

浅見は復唱した。

「そうですな……それだけは間違いなく言うてますね」

「それを村上咲枝さんが聞いて、どう思ったでしょうか」

「あっ……そうじゃった、あの子が聞いたいうわけですな。伝言メモは当然、開くじゃろけんねえ」

竹内もようやく、ことの重大さに気がついたらしい。

「けど、誰からの電話か、分からんのじゃないですか。自分は名乗ってないし、警察とも言うてないですよ」

「いや、彼女は勘の鋭い子ですから、たぶん分かったでしょう。このあいだ、彼女の携帯を借りて竹内さんに電話した時、傍で聞いていましたからね。なぜそんな電話がかかってきたか、その理由も分かったでしょうし、竹内さんの名前は憶えていないとしても、少なくとも警察であることは分かったはずです。かりに何も分からなかったとしても、話の中に母親の名前が呼び捨てで出てきたことで傷ついたのではないでしょうか」

「しかし、着信履歴は残っていて、電話番号は分かっとるはずじゃけん、何か気になることがあるんじゃったら、折り返し電話してくるか、そうじゃなかったら浅見さんのところに相談してきそうなもんじゃけどなあ」

「そうしなかったのはなぜなのか、むしろ不安がありますね」

「うーん、そうじゃねえ、そうか……どがんしたらええですかね」

「心配なのは、彼女がそれに反応して動いたりしなければいいが——ということです」

「動くとは、どういう風にです？」

「彼女は彼女なりに、母親の死の真相を探ろうとしています。それに、警察に不信感を抱いているし、僕に対しては競争心を持っているようなところがあります。自分の手で、母親を殺害した犯人を突き止めたいなどと考えはしまいか、それが心配です」

「まさか、なんぼなんでもそこまではやらんでしょう」

「だといいのですが……とにかく、村上家に電話して、様子を窺ってみます」

電話を切って、少し思案したが、ほかに妙案も浮かばない。浅見は仕方なく、もういちど受話器を握った。

「やあ、浅見さん、どうです？」

村上康彦は屈託のない声で電話に出た。

「少しずつですが、新事実が浮かび上がってきました。そう遠くない時期に真相が明らかになると思います」

「そうですか、それはすばらしい。さすがですなあ」

「とりあえずそのご報告までと思いまして。ところで、咲枝さんはもうお休みですか」

「いや、咲枝やったら、もう東京へ向かいましたよ」

「えっ、東京?……」

「明日はピアノのレッスンのある日ですのでね。今頃は船の上と違いますかな。確か二十二時何分だかの船ですんで」

「ああ、そうでしたねえ。すっかり忘れてました。そうでしたか、それならよかった」

「よかったいうと、何がです？」

「いえ、お元気なら何よりです。ではまたご連絡します。お休みなさい」

浅見はそそくさと挨拶して、早々に電話を切った。

咲枝がこの地から遠ざかることは、そのまま事件から遠ざかることに繋がる。何はともあれ、自分の不安が杞憂に終わって、浅見はほっとした。

竹内に電話してそのことを伝えると、「そうじゃろう、あんなちっこい子が探偵の真似みたいなことはせんですよ」と、自分の判断の正しさを強調した。

「だいたい浅見さんは、感情移入が激しいっていうか、思い込みが強すぎるんじゃないですか」

何を言われても反論をする気にはなれなかった。終わりよければすべてよし——の心境だ。浅見は和らいだ気分でバスを使い、いつもより早めにベッドにもぐり込んだ。

第七章　絶対音感

1

夕暮れ近い丘の上に、白亜の建物がシルエットを描いている。丘は草原に覆われ、樹木などの遮蔽物《しゃへいぶつ》は何もないに等しい。二人の男は草の底に身を沈めて匍匐《ほふく》前進を続けた。

浅見にしてみれば、なぜこういう状況に追い込まれたのか、まったく思い当たることがなかった。とにかく選抜されてこの任務についたことは間違いないらしい。

コンビを組んでいる男の名は知らないが、浅見と同じか少し年長といった、見るからに頑丈そうな大男だ。二人のあいだには黒い、かなりの重量の木箱がある。それを左右から引っ張りながらの前進だから、距離は短いわりに、目標物までは遠く感じる。

二人の任務はこの木箱を建物の床下にセットしてくるだけだ。あとは撤退してリモコンのスイッチを押せばいい。

どれくらい時間が経過したのか、木箱は意外に簡単にセットし終えた。丘の草原を滑るようにして撤退して、街のはずれまできたところで、待機していた別の仲間がスイッチを押した。丘の上の建物は炎に包まれて、あっけなく吹っ飛んだ。爆発の凄《すさ》まじさのわりに音はほとんど聞こえてこない。

浅見と仲間の男はそのままの勢いで街の中を走った。追っ手の動きは見えないが、いずれやってくる。暗い路地をクネクネと曲がって走った。大きな印刷工場のような建物に仲間がいて、潜伏場所を用意してくれてある。工場の天井に設《しつら》えられた畳一枚分のスペースの二つの小部屋が、男と浅見のためのものだ。狭いがなんとか生活はできる。

浅見が部屋にもぐり込むと、仲間は板で部屋全体を覆った。「誰もいなくなるが、いつ敵が現れるか知れぬから、物音をたてるな」と、仲間は言い置いて去って行った。この部屋から出る時はどうするのか、少し不安だったが、黒ずくめの相手を見ると、文句をつける勇気はなかった。

真の闇の中で、隣りに相棒がいるのかどうかさえ分からないような静寂が流れた。

とつぜん、電話が鳴りだした。意外に近いところに電話機があるらしい。

（どうするか――）

浅見は焦った。電話に出なければ怪しまれる――と思った。しかし仲間の警告を無視するわけにはいかない。

どうする、どうする——と心臓が押しつぶされるような緊張感の中、電話は鳴りつづける。浅見はついに呪縛《じゅばく》から逃れるように身を起こした。空間が一気に広がって、窓のカーテンはすでに明るい。

ベッドの脇のテーブルで、音量を抑えた電話が鳴っている。

浅見が受話器を耳に当てると、竹内部長刑事の声が「寝てましたか？」と言った。

「いえ、ちょっと、顔を洗っていたものですから」

「それやったらよかった」

デジタル時計の数字は「7：22」を示している。

「何でしょうか？」

こんな朝っぱらから——と、多少のいまいましさが出たかもしれない。

「じつは、田替好美を張っておった刑事から連絡があって、田替が早朝から動きだしたいうのです。べつにどうってことはないとも思ったんじゃが、一応連絡だけしておこう思いましてね」

「動いたというと？」

「土曜は休みじゃいうのに、朝から外出したのです。刑事はどこへ行くのか尾行《つけ》てみる言うてたので、間もなくまた連絡が……あ、いま割り込み電話が入りました。ちょっとそのまま待っといてください」

三十秒ほど待たされた。竹内は少し緊張した口調になって言った。

「田替は空港へ行って、どうやら東京へ向かうみたいですな。七時四十五分発羽田行きのゲートを潜《くぐ》りました」

「えっ……」

浅見はいっぺんで目が覚めた。

「羽田到着は何時ですか？」

「九時五分です」

あと一時間半だ。

浅見は急いで竹内に別れを告げ、受話器を握ったまま、自宅の番号をプッシュした。電話に出た須美子が「あら？」と意外そうな声を発した。こんな早朝に次男坊の声を聞くのは何年ぶりだろう。

「坊っちゃま、どうなさったんですか？　ご病気ですか？」

「いや、元気だよ。それより兄さんはもう出かけちゃった？」

「いえ、いまお迎えがきて、お出かけになろうとしていらっしゃいますけど」

「大至急呼んでくれ、急いで！」

珍しく大声を出す次男坊に驚いて、須美子は受話器を放り出すようにして、玄関へ飛んで行った。

「なんだい、何かあったのか？」

陽一郎《よういちろう》のバリトンが聞こえた。

「じつは、兄さんに緊急のお願いがあるのですが」

「いま出かけるところなのだが、登庁した頃、電話を掛けなおしてくれんか」

「いえ、それじゃ間に合わない。いますぐ聞いてくれませんか」

「ふーん、いいだろう。きみがそう言うのなら、それなりの事情があるのだろうから」

「感謝します。手短に結論を先に言います。九時五分羽田着の松山からの便に、田替好美という人物が乗っています。東京へ向かうはずですから、それ以降のこの男の行動を監視してもらいたいのです」

「タガエヨシミだな」

陽一郎はメモを取った様子だ。

「乗客の中からその男を割り出すことはできますか」

「ふん、日本の警察を甘く見てもらっては困るね。とりあえずその手配だけ先に進めておく。何か注意事項はないか。たとえば凶器の所持などといった」

「いえ、その心配はありません。急に逃走するような恐れもないから、勘づかれないように尾行を継続してもらえさえすれば、当面は問題ないでしょう」

「よし分かった。では詳しい事情は後で、そうだな、四十分後にはこっちから電話できるだろう。どこにいるんだ?」

「今治ワールドホテルです」

それからジャスト四十分後に、警察庁刑事局長室から電話が入った。

「すでに手配は完了したようだ。警視庁捜査一課の特別捜査班の七名が配置についたと報告があった。車両も三台用意したから、撒《ま》かれないよう、気づかれないよう、完璧《かんぺき》を期して尾行するだろう。それで、詳しい事情というのを聞かせてもらおうか」

浅見はこれまでの経緯をかいつまんで説明した。まだ殺人事件であるのかどうかさえ、確定的ではないけれど、このまま放置しておくと、さらに何かが起こりそうな予感がすると言った。

「いいだろう、きみの勘を信じるよ。で、何が起こると?」

「村上美和さんの娘さん、咲枝さんというのが島崎さんのピアノのお弟子でして、いま東京にいるのです。彼女は母親の死を早くから他殺ではないかと疑っていたほど勘がよくて、僕と張り合って真相を解明しようとしているらしい。たぶん、僕の直感が間違いでなければ、一昨日か昨日、田替と接触して何か話し合ったと考えられます」

「なるほど。その咲枝さんというのは、いくつぐらいの女性かね」

「中学三年ですから、十五歳ですか」

「えっ、そんなちっちゃな子か」

「そうなんです。だから危なっかしくてしようがない。田替と接触したことも、彼女は家族にも僕にも隠している。これはきわめて危険な兆候です。彼女の東京行きはすでに予定されていたことですが、田替はそれを追うように上京した。この動きから見て、二人のあいだで何か密約が交わされた可能性があります。密約といっても、実際は田替の陰謀でしょうけどね」

「そうだろうな、まず間違いない」

「そこでお願いの追加ですが、島崎先生のところにいる村上咲枝さんに張り番をつけて、レッスンを終えて出てきたら、尾行をつけておいてください。彼女には強力なボディガードがついていますから、まず心配はないと思いますが、田替の出方が把握できていない以上、用心するに越したことはありません。それに、咲枝さんを尾行すれば、万一、田替に撒かれた場合、彼の所在を突き止めることにもなるでしょう」

「うん、それは所轄の滝野川《たきのがわ》署から出てもらうかな」

「そうですね、ちょっと心配ですが」

「ははは、所轄を見くびっちゃいけないよ。警察官としての訓練は同じだ」

「それはそうだけれど……とにかく、悟られないようにお願いします」

所轄署のスタッフが信用できないとは言えないが、張り込みや尾行のテクニック、それに不測の事態に対する臨機応変の処置など、やや不安は残る。しかしどっちにしても、咲枝には伴正之助という用心棒がついているのだ。田替ごときなど、ひねりつぶすのはわけもないことだろう。

　これで手配は万全だと思う。浅見はすぐにホテルをチェックアウトして東京へ向かうことにした。十時二十四分新尾道発の「こだま」に乗れば、岡山で十一時五分の「のぞみ」に接続する。東京着は十四時二十六分。咲枝はすでに島崎先生のところを出てしまっているかもしれないが、もし「何か」が起こるとすれば、それには十分間に合いそうだ。飛行機に乗らなくても、四国の今治から東京まで五時間半で行ける便利さに、あらためて驚嘆させられた。

　今治北インターからしまなみ海道に入る。梅雨明け間近を思わせる快晴で、爽快なドライブのはずだが、周囲の景観を楽しむどころではなかった。気が急《せ》く時は、やはり大島と生口島の未完成区間の一般道がまだるっこしくてならない。

　それにしても、次回ここを走る時は、純粋に旅を楽しめる状態でありたいものだ。大島「千歳松」の豪快な磯料理や、伯方島の塩らーめん、大山祇神社の宝物館などが、流れる風景とともに後ろへ後ろへと消えてゆくような気がした。

　七つの「海峡大橋」を渡り、新尾道駅でレンタカーを返し、大急ぎでチケットを買い、改札口を走り抜け、プラットホームに駆け上がった。息を整えるひまもなく、ほとんど同時に「こだま」が入ってきた。

　岡山での「のぞみ」への乗り継ぎも予定どおりだった。あとは東京の状況だけが気にかかる。こんな時、携帯電話があれば――と思う。しかし、携帯電話がなかったために、次から次へと事件が思いがけない展開を見せることになっているのだから、その結果だけをみると功罪あいなかばする——ということか。

東京駅到着は少し遅延した。ホームに降りるやいなや、浅見は公衆電話に飛びついて、まず滝野川署に電話した。

「浅見といいます」と名乗ると、すぐに刑事課長に繋いでくれた。

「局長さんから、便宜を図るようご指示をいただいております」

「どうもありがとうございます。それでは早速ですが、村上咲枝さんの追跡はいま、どういうことになっているのでしょう？」

「じつはそのことですが、いささか不手際がありまして、たったいま入った連絡によりますと、村上咲枝さんを見失ってしまったもようであります」

「えっ……」

浅見は絶句した。最も恐れていたことが現実になったような、言いようのない不安が襲ってきた。

2

今日のレッスンは最初から、島崎先生に何度も叱られた。

「だめじゃないの、ぜんぜん感情が籠《こ》もってない。指先だけで弾いてるわ」

その指先の動きも心ここにあらざる状態だから、ミスタッチが二度もあった。

「今日はもう止《や》めましょう、どうしちゃったの？」

ついに島崎先生はサジを投げた。

「ごめんなさい、何だか気分が乗らないんです。いろんなこと考えてしまって」

「そうみたいね。いったい何を考えているの？　集中できないんだったら、レッスンなんかやっても無駄よ」

「すみません」

「あなたがどうなろうと、私は構わないけど、コンクールまであと二カ月。私が教えられるチャンスはそう何回もないわ。あなたが自分自身でその気にならなければ、みっともない結果になるに決まってる。いまのうちに降りるほうがいいかもしれない」

「いえ、コンクールは降りません」

「だったら……」

「でも、今日はだめなんです。自分でもどうにもならないくらい、精神が集中できないんです。ごめんなさい」

咲枝は鍵盤に額がつくくらいまで頭を下げて、ひたすら詫びた。

「ふーん、何かあるのね、やっぱり……」

島崎先生はそういう咲枝をしげしげと眺めた。

「分かった、恋人の問題ね。誰か好きな人ができた……初恋ってこと？」

「えっ？……」

咲枝はびっくりして顔を上げた。「違いますよ」と否定したが、その瞬間、なぜか浅見光彦の横顔が頭の中を過った。

「そんな変なことじゃありません、母のことです」

「美和さんのこと？　それは、あなたの気持ちは分かるけど、いつまでもそれにこだわっていたら、美和さんだって喜ばないと思う。もう三回忌も過ぎたんだし、気持ちを切り換えてシャキッと……」

「そういうことじゃないんです。母が殺された事件のことで、いろいろ考えていて」

「えっ、殺されたって……美和さんは殺されたんじゃなくて、その……」

「自殺ではありません」

咲枝は自信に満ちあふれ、宣言するように言った。

「浅見さんだってそう言っています」

「浅見さんが？　あら、あの人、このあいだ愛媛へ行ったきり、何も連絡がないけど、お宅には行ったんでしょ？」

「ええ、うちに来てくれました。それでしまなみ海道とか、あっちこっちへ行っていろいろ調べて、そう考えるようになったんだそうです。私もちょっと調べて分かったことがあって、今日は東京でそれに関連したことを確かめるつもりです」

「関連て……驚いたなあ、なんだかあなた、咲枝さんは変わったわ。急におとなっぽくなったみたいだわねえ」

「もう十五歳ですから」

「そうなのねえ、十五歳かァ……あれはいつだったかな、小学三年生の時だっけ、今治のお宅で美和さんに勧められて、ものすごいスピードでスケルツォを弾いてくれたのは。美和さんがとっても嬉しそうだったっけ。あれから六年？　早いものねえ」

母親のことを言われると、咲枝は辛い。涙が出そうになるのを毅然《きぜん》と払い退けた。

「母が殺された時の恐怖と、悔しい気持ちを思うと、犯人が許せません」

「えっ、そう、それはそうだけれど、そんなふうに、殺されたって……あの、警察は何て言っているの？　浅見さんもいいけど、そっちのほうが先じゃありませんか。警察には相談したの？」

「警察は信用できません。母が死んだ時だって、あっさり自殺だって片付けてしまって、ぜんぜん何も調べようとしないんですから。いまさら何を言っても無駄です」

「だからってあなたがそんな、刑事の真似みたいなことをするなんて……お父さんはご存じなの？　このこと」

「いえ、パパは知りません。でも、母が自殺ではなかったかもしれないとは、考えているみたいです。浅見さんに調べてくれるよう、お願いしてましたから」

「そうよ、浅見さんに頼んで調べてもらったほうがいいわよ。あなたはそんなこと……いえ、危険なことっていう意味よ。そんなことは止めて、ピアノに集中すべきだわ」

「ええ、分かっています。でも今日だけなんです。今日だけ、あることを確かめれば、あとは浅見さんに任せても大丈夫」

「大丈夫って、咲枝さん……浅見さんて、あなたが考えているより、はるかにすごい人なのよ。今日のことだって、何を確かめるのか知らないけど、浅見さんにお願いしたほうがいいわ」

「だめなんです、それが。今日のことだけは私でなければいけないんです。そういう約束になってますから」

「約束って、誰との？」

「ですから、今日会うことになっている人を紹介してくれた人です」

「今日会うって、誰なの？　それ」

「それは、言えません。名前を言っても先生はご存じない人ですから」

じつはそうではないのかもしれない。あの「お宝捜査隊」は、島崎先生も見ているはずだ。それならなおのこと、先生に話すわけにはいかない——と咲枝は思った。

「知っているかもしれないじゃない。誰と会うのか、名前を教えてちょうだい」

島崎先生は、いままで見たこともない怖い顔をして、半ば命令口調で言った。

「だめです、ごめんなさい。それ以上のことは言えません。絶対に言ってはいけないって言われているんです。もし先生にお話ししたことがバレたら、何もかもお終《しま》いなんです。お願いですから、いま話したことも絶対に内緒にしてください」

必死の思いを顔に浮かべた。これ以上追及されたら、泣きだしそうだ。

「そう、分かりました」

島崎先生もようやく諦めてくれた。

「じゃあ、これ以上は何も言いませんけど、くれぐれも危ない真似はしないでね。とくに手指と腕、肩は大切にしなきゃだめよ」

「はい、ありがとうございます。気をつけます。マサ……伴さんがついていてくれますから、大丈夫ですけど」

「それで、何時にどこへ行くの？」

「三時の約束です。場所は……電話で聞くことになっています」

「じゃあ、ここで電話しなさい。せめて、その会話の様子で私も安心できるから」

「でも……」

「それも断るって言うの？」

「いえ、分かりました、電話します」

それまで断るわけにはいかなかった。それに相手の名前さえ口にしないようにすれば、べつに問題はなさそうだ。先生はそれを期待しているのだろうけれど、そうはいきませんよ――と思った。

先生に背を向けて、田替に教わった番号をプッシュした。相手が出るまで、六度もベルが鳴った。留守かな――と思いかけた時、声が聞こえた。「はい、小松です」と、想像していたのより若い男の声だ。テレビで見るとずいぶんお年寄りに見えるが、あれは一種の演出なのだろうか。

「あの、今日お伺いすることになっている、村上といいますけど」

「ああ、田替君のあれね。聞いてますよ、どうぞ待ってます。場所はね、ちょっと分かりにくいから、とりあえず新宿駅から小田急線の急行に乗って、成城学園前《せいじょうがくえんまえ》っていうところで降りて、進行方向右に出てください。駅前で待ってるようにします。いいですか、もう一度言いますよ……」

小松は繰り返して教えてくれた。

「ありがとうございます。よろしくお願いします」

見えない相手に向かってお辞儀をした。

振り向くと島崎先生は真剣な眼差しをこっちに注いでいた。

「どうだったの？　紳士的な人？」

「ええ、そうみたいです。すっごく丁寧に教えてくれました」

「だったらいいけど……」

島崎先生は最後まで心配そうな顔のままだったが、それでも咲枝が玄関を出る時は小さく手を振ってくれた。

いつもどおり、路地を出たところに伴正之助が待っていてくれた。正之助は島崎先生が「お上がりになって」と、いくら勧めても、絶対に上がろうとはしない。「自分は一回りしてきますけん、嬢ちゃんをよろしゅうお願いいたします」と行ってしまう。しかし、じつはどこへも行きはしないのだ。レッスンが終わるまで、街角に佇んで二時間でも三時間でも待ちつづける。例の坊主頭の巨軀だから大変よく目立つ。一度なんか、近所の人から交番のお巡りさんに通報があって、不審尋問を受けたくらいだ。その時は島崎先生が証明してくれて、それ以来、問題になるようなことはないけれど、まったく正之助の頑固なのには困ったものである。

駒込駅から山手線で新宿まで行く。

正之助が驚いて、「東京駅は反対方向じゃないですか」と言った。

「ええんよ、ちょっと寄り道して行くんだから」

「寄り道いうて、どこですかいの？」

「いいからいいから、マサは付いてきてくれればええんよ」

ここから先はもちろん未知の世界だ。東京駅の混雑も相当なものだが、新宿駅のそれはまた一種独特のものがある。小田急線への乗り換えの方法も駅員に聞くまで分からなかった。こういう場合は正之助はまったく頼りにならない。小田急が地下から出ていることも初めて知った。とにかく急行に乗って、成城学園前駅で降りた。

東京もこの辺りまで来ると、高いビルはないし田園都市の趣がある。成城学園というのは名前だけは知っていた。まだ中等部の咲枝にはそれほど関心はないが、高等部の生徒は進学志望校の一つとして成城学園大学を挙げている人がいると聞いた。

駅前は広場になっていて、街路樹も豊富に繁っている。高級住宅街と聞いていたが、高架線を走る電車の窓からも、確かにそれらしい邸宅が見えていた。

駅を出て佇んでみたが、「小松」らしい人物は見当たらない。約束の三時まではまだ三十分近くある。正之助が隣りにいるのは、ちょっと恥ずかしいけれど、仕方がない。

薄曇りだが、気温はだいぶ高い。東京のほうが北なのに、やはり海に近い今治のほうがいいな——と思う。

携帯電話の着信メロディが鳴った。浜崎あゆみの曲に、道行く人が振り返った。

電話は「小松」からだった。

「ちょっと気になったのだが、あなたたち、誰かに尾《っ》けられていませんか？」

不満げにそう言った。

「えっ？……」

咲枝は思わず周囲を見回した。駅の構内に入ったところの柱にもたれている男が、チラッとこっちを見たのと、視線が合った。目つきの鋭い男だった。

「もしかすると、そうかもしれません。そんな感じの人がいます」

「でしょう、たぶん二人ですよ。何を狙《ねら》っているのか知らないが……」

「どうしたらいいでしょうか？」

「うーん……それじゃね、少し街のほうに歩いてきてください。真っ直ぐ行って、二つ目の角を曲がったところで待っていて、尾けてくるやつがいたら文句を言ってやるといい。あなたのお付きの人は強そうだから、腕力で追い払うのもいいかな。とにかくこのままじゃヤバいですよ」

電話を切って、正之助に状況を伝えた。

「いい、まだ振り向いちゃだめよ。敵を油断させておいて、二つ目の角で文句を言ってやるんだから」

「分かりました。野郎ども、叩きのめしてやりますけん」

「あまり手荒なことはしないで。マサに殴られたら、死んじゃうかもしれない」

「ははは、そこまではいかんように加減はしますけん」

その気になって注意して見ると、やはり挙動不審の男は二人いた。少し離ればなれになってはいるが、タイプがよく似ている。読みもしない週刊誌を広げているところもそっくりだ。

「武器を持っていたらどうする？　ナイフとかピストルとか」

「そがなん構わんけん。まさかピストルまでは持ってないと思いますけん。ナイフくらいじゃったら叩き落としてやりますが。それより嬢ちゃん、もしほんまに相手がヤクザで、乱闘になったら逃げてください。わし一人じゃったらどうともなるけど、嬢ちゃんがおったら、気になって動けんけん」

「分かった、そうする」

二人は駅に背を向けて、街の中央を貫く通りを歩きだした。沿道の店のショーウィンドウに映った背後の風景の中に、やはり怪しげな二人組の姿があった。「来とりますな」と正之助も気づいている。咲枝は心臓が破裂しそうにドキドキしてきた。

「大丈夫かな、逃げたほうがええかしら」

「大丈夫ですって。任しといてください。あがなやつらの二人や三人、ひねり潰《つぶ》すのは簡単なことじゃけん」

二つ目の角を曲がった。「嬢ちゃんはそのまま歩いて行ってください」と正之助に言われるまま、咲枝は後ろを気にしながら早足で歩いた。三十メートルほど行ったところで、背後に声が上がった。正之助が二人の男に何か言っている。咲枝は足を止めずに、後ろを振り返り振り返りして歩いた。

正之助が男の一人を突き飛ばした。「何をする!」と叫ぶ声が聞こえた。その男へ向かって行った正之助の肉体が宙を飛んだ。明らかに柔道の技だ。正之助は地上に倒れて、しばらくは動かない。それを見て、男の関心は咲枝のほうに移ったらしい。体勢をこっちへ向けかけた時、ふいに男はつんのめるように倒れた。正之助の手が男の足首を摑んだのだろう。あとは地上の取っ組み合いになりそうだった。

スーッと車が寄ってきた。運転席の男が助手席の窓を開けて「村上さん」と呼んだ。

「さ、乗って乗って、急いで」

言われるままに、咲枝は助手席のドアを開け、飛び乗った。車はすぐに発進して、角を曲がった。正之助の様子も気にはなったが、いまは一刻も早くこの場所から逃げなければ——と、ひたすら思った。

3

浅見はいったん帰宅して、すぐにソアラを駆って滝野川署へ向かった。浅見家から滝野川署までは、ほんの五百メートルの距離だ。浅見の顔を見るなり、署長は面目なげに頭を下げた。

「とにかく、相手が悪かったのです。それに問答無用の不意打ちでしたからなあ」

署としては最も腕っ節の立つ二人の刑事を当たらせたのだが、大入道のような男の強さは並でなかったそうだ。一人はいきなり突き飛ばされて舗道に叩きつけられた。

もう一人は署内きっての柔道の達人だったから、相手が向かってくるのを、辛うじて腰車で投げ飛ばした。下は畳ではないコンクリートの地面だ。ふつうならそのまま悶絶《もんぜつ》しそうなものを、大入道は一瞬、失神したように見えて、隙を見せたとたん足首を摑まれ、刑事は前のめりに倒れた。それからの乱闘は話したくもない――という顔だ。

「こっちが警察だと分かって、ようやく収まったのですが、その時点で二人とも全治一カ月以上の重傷です。大入道も怪我をして、同じ病院に収容されました。右半身の打撲と、それに肋骨《ろっこつ》が二本折れているそうです」

状況は分かった。重傷の二人は気の毒としか言いようがないが、それより何より、咲枝の行方が気掛かりだった。二人の刑事は二人とも咲枝がどうなったか、行方を見ていないというのである。伴正之助も同様で、責任を感じるあまり、ベッドに押さえつけるのが大変なほど焦りまくっているという。

「まだ愛媛のお宅のほうには連絡してないのですが、どうしましょうか」

署長は浅見の指示を頼みにしている。

「とりあえず、村上咲枝さんのピアノの先生——島崎さんのところへ行って状況を聞いてからにしましょう」

「しかし、連絡が遅れて、娘さんに万一のことがあった場合、責任問題になりはしませんかなあ」

「その責任は僕が取ります。これは勘でしかないのですが、大事には至らないうちに解決できると思っています」

「それならいいのですが……しかし、その理由は？」

「じつは、この事件は松山市の田替という人物が中心になって動いているのです。この男をマークしているあいだは、最悪の事態にはならないと考えていいでしょう。それと、島崎さんのところに行けば、何か手掛かりがあるかもしれません」

浅見は一人で行くつもりだったが、署長の計らいで刑事が同行することになった。森川《もりかわ》という四十過ぎの部長刑事で、刑事畑一筋のベテランだそうだが、ズングリした体型で丸眼鏡をかけた、人のよさそうな風貌は、どう見てもあまり迫力はない。

島崎香代子は咲枝が行方不明になったという浅見の説明を聞いて、「やっぱり……」と顔色を失った。

「なんだかいやな予感がしたんですよ。だからやめなさいって言ったのに……」

「それで、どこへ行って誰に会うとか、そういうことは言ってませんでしたか？」

「それがね、絶対に話せないって言うの。相手との約束だからって。名前も言えないって言うのよ」

「では、まったく手掛かりなしですか」

「そうなんだけど、ただ、相手のところに電話をかけさせたの。その会話の様子で、安全な相手かどうか分かると思って」

「なるほど、それは名案ですね。それでどうだったのですか？」

「ええ、咲枝ちゃんの受け答えを聞いた印象では、一応、紳士っぽい感じの話し方をしてたみたい」

「その電話でも相手の名前は呼ばなかったのでしょうか？」

「だめでした。それを期待して電話させたんだけど、あの子はそういう勘は鋭いわねえ。こっちの狙いを察知したみたいに、ぜんぜん名前を出さないの」

「そうですか……」

浅見はガックリと、全身の力が抜けるような気分だった。

「ただ、もしかしたら、電話番号が分かるかもしれない」

香代子が自信なさそうに言った。

「えっ？　その相手の、ですか？」

「そう、咲枝ちゃんが電話をかけた時なんだけど、携帯電話のね、ボタンをプッシュする音を聞いていたの。あれは数字ごとに違うみたいでしょう。その音から逆に数字を割り出せないかしらって思って」

「えっ、ということは、島崎さんはその時の音を憶えているんですか？」

「ええ、何とかね。絶対音感には自信があるんだけど、すっごく微妙な音階だから間違っているかもしれない。でも、もしかするとって思って、耳を澄ませて聴いたのを、書き留めておきました。これがそうなんだけど、駄目かしらねえ」

五線紙に全音符のような○が十個、書き込まれていた。

「すばらしい！……」

浅見は感動した。絶対音感という特殊才能があることは知っているが、携帯電話のボタンを押した時に発する音を識別できるとは、想像もしなかった。しかもそれを一度聴いただけで記憶しているとは──。

「それでね、試してみたいんだけど、浅見さんの携帯を貸していただけませんか。私は携帯を持たない主義なの」

「いや、僕も同じです。といっても主義じゃなくて、おふくろに禁止されているだけですけどね。森川さんはどうですか？」

「ああ、自分は所持しておりますよ。どうぞ使ってください」

森川部長刑事が胸のポケットから携帯を取り出した。ストラップにテレビアニメのキャラクターがついている。香代子が「まあ、可愛らしい」と言うと、「娘がどうしてもつけろと言うもんで」と柄にもなく照れた。

「機種はどうでした？　これと同じでないと音階も違うかもしれないでしょう」

「ああ、そうね。でもこんな感じだったと思うわ。とにかく駄目でもともと、やってみましょう。相手の居場所は東京都内だとして、最初の二つは『０』と『３』であることは間違いないでしょうね」

香代子は〇の下に「０」と「３」を書き込んだ。次も前の〇と同じ音階にあるから、そこにも「３」がついた。その次の音階はまったく別の位置に〇がある。携帯電話のボタンを探ると「４」が該当した。同様にして手さぐりしていって、局番は「０３――３４８３」であることが分かった。

「これ、たぶん世田谷区方面だわ」

香代子が言った。

「私の友人が成城学園にいるの、大学の近くだけど、そこが『３４８２』だから」

勢いづいて、残り四桁の数字も探り出し、十の数字すべてが出揃った。

数字を前にして、三人はしばらく黙って、たがいに顔を見交わした。

「私が電話してみます。女のほうが怪しまれないでしょうから」

香代子が携帯を握って、躊躇《ちゅうちょ》なくボタンを押した。先方が出て、香代子は「あっ、宮野さんじゃございません？　失礼しました」と電話を切った。

「小松ですって名乗ったわ」

「小松……小松牧俊か！……」

浅見の記憶の中から、ひょいとその名前が浮かび上がった。

「誰ですの、その人？」

「古美術商です。テレビの『お宝捜査隊』で審査員をやっている」

「ああ、あの人……あれでしょう、『魂が入っている』って言う」

香代子も森川もその番組は見ていた。

「だけど光彦さん、どうしてその小松牧俊って限定できるの？」

「その理由を、いまここで説明している暇はありません。森川さん、すぐに成城へ向かいましょう。車の中で連絡を取って、小松牧俊の住所を調べてください」

「了解しました。ついでに同所への張り番を手配させましょう」

香代子の不安げな眼差しに送られて、慌ただしく島崎家を出た。しまなみ海道は天気がよかったし、東京も午前中は晴れ間が出たそうだが、戻り梅雨なのだろうか、雨雲が広がっていた。まるで前途の不吉さを暗示するかのようだ。

時刻は五時を回った。都内の道路は相も変わらずの渋滞だ。刻一刻、咲枝の身に危険が迫っていることを思うと、この渋滞が腹立たしくてならない。

森川の携帯が鳴って、小松の住所が報告されてきた。すでに所轄の成城署に依頼して、小松家への張り込みを手配したそうだ。

森川は電話を切ってから、「浅見さん、間もなく本庁の特捜の人から連絡が入ります」と言った。そのとおりに電話がかかってきたが、浅見は車を停めずに、森川から受け取った携帯を左耳に当てて、右手だけでハンドルを操作した。違反運転だが、警察官が同乗しているからいいのだ――と、勝手な理屈をつけた。

「浅見さんですか、警視庁の小川《おがわ》といいますが、局長さんからご指示いただいた、田替好美を追尾中です。この人物は午前九時半頃に羽田のゲートを出てきたのですが、その後、品川プリンスホテルのラウンジで時間を過ごしたあと移動しまして、午後一時頃、山手線駒込駅に着き、駅前の喫茶店に入り、おそらくランチを取ったものと思われます。それから三十分ほど経ってから店を出て、ふたたび山手線に乗り、新宿で降りました」

「ちょっとお聞きしますが、田替氏は誰かを尾行していませんでしたか？」

「その報告は入っておりません」

よほどさり気なく立ち回っているのか、それとも刑事の勘が鈍いのか、そのどちらかだろう。

「新宿駅で降りて、その後、小田急に乗ったのですね」

「は？　お分かりですか？　いや、乗ったことは乗ったのですが、新宿駅構内の喫茶店で二時間近く居つづけて、何度もどこかに電話をするなど、妙な動き方をしておりまして、そのあと小田急に乗り成城学園前で降りて、また喫茶店に入り、現時点までそこにおります。しばらく動く気配がないので、とりあえずご報告したようなわけです」

「成城学園前ですが、その付近に警察の動きはありませんか」

「じつはそれなんですが、パトカーと警察官の動きがしきりにありまして、何か警戒している様子は感じられます。コンビニなどで聞き込みをしているようでありますし、迷子か家出人の捜索という噂もあるようです」

伴正之助と二人の刑事との「暴力沙汰《ざた》」には成城署から出動しているだろうし、村上咲枝の「失踪」に対する聞き込み作業も、滝野川署からの依頼で、成城署の防犯課辺りが担当しているのだろう。そうやって、とにもかくにも滝野川署と成城署は連携しているとしても、小川たち警視庁組は、村上咲枝の「失踪」すらまだ知らないらしい。

浅見は手短にこれまでの経緯を説明した。とはいえ、こっちも小松牧俊の名前を推測できたのは、ほんのさっきなのだから、手さぐり状態のようなものだ。はたして咲枝が行った先が小松牧俊のところなのかどうかも分かっていない。いきなり令状もなしに踏み込むわけにはいかない以上、田替を追尾して、その勢いで緊急の家宅捜索をするほかはない。それにはまず田替に動いてもらわなければ、話にならない。

「ひょっとすると、田替が動かないのは、聞き込み作業のせいかもしれませんね」

現場周辺での聞き込み作業がつづいているあいだは、田替が動きださない可能性もありそうだ。浅見は森川に頼んで、滝野川署と成城署に、いったん作業の中断を指示するよう連絡してもらった。滝野川署長はどういう意図なのか、摑みかねたようだが、ともかくその手配を済ませた。成城署のほうは、もともと滝野川署の依頼で動いていたにすぎないから、即刻、捜査員を引き揚げた。

浅見のソアラが成城に到着する頃には、小松家への張り込みも解かれ、警視庁の数人だけが田替をマークする配置についた状態になっていた。

浅見と森川は小川の潜む場所に合流した。そこはビルの二階にある建築設計事務所で、田替のいる喫茶店を斜め正面に見る位置にある。事務所の連中に協力を求めて、了解してもらったのだが、まさか張り込みが数時間に及ぶとは、事務所の連中はもちろん小川も予測していなかった。

本来この日は休日で、ごく一部の社員だけが仕事をしていたのだが、定時を過ぎても退社するわけにいかなくなっていた。それでも社員は文句は言わない。こういう張り込みを目《ま》の当たりにするチャンスは滅多にないので、面白がっていることもあるのだろう。

浅見は小川と名刺を交換した。まだ若く見えるが、「警視庁警部　小川佳一《けいいち》」とある。張り込みに警部を派遣したのは、刑事局長のお声がかりだからにちがいない。小川警部のほかに二名の部下が交代で喫茶店の動きを監視していた。

4

六時ちょうど、ついに田替は動いた。喫茶店を出て、左右の様子に気を配っている。食事時になって街は家族連れなど、夕方の賑わいを見せていた。最前までうろついていた警察官は完全に姿を消した。それを確かめたのだろう、足取りも軽く、田替は街を駅とは反対方向へ歩きだした。小松牧俊の邸《やしき》のある方角だ。

刑事が二人、離れ離れに追尾して行った。浅見は急ぐこともなく、ソアラに戻った。すでにカーナビに小松家の位置は出してある。あとはタイミングを見計らって田替と接触すればいい。

田替が小松家の前に着いた時、浅見のソアラは「偶然」そこに通りかかった。

「あれっ、田替さんじゃないですか。田替さんでしょう?」

浅見は窓から顔を突き出して、思い切り大声で呼んだ。

田替はギクリとして振り返った。そこに浅見の顔を見て、信じられない——という表情を見せた。

「驚きましたねえ、こんなところでお会いするなんて、なんという偶然でしょう」

浅見は車を降りて、田替に近づいた。

「このあいだは取材でお世話になりました。お蔭様で原稿は昨日、入稿しまして、編集部でも好評のようです。いずれ来月発売号の雑誌に掲載されますので、一冊、お送りさせてもらいます。ところで、今日はどちらへいらっしゃるので……」

喋りまくりながら、背後の門柱にある表札に気がついた。表札は二枚出ている。一枚は「小松」のみだが、もう一枚の大振りのほうには「松風庵」という、美術商らしい名称が達筆で書かれていた。

「あれ、ここは小松牧俊さんのお宅ですか。さすがに立派なお邸ですねえ。ということは、また『お宝捜査隊』を？」

「いや、そういうわけじゃないですよ」

田替は苦々しい顔で答えた。

「東京に来たもんじゃから、ちょっとご挨拶、思いましてね」

「そうですか……あ、ちょうどよかった。この際、ぜひ紹介していただけませんか。うちの雑誌でも小松先生を取材したいと思っていたところなのです。たまたま編集長も一緒ですから、ぜひよろしく」

そう言って、田替の返事を待たず、助手席の森川に「編集長」と呼びかけ、手招いた。森川は妙な顔をして降りてきた。

「編集長の森川です。こちら松山でプロダクションを経営なさっている、ほら、このあいだ取材させていただいたナミマプロの田替さんですよ。なんと、こちらのお邸が例の『魂が入っている』の小松牧俊先生のお宅なんですね。田替さんがこれからお訪ねになるというので、ぜひご一緒させていただきたいと、お願いしたところです」

一方的にまくし立てた。田替はしぶしぶ名刺を出したが、当惑する森川の代わりに、浅見が「今日はプライベートなもんで、名刺は持っていないんです」と弁解した。

邸宅街で人通りはあまりないが、いつまでも立ち話をしているわけにもいかない。田替は仕方なさそうに、「そしたら、ちょっと電話で小松先生に了解を取ります」と、携帯を取り出し、少し離れたところへ行って、向こうむきで喋っていたが、何とか折り合いがついた様子だ。

「ちょっとくらいじゃったら、会うてもええと言うてくれました」

「そうですか、それはありがたい」

浅見は手放し状態で喜んで、田替を先頭に立てて門を入った。顔は笑っているが、内心は緊張しきって、胸苦しいほどだ。いよいよ最終コーナーに入った——という感慨と、咲枝の無事への懸念とが交錯する。

(ひょっとすると、ここに咲枝がいるという思い込みそのものが間違っているのかもしれない——)

そういう不安も、この瀬戸際になって、押し寄せてきた。

門から玄関までは車が二台駐車できるスペースがある。田替は「車、中に入れなくていいですか？」と言ってくれたが、浅見は「あ、大丈夫ですよ。すぐ失礼しますから」と断った。まさか、駐車違反で捕まることはないだろう。

建物はアイボリー調のタイル煉瓦《れんが》を貼った壁面が美しい純洋風で、一階にはオートシャッターのガレージがある。中二階まで大理石の階段を上がったところが玄関で、田替がチャイムボタンを押すと、すぐに電子ドアロックがはずされた。

田替は慣れた様子で自らドアを開けて先に入り、二人を「どうぞ」と招き入れた。玄関ホールも大理石で覆われ、広く、天井が吹き抜けになっている。外観からいって、建物自体はそれほど大きくないのだが、内装には相当、金をかけた感じだ。

玄関でしばらく待たされて、やや遅れて、小松牧俊が現れた。渋い柿色の作務衣《さむえ》を着ていて、いかにも美術商らしい雰囲気だ。

「やあいらっしゃい。今日は家内もお手伝いも出かけておりましてな、私一人だから、おもてなしはできませんよ」

テレビ出演で慣れているだけあって、さすが、タレント並みに如才ない。浅見は自己紹介をし、森川を「編集長」と紹介した。小松は当然、『旅と歴史』は知っていて、自分も一度書かせてもらいたいと思っていた——などとお世辞を言った。

「ま、ここではなんだから、ちょっと上がってください」

玄関ホールの奥に応接室がある。商売柄とはいえ、至る所に絵画や彫刻などの美術品が飾られているのには目を惹かれる。「すばらしいですね」と、壁の絵などをしげしげと眺めながら、浅見は全神経を耳に集中して、建物の中の物音をキャッチしようとした。

しかし、ここに咲枝がいるのかどうか、まったく気配はない。それほど広大な邸でもないし、外の車の音などは聞こえてくるので、遮音壁を使っているとも考えられないのだが、人声はもちろん、人の動きを感じ取れるような物音一つ聞こえてこない。

仕事がらみのこともいろいろ聞いたりしてみたものの、通り一遍の話題はすぐにネタ切れになった。「ちょっとだけ」という条件に見合うだけの時間はたちまち経過した。

田替は「そしたら、こんなところで」と席を立った。小松も「そうですな、お構いもできなくて申し訳なかったが、またゆっくり来てください」と挨拶した。もはや、ここに居つづける理由は何もなかった。

浅見は立ち上がりながら、思い出したように森川に言った。

「編集長、携帯を貸してもらえませんか。ちょっと社のほうに連絡しておきます」

森川は浅見の目的が分からず、戸惑いながらも、携帯を出した。浅見は部屋の隅へ行って、全身全霊の祈りを込めて、十一の数字をプッシュした。

どこかで軽やかな電子音楽が鳴り出した。浜崎あゆみのヒットメロディだ。

「やあ、面白い着メロですね」

浅見が笑いながら言うと、小松はギョッとしたように立ち上がった。

「さあ、案内していただきましょうか」

浅見はうって変わって、これ以上はない険しい表情を作って、言った。

「えっ、案内とは、どこへ？」

小松は狼狽しながらとぼけた。

「もちろん、あの着メロの聞こえてくる場所へ、ですよ。村上咲枝さんを監禁しているのでしょう？」

「村上？……監禁？……何を言っているんだ……おい、田替君、どういうことだ？」

田替が反応する前に、森川がポケットから手帳を出した。

「滝野川警察署の者です。誘拐ならびに逮捕監禁容疑で、緊急の家宅捜索をします。よろしいですな。それとも、容疑を殺人に切り換える必要があるのかな？」

冗談でなく、森川はそれを危惧していたらしい。それは浅見も同様だ。一刻も早く咲枝の無事を確認したかった。

「さ、殺人なんて……」

根は小心なのだろう。小松は青くなって、いまにも腰を抜かしそうだ。その様子を見るかぎり、現時点ではまだ咲枝は無事であるらしいことが分かった。

田替がサッと動いて、ドアへ向かおうとした。瞬間、森川が足払いをかけた。一見、鈍重そうに見える丸ぽちゃタイプの森川の、どこにそんな俊敏さが隠れているのか、目をみはるような早業であった。田替はつんのめって、床にしたたかに顔を叩きつけた。鼻血がパッと散った。

「田替好美、誘拐容疑で緊急逮捕する」

倒れたままの田替の腕に、森川が手際よく手錠を嵌めた。そのあと森川は、無線で小川たちに応援を要請している。

小松はうつろな目で、椅子にへたり込んでいた。

「じゃあ、行きましょうか」

浅見に促され、ノロノロと立ち上がり、ドアへ向かった。こっちのほうは逃げる気力もないらしい。

小松の後ろから浅見、その後ろから田替と手錠で繋がった森川が続いた。田替は鼻血が止まらず、床の大理石を真っ赤な花びらで汚して歩く。

浜崎あゆみの着メロに誘われるままに、階段を上がって二階のベッドルームに入った。大きなダブルベッドの上に、制服姿の村上咲枝が横たわっていた。浅見は急いで呼吸と脈を確かめた。咲枝は生きていた。

「睡眠薬ですか」

浅見が訊くと、小松はうなだれた首を、もう一つ下げて頷いた。ここまで熟睡させるには、かなりの量の睡眠薬を飲ませたにちがいない。浅見は傍らのカバンの中から携帯電話を取り出して着メロを停め、一一九番をプッシュした。

咲枝に外傷はなさそうだ。十五歳の少女はあどけない寝顔を見せて、ひたすら安らかに眠りこけている。色白の頰にほんのり朱がさして、本当に可愛らしい。浅見は場違いにも「眠れる森の美女」を想像した。

試みに平手で咲枝の頰を軽く叩いてみた。「咲枝さん」と呼びかけながら、三度、四度と叩いた。かすかに「ん?」という反応があって、眠そうに頭を動かした。

「起きなさい、学校に遅れるよ」

浅見は励ますように言った。

「えーっ、うそ……」

かすかに呟いて、目を開けようとするのだが、薄目を開けたところで、また眠りに落ちそうになる。

ベッドの脇の小テーブルに水差しが載っている。浅見は思いついて、水差しの口を咲枝の口につけて、水を流し込んだ。咲枝はゴクリと水を飲み込み、はげしく噎《む》せた。その途端に意識が戻ったらしい。眉をしかめ不愉快そうに頭を振って、目を開いた。

視覚の焦点が定まるまで、一瞬、間があった。それから驚きの表情が浮かんだ。

「あ、浅見さん……」

「やあ、目が覚めた？」

浅見は笑いかけた。その顔を信じられない様子でじっと見つめてから、咲枝は浅見の首に両手をからめて抱きついた。浅見は咲枝の上につんのめる体を、辛うじてベッドに手をついて支えた。

「ごめんなさい……」

咲枝はくぐもった声で言って、目尻から、いま飲んだばかりの水よりも多く、止めどなく涙を流した。浅見までが、ふっと涙ぐみそうになった。あれこれ叱る言葉を考えていたのだが、何も言うことがなくなった。


警察の調べに対して、小松は案外あっさりと犯行を自供した。田替のほうは多少の抵抗を見せたが、長くは続かなかった。何よりも村上咲枝を誘拐した事実は申し開きの余地がない。誘拐の目的は、とどのつまりは殺害まで行くつもりだったようだ。そのために小松は妻とお手伝いを、一泊の温泉旅行に追い払っている。

「犯行計画」はそれほど緻密《ちみつ》なものではなかった。もともと、村上咲枝がナミマプロを訪ねてきた時、ほとんど即興的に田替が考えだしたものだ。ただ、咲枝の一途さが逆に田替を犯行に駆り立てたともいえる。この少女なら、絶対に他人に秘密を洩らさないだろうという確信があったそうだ。そしてその直感は正しかったのである。咲枝は最後まで、お付きの正之助にさえ、目的も行き先も打ち明けていなかった。そうして田替と小松は咲枝の誘《おび》き出《だ》しに成功して、あわや——というところまでいったのである。

彼らにとって、思わぬ手違いがいくつかあった。まず駒込駅前で咲枝と正之助を張っていた田替が、二人の尾行者に気づいた。刑事かどうかもはっきりしなかったが、用心に越したことはないので、その旨を小松に連絡して、対策を講じた。第二の手違いは、正之助が尾行者を食い止めたのはいいのだが、彼自身もダウンしてしまったことだ。しかし田替と小松にとっては、こっちのほうが好都合でもあった。正之助がもし何事もなく小松家に入ったとしたら、あの図体のでかいのをどう始末すればいいか、たぶん持て余すことになっただろう。

驚いたことに、家宅捜索の結果、倉庫から狩野探幽の掛け軸が発見された。小松はアラブの金持ちを仲介する者がいて、その連絡を待っているところだったと言った。しかし、やがてその供述は嘘であることが分かった。二年前に掛け軸を手に入れた時は、小松は確かに外国人の富豪に売りつける予定だったそうだ。ところが、毎日のように探幽を眺めているうちに、手放すのが惜しくなった。田替には三千万円を渡すことになっていたが、手付けの一千万円だけを渡して、ひたすら売れるのを待つしかないと説明した。

田替は小松の言い訳を、完全には信用していなかった。実際、探幽が売れていないのかどうか、ときどき確かめにきた。信じていないのは平林啓子も同じだった。

啓子は須山の信頼にもかかわらず、やはり田替との関係があった。最初は土器を木川佳樹に仲介してもらうだけの付き合いだったのが、やがて親密な関係になった。もっとも、須山も薄々はそれを知っていたらしい。しかし、そのことを警察や浅見に話して、死んだ啓子を鞭打《むちう》つようなことはしたくなかったのだろう。

啓子が村上美和と会ったのは、あるパーティ会場でのことだ。その時、美和のほうから啓子に声をかけてきたという。啓子が「お宝捜査隊」に出ていたのを、たまたま美和も見て知っていた。その話題から、その時の土器が、思いがけない高値で売れた話になって、美和はふいに思いついたように狩野探幽の掛け軸の話をした。

「嫁入りする時、父に貰った、狩野探幽の掛け軸があるんですけど。でも、たぶん贋物だと思います」

このひと言が彼女の運命を決めた。

美和はその時まで、探幽をお金に換えて実家を救うことなど、思いもよらないことだったようだ。贋物かどうかということより、探幽の存在そのものをほとんど忘れていたふしがある。平林啓子の話を聞いているうちに、もしかすると思いがけない高値で売れるかも――という希望が生まれたのだろう。

探幽の掛け軸を専門家に見てもらう――という計画は、完全に秘密裡に行われることになった。

そもそもこの犯行は、美和が探幽の存在を身内の誰にも話していなかったことから成り立つ話であった。もしそうでなければ、あるいは犯人たちに犯意が生じることはなかったのかもしれない。

美和と田替は啓子の手引きでいちど顔合わせした後、「事件」当日、来島海峡展望館の駐車場で落ち合った。美和は探幽の掛け軸を持参していた。美和の車はそのまま展望館の駐車場に置いて、田替の車で大三島にある小松の別荘へ向かった。小松は「お宝捜査隊」の収録があった時、大三島が気に入って、元ミカン園だった中の、誰も住まなくなった一軒家を別荘に改造している。そこで探幽を鑑定することになった。

小松は広げた掛け軸をひと目見て驚嘆した。間違いなく本物の探幽だった。精密な鑑定作業を進めながら、小松は心臓が破裂しそうな興奮に襲われていた。（欲しい——）と思った。この商売を始めて以来はじめて、こんな逸品に出会った。おそらく、一生かかっても、二度とこういうチャンスには恵まれることはないだろう。しかし、たとえ本物であっても——いや、本物であればなおのこと、客に対しては贋物と「鑑定」するという結論は、田替とのあいだで決めてある。

「じつによく出来た偽物《ぎぶつ》ですな。おそらく明治中期から大正にかけて京都で作られたものでしょう。当時の美術学校では模写が盛んに行われていて、本物そっくりのものが少なくなかった。それを京都の表具師の手で表装している。彼らは材料から古色のつけ方に至るまで、安土桃山時代を再現するほどのテクニックを習得していました。偽物としては超一級品といっていい。市場では五十万くらいでしょうが、私なら百万円でお引き取りしますよ」

美和は肩を落とした。もともと手放す気のない大切な父親の形見である。しかし実家の窮状を救うためなら、やむをえないと決心したものだ。それが僅《わず》か百万やそこいらでは、手放す意味がなかった。

「分かりました。このまま大切に仕舞っておくことにします」

「それではどうですかな。せっかくだから、百五十万まではお出ししますが」

小松は香具師《やし》のように値を吊り上げたが、美和は首を横に振った。いくら積まれても、まったく売る気はなくなっている。結局、最悪最強の手段として、殺害し強奪するほかはなかった。田替はビビったが、小松のほうは肝が据わり、すでに抑制が利かなくなっていた。

平林啓子が紅茶とケーキを運んできた。商売の話を離れ、しばらく談笑しているうちに、美和は眠りに落ちた。それは永遠の眠りに繋がることになった。

美和は眠りから覚めないまま、その夜、大三島橋から落とされた。三日後、遺体が能島近くで発見された時、啓子が美和らしい女性を来島海峡大橋で目撃したという「証言」を行ったのは、実際の現場からなるべく遠いほうがいいという、彼女自身の考えからそうしたのだそうだ。

その啓子も二年後には消されなければならなかった。啓子は田替との関係もさることながら、やはり金目当てに共犯関係を結んだ。それがどちらも裏切られそうな気配になってきた。

金のほうは小松に責任があるが、田替との関係も急速に冷え込んだ。

「このままだと、啓子は犯行の一部始終を警察にバラす危険があったのです」

田替はそう供述している。とどのつまり、田替と小松は共謀して啓子を鹿森ダム近くの崖から車ごと転落させ、死亡させた。

エピローグ

愛媛県と毎朝新聞社が主催する「全日本音楽コンクール愛媛大会ピアノ部門」の最終選考会は十月十四日、愛媛県民文化会館のメインホールで開催された。これまでに二回の地区予選を経て、勝ち残った九名の演奏者が、それぞれの得意とする曲を引っ提げて競い合う。

今年の出場者の中で最も前評判の高いのは、最年少の村上咲枝だった。彼女は今治市で行われた第一次予選会でぶっちぎりの成績を収め、いきなり注目を集めた。続く東予地区の第二次予選でも文句なしの第一位に推され最終選考会に臨んだ。

何といっても十五歳という若さが、話題好きのマスコミにとって、恰好のニュースネタになったこともある。本選を前にして、新聞の文化欄にも写真入りで紹介され、前評判を煽《あお》った。咲枝が二年前に母親を亡くした「悲劇の人」であることも、ニュースの「顔」としては申し分なかった。

それもあってか、今年の選考会は異常なほどのフィーバーぶりだった。県民文化会館の前には長い行列ができて、客席に入れない人が出るという、かつてない盛況に、主催者側は慌てて補助椅子を用意したり、それでも入りきれない人のために、ロビーに大型モニターを設置したりして対応した。

九名の出場者は三つの地区で第三位までに選ばれた者たちである。五名が音大卒業者で、三名が在学中、それから一人だけ離れて村上咲枝がいる。地区予選では主としてテクニックが採点基準を左右していたが、最終選考ともなると、それに加えて情感の豊かさが評価の対象になる。その点、若い咲枝には不利であろう――というのが、評論家などの見方ではあった。

咲枝の演奏技術は正確さという点では万人が認めている。ことにスピード感のある曲は彼女の独壇場だとも評価されてきた。したがって、彼女の選曲はやはりアレグロ系の速い曲だろうと予想したのだが、意外にも、選考会事務局に提出した演奏曲名はベートーベンの「悲《ひ》愴《そう》」だった。

ピアノ・ソナタ第8番 ハ短調作品13「悲愴」はいうまでもなく、ベートーベンのピアノ・ソナタの中でも「月光」「熱情」などと並ぶ傑作だが、第一楽章の「グラーヴェ」という重々しい序章は暗く、十五歳の若い演奏者には到底、表現しきれないと思われる。

咲枝があえてこの曲を選ぶと言った時、島崎香代子は首を傾げた。

「まだ、あなたには無理じゃないかしら」

難易度という点では、ほかにも超技巧的な曲はいくらでもあるが、やはり曲想の理解度のことを危惧した。

「でも、私はこの曲を弾きます」

「どうしてこれに決めたの？」

その理由を、咲枝は言い渋った。香代子が心配して何度も訊ねて、ようやく胸の裡《うち》を明かした。

「子どもの頃、初めてピアノを弾きたいと思ったのは、ママがこの曲の第三楽章を弾くのを聴いたからなんです。私がいちばん初めに覚えたピアノ曲がこれだからです。いつかママのためにこの曲を弾きたかった。でも、そのことを思うと、泣けてきちゃう……」

言いながら、咲枝は本当に涙ぐんでいた。香代子も思わず胸がつまったが、毅然として諭した。

「泣いてはだめ。演奏者は曲と同化しなければならないけれど、曲に溺《おぼ》れてはだめ。ピアノを支配して、あなた自身の音楽の世界を創《つく》ること。その時は、あなたはその世界の女王さまなんですから、泣いてはだめ」

咲枝は涙を拭って、しっかりと頷いてみせた。

その島崎先生も、村上、羽二生両家の人々も、そして浅見光彦も聴衆の中にいた。正之助は開演を前に席を外した。「わし、泣いてしまいそうなもんで」と、もう涙ぐんでいた。

浅見と香代子は隣りあった席だった。咲枝の順番がきて、万雷の拍手の中、ステージの袖から咲枝が歩みだした時、香代子は「泣かないといいんだけれど」と呟いた。浅見が「えっ?」と、その意味を問いかけたのには、ゆっくりと首を横に振った。

第一楽章のまるで葬送の音楽のような重奏音が、シーンと静まり返ったホールを圧し始めた。そこから一転、左手のトレモロに乗って情熱的な第一主題が提示される。評論家が最も危惧したのがこの辺りだ。しかし、十五歳の少女は、おとなたちの思惑を置いてけぼりにするように、まさにベートーベンの世界を創出していった。

そして終章――。

軽やかなロンドをアレグロに乗せて、人々を明るい希望の世界に誘うような、みずみずしい演奏であった。咲枝の動きが止まった瞬間、会場全体が息を停めたような一瞬の静寂を破って、爆発的な拍手が沸き起こった。選考会では珍しく、スタンディング・オヴェーションさえ見られた。

咲枝は立ち、左手をピアノに載せた姿勢で堂々と挨拶した。ひときわ大きな拍手の波がステージめがけて押し寄せた。

選考結果の発表に先立って、愛媛県知事の挨拶があった。知事は若い力の前に感動し、圧倒されたと述べた。

「いま、日本はすべての分野において停滞しています。われわれおとなたちは、政治にも経済にも希望を失いかけている。しかし今日の演奏を聴かせていただいて、勇気が湧いてきました。希望を失ってはいけない。若い力がこれからの新しい日本の進む道を切り開いてくれる……そう確信しました」

秘書が用意したものでなく、知事は自分の言葉で語っている。その想いはたぶん、会場を埋め尽くした人々が誰しも抱いた感慨にちがいない。知事の挨拶のあとも、お座なりでない盛大な拍手が送られた。

選考結果は第三位から発表される。第三位は松山市の音大生、第二位は南予地区・宇和島《うわじま》市の音楽教師、そして第一位は東予地区・今治市の村上咲枝の名が呼ばれた。またしても拍手が沸き起こった。咲枝の名前の最後が聞き取れないほど、予期した結果への称賛の拍手だった。

授賞セレモニーを終えて、受賞者へのインタビューが行われた。司会者は最後に村上咲枝への受賞の感想を求めた。咲枝は言葉少なに感謝を表明した。

「受賞記念に、短い曲をアンコールで演奏していただきます」

司会者が紹介して、咲枝に「何を弾いていただけますか？」と訊いた。

「さっきの、『悲愴』の第三楽章を、母に贈りたいと思います」

「なるほど、お母さんにですね。今日は会場のどこかにお見えになって……」

笑顔で聴衆のほうに向き直って、「あっ」と気がついた。そのまま言葉を失い、「ではどうぞ」と、聴衆の冷たい視線を浴びながらステージ上から去った。

咲枝はピアノに向かい、しばらくじっとしてから、演奏を始めた。「母に贈る」という悲愴感とは裏腹の、明るく希望に溢れたメロディがホールの空気を和ませた。聴衆の中にはそっと涙を拭う女性の姿が見られた。

演奏を終え、拍手の中、咲枝は立って一歩聴衆に向かって進み、深々とお辞儀をした。その時、浅見は初めて、咲枝の頬を涙が伝うのを見た。

自作解説

この文章を書いている二〇〇六年七月、テレビも新聞も、秋田県能代市郊外で起きた児童連続殺人事件で持ちきりである。

そもそもは、小学四年の女児の「事故死」が騒ぎのきっかけだった。母親がマスコミの取材に対して、「これはただの事故なんかではない」としきりに訴え、警察の再捜査を促すような発言を繰り返した。

その直後、今度は近所の小学一年の男の子が殺害・死体遺棄されるという事件が発生した。こっちのほうは事件当初から殺人事件と断定され、容疑者としてなんと、初めに亡くなった女児の母親が浮かび上がった。

ところが、その女は逮捕され、取り調べを受ける中で、自分の娘も殺害したことを自供した。

その後、女の供述などから事件の真相が明らかになるにつれ、女児の不審死が発生した時に、いち早く「事故死」と断定した警察の初動捜査の不備が明るみに出てきた。

女児の死には、当初から不可解な面がいくつも挙げられていたという。過って滑り落ちたとされる川原の状況を見るかぎり、そのまま川に流されるとは到底、思えない。はるかかなたにいて、新聞やテレビ報道だけでしか現場の様子が摑めないわれわれにさえ、その疑問があった。

僕の直観を自慢するわけではないが、その時点で僕は、これは殺人事件であり、犯人は女児の母親であると思った。

まして、「事故」の直前と思われる時刻、殺害現場（後に女児は橋の上から投げ落とされたことが判明した）で母娘を目撃していた人が存在したのだから、警察が聞き込み捜査の範囲をもう少し広げていれば、当然、目撃証言に出会えたはずだ。

そうでなくても、川原での事故死には数多くの疑問が寄せられていたし、当の母親までが、「事故ではない、殺されたのでは？」と主張していたくらいだから、警察内部にもそう主張する捜査員がいたと思われる。

だが、そのすべてを、警察は無視し、さっさと事故死で片付けてしまった。まことにお粗末というより、怠慢としか言いようのない体たらくであったのだが、この安易な捜査姿勢が、その直後の男児殺害事件のひきがねになった。

そのことを思うと、警察、ことに指揮に当たった能代署の刑事課長以上、署長、秋田県警本部刑事部長、県警本部長の責任は大いに追及されるべきだ。

からである。

『しまなみ幻想』の解説で、なぜその事件のことを書くかというと、この作品の前に光文社から出した『秋田殺人事件』の舞台が、そっくりそのまま、今回の事件現場と重なっているからである。

『秋田殺人事件』では複数の「事件」が起きるのだが、警察はそのいずれをも事故、または自殺で処理してしまう。そのうちの一つがまさに能代署管内、しかも今回の事件と同じ米代川水系の橋から「転落」した事故、または自殺事件だった。そして捜査の進め方、処理の仕方の経緯が、そっくりそのままと言っていいほど似通っている。

これはあくまでもフィクションの世界のことだが、複数の「事件」の別の一つである、車での「焼身自殺」（『秋田殺人事件』プロローグ参照）は実際にあった出来事をモデルにしている。その「自殺」にも、じつは殺人事件ではないのかという疑惑があり、地元のジャーナリストがかなり突っ込んでいたが、結局、自殺のまま処理されたものだ。

今回の事件を見て、『秋田殺人事件』は、まるでこういうことが起こるであろうことを予言したかのような印象を受ける。極言すれば、秋田県警の体質を喝破し、すでにその時点で警鐘を鳴らしていたのだ。推理作家ごときに、そこまで見抜かれてしまうようでは、専門職中の専門職である警察としては、情けない限りだ。

これに類することは、全国各地で発生している。警察の怠慢、もしくは無能によって、不当な処理のされ方をした事件は、公式には記録に残らないものの、枚挙に遑《いとま》がないのではないだろうか。たとえば最近発覚したP社製瞬間湯沸器による一酸化炭素中毒死問題など、警察は検視・司法解剖をして、死因を一酸化炭素中毒死と認定していながら、遺族には病死と告げていた。もしその時点で正しい処理がなされていれば、後続の被害は食い止めることができただろう。

さて、『しまなみ幻想』でも、しまなみ海道の橋から墜落死する「事件」が発生している。これを警察は自殺と断定したが、わが浅見光彦君がその結論に疑問を抱いて、真相究明に乗り出す。『秋田殺人事件』でも、同様のケースを描いているのだが、僕の作品の中には、同工異曲のものが少なくない。警察の怠慢や無能が、その材料を提供してくれていることを思うと、それをあまり責めるわけにはいかない。

ところで、本来からいうと、しまなみ海道の管理者側からすれば、そんなところで事件を起こされては、はなはだ迷惑だったにちがいないのだが、その件に関しては、さしたるおとがめはなかった。なぜかというと、じつは僕がしまなみ海道を舞台にした作品を書いた背景には、愛媛県知事の加戸守行《かともりゆき》氏のお墨付きがあったからだ。

しまなみ海道が全通した（ちなみに、その当時は「全通」といっても、一部はいったん島内の一般道を通過していたが、最近になって全ルートが本格開通した）ので、それを機会に、一種の「村起こし」的な効果を狙えるミステリーを書いてくれないか——というのが知事の発案であった。

二〇〇〇年の春頃のことである。

願うことなら、テレビドラマ化されれば理想的。そのために必要ならば、関係市町村の各方面に取材協力をさせるという、当方としては願ってもない条件であった。

個人的に、あるいは市町村単位で、わが地元を取材して欲しいという申し入れは、それまでにもないことはなかったが、県単位で、しかも知事のお声掛かりというのは初めてのケースだ。僕は二つ返事で快諾して、勇躍、愛媛県に乗り込んだ。

愛媛県に取材した作品には、内子町を主舞台にした『坊っちゃん殺人事件』（一九九二年）がある。その実績（？）を買っての、僕の起用だと思うのだけれど、今回はスポンサーつきのようなものだから、あまりひどいことは書けないかな——というのは杞憂で、知事は「自由に書いてくれ」と言う。

ただ一つの抵抗勢力は、大三島の大山祇神社宮司のお嬢さんが、「大三島で殺人事件は起こさないでください」とクギを刺したことで、その約束だけは守った。それ以外は知事が保証したとおり、各市町村の対応もよく、取材先ではどこでも歓迎され、この時ほどの快適な取材は空前にして絶後であったと感謝している。

また、運のいいことに、登場するヒロインのモデルにぴったりの女性が、浅見光彦倶楽部の会員にいた。Hさんという、愛媛県新居浜市出身、埼玉県在住の女性で、子供のころ、ピアニストになるために、なんと、新居浜から東京までレッスンに通ったという経歴の持ち主なのである。

本書をお読みになった方は、そんな人がいるわけないじゃない——と思ったかもしれない。僕も現実にご本人と会っていなければ、そういうヒロインを創造することはおろか、発想すらできなかったにちがいない。

しかし奇跡のヒロインは現に存在した。ただの想像の産物ではないのである。そうでもなければ、もっともらしい語りくちで、まるで実在するかのように書ける筆力は、僕にはない。こういうことがあるから、僕は人との付き合いは大切にするし、取材第一主義を心掛けているのである。

こうして『しまなみ幻想』は、ほぼ予定どおり、最初の取材から二年後に完成した。作品の順番からいうと『中央構造帯』と『贄門島』のあいだに位置する。社会派といっていい硬質な作品に挟まれて、『しまなみ幻想』は比較的、軽く読める作品に仕上がっていると思う。

いかにも光文社の「旅情ミステリー」シリーズに相応《ふさわ》しく、今治をはじめとする、愛媛県瀬戸内の風景や暮らしをたっぷり描いた。地元の風物にどっぷり浸かったような取材の中から、ふつふつとイメージが湧きだすと、自らが土地の人間に同化してしまい、とてものこと「ひどい話」などは書けないものだ。親子の情愛や、ヒロインの少女の健気さも、涙なくしては書けなかった。

出版を記念して、松山全日空ホテルのホールで、盛大なイベントが催された。知事と一緒にステージに上がって、簡単なトークショー的なことをやった。しめくくりに、埼玉県から駆けつけたHさんがベートーベンのピアノソナタ「悲愴」を弾いてくれた。本書『しまなみ幻想』エピローグそのままの、美しいフィナーレではあった。

二〇〇六年夏

内田　康夫

この作品はフィクションであり、文中に登場する人物、団体名は、実在するものとまったく関係ありません。なお、風景や建造物など、現地の状況と多少異なっている点があることをご了解ください。

（著者）

参考文献

『鏡と矛・大山祇神社信仰の歴史』
木村三千人（図書刊行会）
『海賊の島　しまなみ海道ロマン紀行　宮窪』
（宮窪町観光協会）

二〇〇二年十一月　光文社刊
二〇〇四年十一月　カッパ・ノベルス（光文社）刊

光文社文庫

長編推理小説
しまなみ幻想《げんそう》
著 者 内《うち》田《だ》康《やす》夫《お》

2006年9月20日 初版1刷発行

発行者 篠 原 睦 子
印 刷 豊 国 印 刷
製 本 ナショナル製本

発行所 株式会社 光 文 社
〒112-8011 東京都文京区音羽1-16-6
電話 (03)5395-8149 編集部
8114 販売部
8125 業務部

ISBN 4-334-74118-5 Printed in Japan

お願い　光文社文庫をお読みになって、いかがでございましたか。「読後の感想」を編集部あてに、ぜひお送りください。
　このほか光文社文庫では、どんな本をお読みになりましたか。これから、どういう本をご希望ですか。どの本も、誤植がないようつとめていますが、もしお気づきの点がございましたら、お教えください。ご職業、ご年齢などもお書きそえいただければ幸いです。当社の規定により本来の目的以外に使用せず、大切に扱わせていただきます。

光文社文庫編集部

「浅見光彦倶楽部」について

「浅見光彦倶楽部」は、1993年、名探偵・浅見光彦を愛するファンのために、原作者の内田康夫先生自らが作ったファンクラブです。会報「浅見ジャーナル」(年4回刊)の発行や、軽井沢にある「浅見光彦倶楽部クラブハウス」でのイベントなど、さまざまな活動を通じて、ファン同士、そして軽井沢のセンセや浅見家の人たちとの交流の場を設けています。

《浅見光彦倶楽部入会方法》

入会ご希望の方は80円切手を貼り、ご自身の宛名(住所・氏名)を明記した返信用封筒を同封の上、封書で下記の宛先へお送り下さい。折り返し「浅見光彦倶楽部」への入会方法など、詳細資料をお送りいたします。

宛先 〒389-0111
長野県北佐久郡軽井沢町長倉504
浅見光彦倶楽部事務局

※内田康夫先生へのファンレターも受け付けています(必ず、封書の表に「内田康夫様」と明記して下さい)。

※なお、浅見光彦倶楽部の年度は、4月1日より翌年3月31日までとなっています。また、年度内の最終入会受付は11月30日までです。12月以降は、翌年度に繰り越しして、ご入会となります。

※電話でのご請求はお受けできませんので、必ず郵便にてお願いいたします。

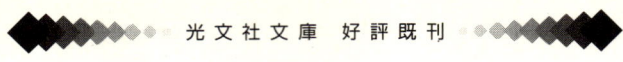

光文社文庫　好評既刊

津和野殺人事件　内田康夫
白鳥殺人事件　内田康夫
小樽殺人事件　内田康夫
長崎殺人事件　内田康夫
日光殺人事件　内田康夫
津軽殺人事件　内田康夫
横浜殺人事件　内田康夫
神戸殺人事件　内田康夫
伊香保殺人事件　内田康夫
湯布院殺人事件　内田康夫
博多殺人事件　内田康夫
若狭殺人事件　内田康夫
釧路湿原殺人事件　内田康夫
鬼首殺人事件　内田康夫
札幌殺人事件（上・下）　内田康夫
志摩半島殺人事件　内田康夫
軽井沢殺人事件　内田康夫

城崎殺人事件　内田康夫
金沢殺人事件　内田康夫
姫島殺人事件　内田康夫
熊野古道殺人事件　内田康夫
三州吉良殺人事件　内田康夫
朝日殺人事件　内田康夫
讃岐路殺人事件　内田康夫
記憶の中の殺人　内田康夫
「須磨明石」殺人事件　内田康夫
歌わない笛　内田康夫
イーハトーブの幽霊　内田康夫
秋田殺人事件　内田康夫
幸福の手紙　内田康夫
沃野の伝説（上・下）　内田康夫
恐山殺人事件　内田康夫
浅見光彦のミステリー紀行第1集　内田康夫
浅見光彦のミステリー紀行第2集　内田康夫

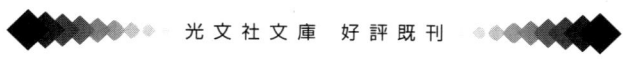

光文社文庫　好評既刊

浅見光彦のミステリー紀行第3集	内田康夫
浅見光彦のミステリー紀行第4集	内田康夫
浅見光彦のミステリー紀行第5集	内田康夫
浅見光彦のミステリー紀行第6集	内田康夫
浅見光彦のミステリー紀行第7集	内田康夫
浅見光彦のミステリー紀行第8集	内田康夫
浅見光彦のミステリー紀行第9集	内田康夫
浅見光彦のミステリー紀行番外編1	内田康夫
浅見光彦のミステリー紀行番外編2	内田康夫
浅見光彦たちの旅	内田康夫 早坂真紀 編著
犬たちの伝説	内田康夫 早坂真紀 編
鰻のたたき	内海隆一郎
鰻の寝床	内海隆一郎
風のかたみ	内海隆一郎
屋根裏の散歩者	江戸川乱歩
パノラマ島綺譚	江戸川乱歩
孤島の鬼	江戸川乱歩
押絵と旅する男	江戸川乱歩
魔術師	江戸川乱歩
黄金仮面	江戸川乱歩
目羅博士の不思議な犯罪	江戸川乱歩
黒蜥蜴	江戸川乱歩
大暗室	江戸川乱歩
緑衣の鬼	江戸川乱歩
悪魔の紋章	江戸川乱歩
新宝島	江戸川乱歩
三角館の恐怖	江戸川乱歩
透明怪人	江戸川乱歩
化人幻戯	江戸川乱歩
月と手袋	江戸川乱歩
十字路	江戸川乱歩
堀越捜査一課長殿	江戸川乱歩
ふしぎな人	江戸川乱歩
鬼の言葉	江戸川乱歩

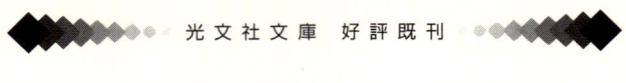